coleção fábula

stephen spender **o templo**

tradução de
raul de sá barbosa

editora■34

STEPHEN SPENDER,
RETRATO DE W. H. AUDEN,
STEPHEN SPENDER
E CHRISTOPHER ISHERWOOD
EM SELLIN, ILHA DE RÜGEN,
1931 ©STEPHEN SPENDER/
BRIDGEMAN IMAGES/
FOTOARENA

HERBERT LIST,
AUTORRETRATO, SEM DATA
©HERBERT LIST/MAGNUM
PHOTOS/FOTOARENA

O manuscrito original era dedicado, em 1930,
a W.H. Auden e Christopher Isherwood.
Agora, eu acrescento: "Com saudades de Herbert List".

Came summer like a flood, did never greediest gardener
Make blossoms flusher:
Sunday meant lakes for many, a browner body,
Beauty from burning:
Far out in the water two heads discussed the position,
Out of the reeds like a fowl jumped the undressed German,
And Stephen signalled from the sand dunes like a wooden madman
"Destroy this temple."
It did fall. The quick hare died to the hounds' hot breathing,
The Jewess fled Southwards.

W.H. AUDEN,
extracted from the first of the "Six Odes" (January 1931)

Veio o verão, como um jorro; nunca o mais cúpido dos jardineiros
Fez mais rúbeos botões primeiros:
Domingo para muitos era o lago, um corpo acobreado,
A beleza vinda do ardor.
Lá longe, dentro d'água, duas cabeças discutiam a posição,
De entre os cálamos, como aves de caça, pularam os alemães desnudos
E Stephen sinalizava das dunas de areia, como um louco sem jeito
"Destruam este templo."
Ele veio a cair. A lépida lebre morreu sob o hálito cálido dos cães
A judia voou para o Sul.

W.H. AUDEN,
extraído da primeira das "Seis odes" (janeiro de 1931)

introdução

Há dois anos, John Fuller (a quem aqui e agora agradeço) me contou que, durante uma viagem aos Estados Unidos, tivera ocasião de ler, na seção de livros raros do Centro de Humanas da Universidade do Texas, o manuscrito de um romance de minha autoria. Chamava-se *O templo* e tinha a data de 1929. Escrevi imediatamente ao bibliotecário pedindo uma xerox do texto. Poucas semanas depois, me apareceu uma moça em casa, em Londres, com um pacote debaixo do braço. Continha a cópia do romance. Eu esquecera completamente que, em 1962, durante uma dessas crises financeiras a que os poetas são sujeitos, eu vendera o manuscrito à Universidade.

Havia 287 páginas do que era mais rascunho que romance. Estava escrito na primeira pessoa, sob forma de diário, e era autobiográfico. Versava sobre o narrador (chamado "S"), que ia para Hamburgo passar o verão de 1929 com a família de um jovem alemão, Ernst Stockmann. Na primeira parte, o narrador descreve diversas pessoas que conheceu na cidade naquele período. Outra parte se refere a uma excursão que ele fez a pé ao longo do Reno em companhia de um amigo chamado "Joachim", que conhecera em Hamburgo. Outras partes são experimentais, tentativas de "monólogo interior", deixando à mostra os pensamentos de Ernst e Joachim. Há também uma notícia da viagem de "S" com Ernst a uma estação de veraneio no Báltico. Na última parte, "S" voltava a Hamburgo no outono de 1929, e não, como nesta versão, em novembro de 1932.

Utilizei largamente o manuscrito ao reescrever a primeira parte da história e também a descrição da viagem ao longo do Reno. Mas pouca atenção dei ao resto, pois minha memória, combinada com as exigências da narrativa e as perspectivas da visão retrospectiva, escreveu, ou reescreveu, a maior parte do livro para mim.

Lembro-me de haver datilografado diversas cópias de uma versão ligeiramente posterior de *O templo*, que mandei para amigos, entre os quais Auden, Isherwood, William Plomer, certamente — pedindo a opinião deles sobre o trabalho —, e uma cópia para Geoffrey Faber, meu editor. Faber mandou dizer que estava fora de cogitação publicar um romance que, além de difamatório, era pornográfico, segundo a lei em vigor naquela época.

No fim da década de 1920, os jovens escritores ingleses estavam mais preocupados com a censura do que com a política. O *crash* de Wall Street, que geraria ondas de colapso econômico e desemprego pelo mundo, e que logo faria na Alemanha o cenário da luta entre comunistas e fascistas, ocorreu somente em 1929. Este ano foi, então, o último daquele estranho veraneio na República de Weimar. Para muitos dos meus amigos, como para mim também, a Alemanha parecia um paraíso, onde não havia censura e os jovens alemães tinham uma extraordinária liberdade para viver. Em contraste, a Inglaterra era o país onde o *Ulysses*, de James Joyce, fora proibido, como também *O poço da solidão*, de Radclyffe Hall—um romance sobre um relacionamento lésbico. A Inglaterra era o país onde a polícia, por ordem do senhor Mead, um magistrado de Londres, tirou das paredes da galeria Warren quadros de uma exposição de pintura de D. H. Lawrence.

A censura, mais que qualquer outra coisa, criava na mente dos jovens escritores ingleses uma imagem negativa de seu país: cumpria ir embora. Da mesma forma, no começo da década de 1920, a Lei Seca levou jovens americanos como Hemingway e Scott Fitzgerald a deixarem os Estados Unidos e irem para a França ou a Espanha. Para eles, bebida; para nós, sexo.

Outro resultado da censura foi fazer com que desejássemos escrever precisamente sobre aqueles temas mais suscetíveis de fazer com que nossos livros fossem proscritos. Havia uma quase obsessão entre jovens escritores ingleses daquele tempo por escrever sobre coisas que, como tema de literatura, com vistas à publicação, eram proibidas por lei.

Tudo isso explica, penso eu, muita coisa sobre *O templo*. Este é um romance autobiográfico, no qual o autor procura contar fielmente suas experiências no verão de 1929. Ao escrevê-lo, eu me sentia como se estivesse enviando a amigos e colegas, em casa, despachos da frente de batalha na nossa luta comum contra a censura. Que eu de fato sentia assim, dão prova as poucas linhas que escrevi numa carta a John Lehmann—enviada um pouco mais tarde que 1929, de Berlim— e citada por ele em seu livro póstumo, *Christopher Isherwood—A Personal Memoir*:

> Há quatro ou cinco amigos trabalhando juntos, embora não se conheçam todos uns aos outros. São W. H. Auden, Christopher Isherwood, Edward Upward e eu. [...] Seja o que for que cada um de nós faça, escrevendo, viajando ou aceitando empregos, é sempre numa espécie de trabalho exploratório que os outros podem continuar.

Ao escrever *O templo*, senti-me como um elemento da minha geração, explorando novos territórios identificados com uma nova literatura. Aquele era um tempo em que o título de quase todas as antologias ou revistas literárias incorporavam o epíteto "novo". A série de odes em *The Orators*, de Auden, cada uma delas dedicada a um amigo, e com a referência a "Stephen" e ao "templo" na primeira ode, realça esse sentido de aventura compartilhada.

Isso era em 1929, imediatamente antes dos anos 1930, quando tudo se tornaria político—fascismo e antifascismo. Na primeira parte de *O templo*, Paul acredita estar participando de uma "vida nova" com amigos alemães—uma felicidade fácil de encontrar na Alemanha de Weimar. Há uma amarga ironia no fato de que ele desfrutasse disso num país que, em quatro anos, seria dominado pelos nazistas, que lhe imporiam, com sua tirania, a mais rígida censura.

Há, porém, na primeira parte do romance, uma premonição dos terríveis acontecimentos que iriam lançar sua sombra sobre os meus jovens personagens alemães.

Reescrevendo a história, acentuei o contraste entre a luz do verão e a escuridão do inverno, adiantando a segunda parte do romance para 1932 (originariamente as duas partes se desenrolavam em 1929). A atmosfera de política cada dia mais densa e asfixiante a cobrir toda a paisagem é a noite em que meus personagens se movem aos olhos do leitor. Avançar a segunda parte para 1933 corresponderia a transformar esses personagens, aniquilando-os. A interpretação política de tudo que antecede 1933, pela óptica de tudo o que se sucedeu, teria feito com que eles e a mocidade alemã do período da República de Weimar parecessem irrelevantes à luz do século XX pós-1914, violento e devastado pela guerra. *O templo* é anterior aos anos 1930 e à política.

No romance, diversas páginas sobre Hamburgo se sobrepõem às minhas memórias, intituladas *World within World*. Quando escrevi as partes desse livro que tratam da minha estada naquela cidade, saqueei o manuscrito de *O templo* e, remanejando-o, vali-me ocasionalmente do material de *World within World*. Descobri que não podia inventar personagens puramente fictícios e encaixá-los em uma novela autobiográfica. Podia apenas usar memórias das pessoas que tinha conhecido, desenvolvendo sua natureza segundo os ditames da ficção e da percepção tardia. Assim, Simon Wilmot é uma caricatura de W. H. Auden quando jovem, e William Bradshaw, uma caricatura de Christopher Isherwood,[1] um pouco mais moço que Auden. Ambos estão muito mudados aqui, fantasiados em uma

---

1. Seu nome completo é Christopher William Bradshaw-Isherwood. [N.T.]

passagem na qual Paul imagina que os vê entrar na sala de jantar do hotel em que se encontra, no Báltico, profundamente aborrecido com Ernst.

Em Hamburgo, fiquei amigo de Herbert List, que é o modelo sobre o qual compus a figura de Joachim Lenz. List era, àquela altura, um jovem comerciante de café. Mais tarde, ficou famoso como fotógrafo. Entre 1929 e o começo da década de 1950, não o vi. As últimas passagens sobre Joachim são pura invenção.

O templo constitui, então, um complexo de memórias, ficção e percepção tardia. A percepção tardia foi, certamente, a mais decisiva das três, porque me fez compreender, enquanto lia o manuscrito, como ele se reportava a 1918 e à Primeira Guerra Mundial, e, por sua vez, era visto por mim agora do ponto de vista de 1933 e de 1939. O ano de 1929 foi o momento decisivo do período de *entre deux guerres*, coisa de que eu estava, de certo modo, e profeticamente, cônscio no poema "1929", que escrevi naquele ano. Esse poema forma a parte central de *O templo*, quando é discutido entre Joachim e Paul. De modo que 1929 pode ser visto como o último verão pré-guerra, porque pré-Hitler, e está para fevereiro de 1933 como julho de 1918 está para agosto de 1918.

Deixei vaga aqui a geografia de Hamburgo e do Reno porque a Alemanha do livro é realmente um país da ficcionalização autobiográfica de Paul. E há distorções na história para combinar com a mentalidade jovem do autor através de *O templo*.

Londres, 20 de abril de 1987

prelúdio inglês

O que Paul mais gostava em Marston era a sua visível, manifesta (ou assim ele acreditava apaixonadamente) inocência. Percebera essa qualidade no momento em que o viu pela primeira vez, logo no início do seu primeiro trimestre juntos, em Oxford.

Marston estava de pé no pátio do colégio em um fim de tarde, a poucas jardas de distância dos seus companheiros da equipe de futebol. Estes se compraziam em uma das suas orgias pós-prandiais, correndo em círculo como loucos e passando de mão em mão uma bisnaga de pão, furtada da cozinha para servir de bola. Com um grito de "Pega esse cara!", dois ou três se juntavam ocasionalmente para mergulhar juntos e agarrar um sujeito pelos colhões. Marston parecia não saber muito bem se tinha ou não alguma coisa a ver com aquela brincadeira. Ficava na orla do jogo, olhando, com um sorriso quase imperceptível nos lábios finos. Tinha o crânio redondo e usava o cabelo curto, o que parecia coroar suas feições tranquilas com um capacete. Tinha o olhar ligeiramente perplexo de alguém que se sente como que perdido entre os próprios camaradas, culpando-se, talvez, por não se enquadrar na turma.

Paul, que observava a cena do edifício do colégio, rompeu as barreiras da própria timidez e convidou Marston para tomar alguma coisa no seu quarto. Ofereceu-lhe cerveja e fez-lhe perguntas pessoais. Marston respondeu sem rodeios. Disse a Paul que seu pai era um cirurgião de Harley Street com um problema de fígado. Por isso muitas vezes se zangava com o filho. Paul não podia imaginar que alguém se zangasse com Marston. O doutor Marston queria que ele entrasse para o clube de boxe da universidade. Por isso, por doçura e docilidade (pensou Paul), para agradar ao pai, ele se tornara campeão universitário. Mas, como contou, quase lépido, a Paul, lutar o deixava aterrado. — Vomito antes da luta e fico verde do começo ao fim, meu velho. — Paul lhe perguntou o que pensava de Hell Trigger, como o patrão da equipe de oito-com do colégio era conhecido dos amigos. A voz de Hell Trigger podia ser ouvida berrando obscenidades lá fora, no pátio. — Ele me parece um sujeito muito decente, mas não tenho certeza se gostaria de vê-lo ou de ser visto na companhia dele vinte e quatro horas depois de sair da universidade, meu caro.

Paul se tornou um confidente por demais solícito de Marston. Fazia-lhe perguntas e recebia sempre respostas francas, mas jamais ficou sabendo se Marston gostava mesmo de lhe contar tanta coisa.

Um dia, Marston disse que o que ele mais gostava de fazer era sair sozinho num veleiro. E, talvez mais que isso, fazer voos solo. Pertencia ao clube de voo da universidade, e sua ambição era tornar-se piloto. Também gostava de fazer longas caminhadas solitárias pelo campo. Achava os campos da Inglaterra os mais belos do mundo (estivera uma vez na Iugoslávia e uma vez nos Alpes, para esquiar). Adorava a parte mais ocidental da Inglaterra. Hesitante, Paul sugeriu que fossem juntos numa caminhada durante as férias da Páscoa. Marston exultou com a ideia. Disse que sempre tinha querido acompanhar o curso do rio Wye. Fez mapas. E fixaram uma data—26 de março—quando planejavam tomar um ônibus de Londres até Ross-on-Wye.

A excursão, que durou cinco dias, foi um completo fiasco. Pensando que Marston ficaria entediado com poemas, Paul passara a semana antes da partida estudando livros sobre remo, aviação e boxe. Depois de uma xícara de café em Ross-on-Wye, deram com um caminho que levava até a beira do rio. Mal começaram a andar, Paul se pôs a falar de novos tipos de aviões. Marston, embora polido, pareceu entediado. E quando Paul mudou o assunto para barcos a vela não demonstrou interesse maior. Quando marchavam, na manhã do segundo dia, por um prado onde havia folhas que eram como chamas nas pontas de galhos, Marston se queixou de dor de barriga. Pareceu a Paul que, para ele se queixar de uma dor, esta tinha de ser muito forte. Por uma hora observou-o sem dizer nada, com medo que o esforço de responder fosse demais. Por fim, perguntou ansiosamente:

—Você ainda sente dor? Acha que devemos entrar numa aldeia e procurar um médico?

—Ora, cale a boca—disse Marston.—Você se preocupa comigo como uma mulher velha.

Em seguida acrescentou:—Acho que vou dar uma cagada debaixo daquelas árvores—e se afastou.

No terceiro dia, houve uma novidade. Um cão se juntou a eles, acompanhando-os o dia todo até o pôr do sol por entre verdes campos brotados. Por fim, um fazendeiro os alcançou, dizendo que eles haviam furtado seu cão e que iria processá-los por isso. Anotou seus nomes e endereços com esse fim. A confusão, que durou duas horas, aliviou-lhes o tédio.

Naquele dia, pernoitaram numa pensão que dava casa e comida. Tiveram de dormir juntos na mesma cama. Nenhum dos dois pregou o olho. De manhã, ao levantar-se, Marston comentou:—Dividir essa cama com você me deu uma triste ideia do casamento, meu velho.

Depois disso tomaram o café em silêncio.

Mais tarde, Paul, que tinha levado sua máquina fotográfica Brownie, tirou uma foto de Marston sentado na beira do rio, estudando um mapa que abrira em cima da perna. Quando voltaram para Londres, Marston foi o primeiro a saltar do ônibus. Sem virar a cabeça para dizer adeus, foi-se embora andando depressa. Paul ficou olhando as costas dele e ouviu que Marston assoviava uma canção do musical americano *Good News*.

A foto saiu lavada: campos cinzentos, ramos de salgueiros-chorões finos e moles como correias com folhas nas pontas, negros contra o rio espelhante, listrado de ondas como um tigre-de-bengala. Um rapazinho de dezenove anos, de jaqueta e calças cinzentas, muito surradas, sentado na relva de um barranco de rio, examinava o mapa do que deveria ter sido uma felicidade para eles dois. Parecia um piloto inglês da Grande Guerra estudando na França o mapa do *front* ocidental. Além da forma geral da cabeça, vista por trás, com seu capacete de cabelos, só a linha da maçã do rosto e um lado do nariz estavam à mostra. Parecia estranhamente só. Para Paul, a fotografia era uma lente concentrando o inesquecível de uma manhã inglesa de primavera. Era um instantâneo dos mais comuns, tão modesto nos seus três ou quatro elementos que, a qualquer momento no futuro, lhe seria fácil juntá-los na memória.

No trimestre do verão que se seguiu a essa excursão, em Oxford, Paul conquistou um amigo muito diferente de Marston. Era o poeta Simon Wilmot, filho de um médico que era também psicanalista. Se Marston parecia inteiramente inocente, Wilmot sabia tudo sobre os complexos freudianos de culpa, nele e nos outros — culpa que devia ser superada, insistia, removendo as inibições. As pessoas não devem ser reprimidas. Repressão dá câncer.

Wilmot estava em Christ Church, o colégio dos bem-nascidos, dos ricos e aristocratas, que ele só via na capela ou durante as refeições. Fora do seu próprio colégio, ele tinha uma reputação de "gênio" excêntrico. Os outros poetas da universidade eram seus amigos. Visitavam-no em seus aposentos, um de cada vez e com hora marcada. Wilmot, terrivelmente desleixado na aparência, desorganizado no arranjo de livros e papéis, e irregular em matéria de refeições, zelava, no entanto, com extremo cuidado, por qualquer minuto do seu tempo.

Paul conheceu Wilmot numa festa ao ar livre do New College. Wilmot, a quem haviam chegado rumores da notória insanidade de Paul, submeteu-o, com olhos que pareciam um pouco juntos demais, a um olhar clínico e um tanto oblíquo e convidou-o para vir ao seu quarto no Peck Quad às três e meia da tarde do dia seguinte.

Paul bateu na porta de Wilmot às três e quarenta. Abrindo-a, Wilmot disse:

—Ah, é você. Está dez minutos atrasado. Bem, entre.

Embora fosse ainda o meio da tarde, as cortinas das janelas estavam completamente cerradas. Wilmot se instalou na cadeira de braços em que estivera sentado, com uma lâmpada comum ao lado. Fez sinal a Paul para ocupar a cadeira à sua frente. Paul sentou-se de olho em Wilmot. A luz brilhava no cabelo cor de areia acima da fronte, cuja pele era lisa como um pergaminho virgem. Com aqueles olhos muito juntos, orlados de rosa, ele era quase albino. Cada vez que Paul dizia algo que podia ser interpretado como neurótico, Simon olhava para o chão, como se quisesse registrá-lo no tapete.

Wilmot bombardeou Paul de perguntas, e Paul procurou dar respostas que sugerissem mistério. Queria parecer um caso interessante.

—Oh, é mesmo?—disse Wilmot quando Paul lhe contou que sua mãe morrera quando ele tinha onze anos, seu pai quando tinha dezesseis, e que ele, o irmão e a irmã tinham sido criados principalmente por Kate, a cozinheira, e sua irmã Frieda, e tinham vivido com a avó na casa dela, em Kensington. Sintomático.

Simon olhou para o chão e perguntou:

—O que pretende fazer depois de Oxford?

Paul disse que queria ser poeta. Simon perguntou-lhe quais dos poetas jovens ele admirava. Paul embaraçou-se. Depois disse impulsivamente que gostava dos poemas de guerra de Siegfried Sassoon.

—Não. Siggy não serve. Seus poemas de guerra Simplesmente não prestam.

Wilmot fazia declarações assim, com uma ênfase quase absurda em certas palavras, como se pertencessem à Sagrada Escritura.

—Então os poemas de Sassoon não contam como poesia moderna?—perguntou Paul.

—Siggy Faz Declarações. Ele Defende Opiniões. Ele terminou um poema sobre a luta no *front* ocidental com o verso: "Oh Jesus, faça com que pare!". Um poeta Não Pode Dizer Isso.

—O que deveria ter escrito?

—Tudo o que um poeta pode fazer é Aproveitar a oportunidade oferecida pela Situação a fim de fazer com ela um Artefato Verbal. A Guerra é simplesmente um material oferecido à sua arte. Um Poeta não pode Interromper a Guerra.

Ele pode apenas fazer um poema com o Material que a Guerra lhe oferece. Wilfred escreveu: "Tudo o que um poeta pode fazer hoje é avisar".

—Wilfred?

—Wilfred Owen, o único poeta que fez do *front* ocidental Seu Próprio Idioma. Wilfred não disse: "Oh Jesus, faça com que pare!".

E numa voz gélida, inteiramente desapaixonada, destacando cada palavra de sua vizinha, como se a separasse do corpo do poema e a segurasse no ar para inspeção, recitou:

> Com um sorriso registraram a mentira dele: dezenove anos.
> Nos alemães não pensava. A culpa deles,
> e a da Áustria, não o afetavam. E o medo do Medo
> estava ainda por vir. Pensava em punhos incrustados de gemas
> para adagas em bainhas de tecido; guapas continências;
> o cuidado das armas; folgas; soldos em atraso;
> *Esprit de corps*: insinuações para jovens recrutas.
> E logo foi convocado, com tambores e vivas.

Wilmot disse aquelas linhas como se removesse delas toda emoção, todo significado até. As palavras ficavam expostas, pensou Paul, como recifes na maré vazante, nus e secos nas areias calcinadas à luz do sol. Se a voz de Wilmot traía alguma expressão era de interesse puramente clínico naquela lista de atributos militares: Adagas em Bainhas de Tecido, Soldos em Atraso, Guapas Continências.

Abruptamente, disse:

—Mostre-me os seus poemas.

Paul, que levava seus versos no bolso como um viajante leva o passaporte em país estrangeiro, exibiu-os. Doze laudas em papel almaço, datilografadas de maneira execrável. Wilmot as tomou dele com um gesto de ligeiro desalento, murmurando:

—Que energia!

Em seguida se pôs a folheá-las com extrema rapidez, soltando ocasionalmente um grunhido que parecia de aprovação e, mais frequentemente, de desaprovação. De repente deu uma gargalhada e exclamou:

—Mas você NÃO PODE!

Em cinco minutos tinha lido tudo, as doze laudas. Paul as apanhou, uma por uma, do chão, onde Simon as tinha deixado cair.

—O que achou deles?

—Você precisa abandonar esses malabarismos de Shelley.

—Você não gostou deles?
—Nós Precisamos de você para a Poesia. Paul sentiu-se como um dos Escolhidos.
—Agora, tem de ir embora. Vou trabalhar—disse Wilmot abruptamente, projetando para a frente o lábio inferior.

Paul convidou Wilmot para seu quarto na universidade, novamente. Wilmot consultou sua agenda, apertando os olhos míopes, e disse que poderia naquele mesmo dia da semana, dali a uma semana. Acompanhou Paul até a porta e fechou-a firmemente às suas costas.

Sete dias depois, estavam comendo sanduíches e bebendo cerveja no quarto de Paul. Simon comeu nove dos doze sanduíches e depois disse, com voz de fingida indignação:

—Não há mais sanduíches? Eu gosto daqueles de rosbife.

Paul foi correndo até a cozinha do colégio, onde tudo o que conseguiu arranjar foram duas diminutas tortas de carne de porco. De volta ao quarto, encontrou Wilmot sentado à sua escrivaninha lendo o seu caderno de notas. Ergueu os olhos, sem nenhum embaraço com a chegada do outro, e limitou-se a perguntar:

—Quem é Marston?

Paul percebeu que não cabia protestar contra o comportamento de Wilmot. Ou a gente o aceitava sem reclamar ou saía da vida dele para sempre. Respondeu:

—Marston é um amigo meu.
—Isso é óbvio. O que mais?

Paul descreveu a viagem deles.

Wilmot pôs os olhos no chão, resmungou e citou, da descrição que Paul fizera e que ele acabara de ler no caderno, a cena de Marston sentado junto do rio:

—"O mapa da felicidade que nunca partilhamos." Recitou a frase como se as palavras fossem ditas na lua. Soaram aos ouvidos de Paul como se não fossem suas, mas de Wilmot.

—Isso é poesia. Talvez você devesse escrever sempre diários—disse, pesando bem o que dizia. E acrescentou:
—O que há de especialmente notável nesse rapaz?
—Nada.

Wilmot riu alto:

—Não seja absurdo, Schoner! Não pode ser! Por que você o preferiu aos demais, em primeiro lugar? Por que o escolheu? Será de uma Beleza Deslumbrante?

—Os outros amigos fingem ser comuns e decentes, mas, na verdade, são barulhentos e vulgares e vaidosos.

Marston, sem se dar conta disso, é doce e modesto e adora a natureza. É uma pessoa que, onde quer que vá, cria uma ilha em torno dela, onde fica só. Ele é inocente.

—Oh. Você acha que ele é perfeito?—Wilmot fixava o tapete, espremendo os olhos.

—Penso que sim.

—Ninguém é perfeito—disse Wilmot, erguendo a cabeça e olhando diretamente para Paul.—Tudo o que você quer dizer é que ele é um Solitário.

—Ele voa. É piloto.

—Voa?—Wilmot ficou interessado.—Bem, isso pode ser Sintomático. Os aviadores querem ser Anjos.

Paul teve uma sensação de triunfo. Conseguira fazer com que Marston parecesse neurótico. Produzira sintomas para ele. Simon perguntou:

—A propósito, você é Virgem?

—Sou o quê?

—Virgem.

Paul corou impetuosamente.

—Acho que sim.

—Bem, você deve saber se é ou não é.

—Sou, pronto. E você?

—Dificilmente eu poderia ter ido a Berlim (onde, por alguma extraordinária aberração—eles devem ser completamente loucos—, meus pais me mandaram quando eu tinha dezessete anos) e ainda ser virgem. A Alemanha é o Lugar Certo para Sexo. A Inglaterra Não Está com Nada.

Paul não achou o que dizer. Perguntou:

—Vamos até a livraria Blackwell? Eu quero comprar um exemplar de *The Sacred Wood*.—Simon havia dito que, dos livros de crítica publicados depois da guerra, o único digno de Tocar com um Varejão de Barco era *The Sacred Wood*, de T. S. Eliot.

Saindo da Blackwell, uma hora mais tarde, deram com Marston na Broad Street. Paul apresentou Marston a Simon, que encarou o rapaz com franca curiosidade.

—Paul me falou de você—disse.

Marston pareceu surpreso e exclamou:

—Oh!

—Vejo você semana que vem, Paul—disse Wilmot, e foi embora.

Quando Paul visitou Simon de novo, perguntou-lhe o que achara de Marston. Apertando os olhos, Wilmot disse:

—Um Aviador de Capacete.

Gostou dele?

—Ele me pareceu Muito Estimável—disse Wilmot, num

tom glacial.—Naturalmente, é óbvio agora por que você se sente atraído por ele.
—Por quê?
—Porque você sabe que ele só se sente feliz dez mil pés acima da terra. Você e ele são muito parecidos—acrescentou, misteriosamente.
—Por quê? Sempre pensei que éramos completamente diferentes.
—Os dois Aspiram ao Céu. É por isso que você é tão alto. Você quer ficar longe dos próprios Colhões. Você gosta de Marston porque ele não lhe dá bola. Para você, a Indiferença jamais Deixa de Atrair. É Irresistível. Você tem medo de contato físico, de modo que se apaixona por gente com quem se sente seguro.
—Você quer dizer que Marston não gosta de mim?
—Penso que ele talvez o ame pelo fato de você o achar Interessante. Afinal, muitos de nós não acharíamos.
—Bem, o que devo fazer?
—Você tem de dizer a ele o que sente, não há escapatória.—Wilmot apertou os olhos e ficou olhando o tapete com o ar de um cientista que examina um espécime.

Com a impressão de que seria pela última vez, Paul convidou Marston para um passeio pelo parque de Oxford. Marston hesitou, olhando-o com desconfiança. Depois, com uma jovialidade resoluta, disse:
—Muito bem, meu velho.
Caminharam rio abaixo, ao longo do rio Cherwell, e sentaram-se em um banco.
—Por que você me chamou para um passeio? Existe alguma coisa que queira me perguntar?—disse Marston, voltando-se e olhando firmemente para Paul. Desde a excursão, ele jamais se referira àquilo.
—Penso que não devemos nos ver mais.
—Por quê?—Marston pareceu desconcertado, mas esperava pacientemente, como se coubesse a Paul decidir sobre o relacionamento deles.
—Bem, nossa excursão foi um completo fracasso, não foi?
—Quero crer que sim.—Marston olhou para longe. Depois, sorrindo de maneira encantadora, disse com sua voz mais lampeira:
—Sim, penso que foi mesmo.
—Eu o aborreci cinco dias seguidos.
—Sim, quero crer que aborreceu, meu velho. Mas...

—Mas o quê?

—Talvez você não teria me aborrecido tanto se não tivesse feito esforços tão desesperados para me entreter.

—Como?

—Estudando com afinco o que pensa ser os meus assuntos prediletos e não falando em outra coisa os cinco dias. Não foi isso que fez, meu velho?—perguntou Marston, virando a cabeça e olhando diretamente para Paul.

—Então sobre o que deveria ter falado?

—Sobre as coisas que interessam a você, não a mim.

—Poesia! Isso teria amolado você ao máximo.

—Sim!—Marston riu. Seus olhos, repentinamente, encontraram os de Paul. Caiu na gargalhada de novo, depois colocou a mão na boca e escondeu um bocejo fingido.

—Mas talvez pudéssemos ter encontrado um assunto que interessasse a nós dois.

Isso pôs Paul em xeque. O que temos em comum senão o fato de que eu gosto dele?, pensou. Deveria ter perguntado sobre ele, feito perguntas clínicas, como Wilmot fez comigo: "Você é Virgem?". Via isso claramente. Talvez tivesse funcionado. Mas, pensando assim, sentiu-se desanimar. A única base para uma verdadeira relação tinha de ser o interesse recíproco. Base. Abismo. Eles não tinham interesses comuns, afora eles mesmos. Marston, que de fato era inocente, veraz, nada vulgar, bravo e belo—tudo aquilo que Paul dissera dele a Wilmot—, o aborreceria, como ele já aborrecia Marston. Disse:

—Penso que não devemos nos ver de novo.

—Como quiser—disse Marston, desviando os olhos. Pôs-se a contemplar um campo muito verde, pano de fundo para os atletas que jogavam nele. Depois objetou:

—Mas isso não vai ser difícil, uma vez que estamos no mesmo pequeno colégio?

—Bem, nós nos veremos, mas não falaremos mais um com o outro.

—Está certo, meu velho, se é isso que você quer.—Mas ficou como que à espera que Paul dissesse mais alguma coisa.

—Até logo, então—disse Marston por fim, levantando-se do banco e caminhando na direção dos atletas. Mas virou-se e perguntou:

—A propósito, seu amigo Wilmot sugeriu que você não se encontrasse mais comigo?

—Não. Ele não sugeriu nada disso, muito pelo contrário, na verdade.

—Oh, está bem. Apenas pensei. Desculpe.—E acrescentou:—Para ser perfeitamente honesto, essa foi a primeira conversa que já tivemos que não me aborreceu. Esta tarde, você não me aborreceu absolutamente.

De volta ao colégio, Paul vestiu sua beca e foi se encontrar com o decano e pedir licença para não comer no refeitório. O decano Close tinha apenas vinte e cinco anos. Dava a impressão de haver sido escolhido pelo colégio justamente por ser moço e jovial, em contraste com os outros lentes, com seu ar empoeirado e remoto. O decano Close usava roupas ainda mais desleixadas e frouxas que as de muitos alunos. Paul via nele um espião, mandado pelos velhos ao território inimigo dos jovens. Por perversão, isso dava vontade a Paul de confiar nele, confessar-lhe coisas.

Bateu na porta, que foi imediatamente aberta pelo decano, que, pondo a cabeça para fora, disse calorosamente:

—Entre, meu caro. Em que posso servi-lo?

Muito vermelho, Paul explicou, numas poucas frases hesitantes, que queria permissão para não comer no refeitório pelo resto do período letivo. O decano Close riu e perguntou por que fazia pedido tão excêntrico.

—Porque não quero mais ver Marston.

—Como pode ser uma coisa dessas? Não sei grande coisa disso, mas sempre tive a impressão de que você e Marston eram amigos. Muitas vezes até perguntei a mim mesmo o que poderiam ter em comum.

—É que eu o amo—disse Paul—, e acertei com ele que não nos encontremos mais até o fim do trimestre. Será verão, e não nos encontraremos mesmo, de qualquer maneira.

O decano Close corou furiosamente, hesitou, depois disse com grande jovialidade:

—Bem, estamos numa enrascada. Eu terei de discutir o seu pedido com os meus colegas, mas presumo que, estando já no fim o atual período letivo, não haja objeções. Não fico obrigado a dizer-lhes o motivo.—Depois, numa explosão de impetuoso candor:

—Aqui entre nós, meu caro, você está bem certo que seja esse o melhor partido a tomar? Não seria melhor enfrentar o repuxo?

—Estou certo, sim—disse Paul. E metendo a mão no bolso do paletó, tirou um poema que era uma confissão dos seus sentimentos com relação a Marston. O decano Close pegou o papel e leu com atenção.

Deitado à noite acordado
Exibe de novo a diferença
Entre minha culpa, sua inocência.

Juro que nasceu iluminado
E a treva, gradualmente,
Olho por olho fechou,

Ele acordou, dorme, tão naturalmente.
Assim, filho da natureza, entre homens divino
Ele emulava, e era, nosso sol.
Seu humor era trovão
em explosão,
Mas com muito de inglês sereno.[2]

O decano Close leu o poema duas vezes e disse:
—Posso ficar com isso, meu velho? Você tem outra cópia?—e guardou-o no bolso.

Agora que Paul não comia mais no refeitório, ele cozinhava um ovo ou fritava salsichas no fogareiro de gás que o colégio fornecia, ou comia fora, muitas vezes em companhia de Wilmot. Faziam longas caminhadas pelo campo, nas imediações de Oxford, levando com eles os sanduíches de rosbife que Wilmot tanto apreciava e lanchando ao ar livre. Paul ia ver Wilmot como se ensaiasse cenas de uma peça em que ele teria o papel central num elenco de escritores. Wilmot não pensava grande coisa deles naquela representação. Se tudo aquilo era absurdo, as falas que escrevera para o próprio papel—seus poemas—tinham uma gravidade de tom, uma estranha impessoalidade, um quase alheamento, que eram muito sérios. Depois de recitar um dos seus poemas (ele sabia todos de cor), disse:
—Eles estão esperando por Alguém.
E ele era esse alguém. Mas acima dele estava um antigo colega de escola, William Bradshaw, O Romancista do Amanhã.
—Mando tudo que escrevo para Bradshaw. Aceito o julgamento dele. Certamente. Se ele aprova um poema, eu o conservo; se não gosta de algum, eu o destruo na hora. Bradshaw é Incapaz de Errar. Ele é o Romancista do Futuro.
—E o que faz atualmente?
—Estuda medicina no University College Hospital, em Londres. Ele acha que o Romancista hoje tem de saber a

---

[2]. Lying awake at night/ Shows again the difference/ Between my guilt, his innocence./ I vow he was born of light/ And that dark gradually/ Closed each eye,// He woke, he sleeps, so naturally./ So, born of nature, amongst humans divine/ He copied, and was, our sun./ His mood was thunder/ In anger,/ But mostly a calm English one.

fisiologia tanto quanto a psicologia dos personagens. Seu interesse no Comportamento é Clínico.

Simon achava que escrever cartas era autocomplacência, uma vez que todas as cartas não são dirigidas pelo escritor ao seu correspondente, mas a si mesmo. Em consequência, havia reduzido suas comunicações epistolares ao mínimo absoluto. Na última semana do trimestre, ele enviou, por mensageiro (do colégio), uma nota de duas linhas a Paul. Escrita numa caligrafia microscópica, tinha o espaço e a forma de um selo de correio e ocupava o centro de uma página. Dizia:

"Caro P., obrigado cancelar qualquer compromisso com meus amigos de Oxford esta semana. Bradshaw está aqui. Simon."

Uma hora depois, esse recado foi seguido por um segundo:

"Caríssimo P., venha por favor amanhã às três. Bradshaw quer conhecê-lo. Do seu Simon."

Paul chegou às 2h55. Um indignado Simon abriu a porta e disse:
—Você chegou cedo. Nós ainda estamos trabalhando.
Tudo isso sem encará-lo. Bradshaw, que estava sentado à mesa, em cima da qual havia material datilografado em profusão, levantou os olhos, afogueado, e sorriu. Era baixinho e arrumado, com uma cabeça muito grande, na qual os olhos brilhantes pareciam dizer: "Não leve Simon a sério". Wilmot passou-lhe uma lauda datilografada. Bradshaw leu do começo ao fim, levando pelo menos três minutos de um palpitante silêncio para fazê-lo.
—Então, o que acha?—perguntou Wilmot, com alguma impaciência.
—Simon, como posso concentrar-me se você fica aí sentado, disparando revólveres na minha direção?—Simon corou.
Depois de mais algum tempo, Bradshaw ergueu os olhos do texto e disse, numa voz incrivelmente parecida com a do próprio Wilmot:

Depois do amor, nós vimos
Escuras asas na linha do horizonte.
E ouvi que você dizia: gaviões.[3]

---

3. No original, *buzzards*, palavra que tem, em inglês, conotação de pessoa sem

Bradshaw levantou as mãos para o ar, pôs os olhos no teto, e teve um acesso de riso.

—Mas Simon, você NÃO PODE—disse com a voz de Simon.—Vejo a cena perfeitamente. Eles estão no fundo do vale, os dois, deitados na relva, e então um deles olha para longe e diz:—Gaviões.—O que foi que você disse?—pergunta o outro.—GAVIÕES.—Bem, o que vão pensar de nós os gaviões?

Simon riu, um tanto desconcertado, achou Paul.

—Bem, isso sai, então—disse, pegando um lápis e riscando três linhas.

—Não seria melhor pararmos agora, Simon?—disse William Bradshaw, olhando para Paul do outro lado do quarto.—Não sei se você percebeu isso, Simon, mas chegou uma visita. Talvez possa ter a bondade de nos apresentar um ao outro.

—Senhor Schoner—senhor Bradshaw—, disse Wilmot, emburrado.

E saiu do quarto. Bradshaw olhou para Paul e disse:

—Fico muito feliz em conhecê-lo. Pedi a Simon que promovesse nosso encontro. Ele me mostrou algumas coisas suas. Devo dizer que são das mais interessantes que tenho lido como produção de um escritor jovem.

Falou como se fosse ele mesmo infinitamente velho e amadurecido.

—Aquela história que escreveu sobre seu amigo Marston é inesquecível. Tão triste e, ao mesmo tempo, tão hilariante, a cena com o cachorro.

Alguns dias depois, um pouco antes do almoço, Paul estava de pé no alojamento do University College pensando se Marston passaria por lá a caminho do refeitório. Gostava de vê-lo todo dia, como gostava de contemplar todo dia um certo desenho de Leonardo na Ashmolean. E enquanto esperava, fingindo ler avisos do colégio, o decano Close apareceu, vindo do pátio, e parou, dizendo:

—Paul Schoner! Justamente o sujeito que eu procurava. Que sorte ter dado com você aqui!—Quero que conheça meu jovem amigo alemão, o doutor Ernst Stockmann. Deixe que os apresente! Paul-Ernst, Ernst-Paul.

---

valor ou mérito, estúpida, ignorante, por ser o *buzzard* uma espécie de ave de rapina, imprestável para a caça. [N.T.]

O doutor Stockmann, que parecia um pouco mais velho que a maioria dos alunos e ligeiramente mais moço que o decano Close, usava o *blazer* do Downing College, Cambridge. O decano Close sumiu, deixando Paul com o doutor Stockmann, que começou a falar, num tom preciso e calmo, sobre a capela do colégio, do outro lado do pátio, tal como a viam de onde estavam. O doutor Stockmann disse que a arquitetura da capela lembrava-lhe os sonetos religiosos de John Donne e de certos poetas místicos alemães cuja obra tinha afinidades com Donne. Contou que ele mesmo estudara em Cambridge, mas teria preferido de longe ter vindo para Oxford, para o Univ na verdade, de modo a poder contemplar-lhe a arquitetura que, embora não fosse excepcional, tinha uma tranquila segurança — uma espécie de inocência — que o impressionava por ser extremamente inglesa. Deu um sorriso sugestivo quando disse "inglesa" e acrescentou:

— Lembra-me seu poema sobre um amigo... chamado Marston. Espero que não se aborreça com o fato de que meu amigo Hugh Close me tenha mostrado os versos.

Paul ficou lisonjeado. Jamais imaginara que o decano Close fosse mostrar seu poema a um estranho. Disse calorosamente que ele também desejaria que o doutor Stockmann estivesse no Univ, porque então teria um amigo com quem conversar sobre poesia.

— Que meus colegas deste colégio, os *hearties* do Univ, desprezam.

O doutor Stockmann sorriu discretamente e sugeriu que Paul viesse almoçar com ele e alguns amigos no hotel Mitre, do outro lado do High.

— Penso que encontrará, bem, um ou dois que pensam como você.

Havia diversos rapazes bem vestidos à mesa, da espécie que — disse Paul para si mesmo — ele não suportava, mas pela qual, secretamente, ficava sempre muito impressionado. Sentia-se incapaz de tomar parte na conversa deles. Sua renda em Oxford era de apenas trezentos e cinquenta libras por ano, ao passo que os presentes tinham de quinhentas libras a alguns milhares. Portou-se mais desajeitadamente ainda que de hábito. Contou uma história sem pé nem cabeça e citou algo em francês, percebendo tarde demais, ao fazê-lo, que esquecera algumas palavras e não sabia pronunciar outras corretamente. Um silêncio desdenhoso, ou vários silêncios desdenhosos caíram sobre os rapazes, nenhum dos quais ele jamais vira. Mas Paul foi salvo da desgraça por Ernst Stockmann, que, embora alemão, fazia com que aquilo que ele tentava dizer se enquadrasse explicitamente e sem rebarbas na conversação geral. O doutor Stockmann sentou-se ao lado de Paul à mesa. Mais para o fim da refeição, quando estavam todos razoavelmente bêbados, ele se virou e lhe disse que o decano Close achava que Paul tinha um brilhante futuro, embora fora dos padrões puramente acadêmicos.

Paul lhe disse que nas férias principais pretendia ir à Alemanha, pois precisava aprender alemão para a sua tese de filosofia. Fazendo vista grossa às gafes de Paul—e até parecendo achar Paul encantadoramente inocente—, Stockmann convidou-o para hospedar-se com ele na casa de seus pais, em Hamburgo. Paul aceitou imediatamente: grato não tanto pelo convite, mas pela aparente confiança de Stockmann no seu talento.

Faltavam ainda várias semanas para as férias. Paul teve tempo para refletir que o convite, feito pelo doutor Stockmann durante o almoço e apenas uma hora depois de travarem conhecimento, e confirmado alguns dias depois numa carta muito afetuosa escrita de Hamburgo, era muito estranho. Paul começou a pensar se o decano Close tinha contado alguma coisa sobre ele ao doutor Stockmann.

Ficou ainda mais apreensivo com uma segunda carta de Stockmann, recebida em 10 de julho. Dizia que Ernst, como o doutor Stockmann assinava agora, esperava Paul no 20 daquele mês. Paul comprou uma passagem noturna para o dia 19 no navio *Bremen* da Hamburg-Amerika Line, que ia de Southampton para Cuxhaven, o porto de Hamburgo.

Na véspera de sua partida, à noite, foi visitar William Bradshaw na casa de sua mãe, uma pequena construção vitoriana numa pracinha silenciosa, quase um jardim, em Bayswater. Quando subia os degraus da frente da casa, a porta lhe foi aberta por uma senhora sobriamente vestida, no estilo de uma viúva de guerra—embora a paz já tivesse dez anos. Ela o examinou com uns olhos tão grandes e vigilantes quanto os de William, mas voltados para o passado, num tom menor de tristeza e resignação, quando os do filho olhavam em sol maior para o futuro. A despeito dessa expressão sonhadora, velada, remota, o rosto da senhora Bradshaw não escondia de todo uma nota de firme determinação. Disse numa voz em que a cordialidade parecia forçada:

—Imagino que seja o convidado de meu filho. Ele tem estado indisposto, de modo que estou certa de que ficará contente ao vê-lo (dissociando-se mansamente desse prazer, pensou Paul). Lamento ter de sair para ver uma velha amiga que não tem passado nada bem. Se o senhor subir aquele primeiro lance de escada, encontrará William no seu estúdio, que é a primeira porta à direita, no topo. Nosso inválido o espera.

Fechando a porta sem ruído, deixou Paul sozinho no *hall*. Ele subiu a escada e bateu na porta do estúdio. Logo que William o fez entrar, perguntou:

— Aquela era sua mãe?

— Quem mais poderia ser? — perguntou William amargamente. — Sem dúvida ela estava de tocaia atrás das cortinas para formar uma opinião sobre o meu visitante antes de sair. Todo amigo meu é suspeito para ela. Espera sempre o pior. Gostaria que esta casa fosse uma prisão, e ela mesma, minha carcereira. Deus, como ficarei contente de sair daqui deste buraco, deste inferno. Simon me contou que você está abandonando o país.

— Vou para Hamburgo amanhã.

— Como eu o invejo! Logo que possa, fujo para Berlim.

— Mas pode deixar o hospital antes dos exames finais?

— É isso que minha mãe me pergunta toda manhã à hora do café. "Neste mundo, a gente tem de enfrentar as coisas, por mais difíceis que achemos que são. Lembre-se, meu caro William, seu pai enfrentou a guerra." Já me disse isso tantas vezes que hoje eu lhe perguntei: "Afinal de contas, mamãe, o que a senhora acha melhor? Que meu pai tenha enfrentado a guerra e morrido ou que estivesse hoje aqui tomando café conosco?".

— O que foi que ela disse?

— O que sempre diz nessas ocasiões: "Meu querido William, acho que você amanheceu um pouco indisposto".

— Mas você pode parar de estudar medicina antes de colar grau? — William deu de ombros.

— Eu já disse a eles que praticamente sei tudo o que queria saber sobre a dissecção de cadáveres. Agora quero dissecar gente viva. Logo que tenha economizado o bastante para a passagem — da renda minúscula que o tarado do meu tio William me dá — eu me chamo William por causa dele —, se ele se lembrar de mim e quando se lembrar, vou para Berlim, deixo este país onde a censura proíbe James Joyce e a polícia invade a galeria em que os quadros de D. H. Lawrence estão sendo exibidos.

— Você leu hoje no *Mirror* sobre a mulher policial que prendeu o banhista que nadava nu?

— Não. Onde foi isso?

— Em algum lugar do litoral, perto de Dover. Uma policial que estava parada no alto do penhasco viu, com uma luneta, um homem que nadava ao largo, nu em pelo. Desceu para a praia e o prendeu logo que ele saiu da água.

—Não, Paul, você deve ter inventado isso—disse William, rindo.—Não posso acreditar numa história dessas.

—Não inventei nada. E o mais engraçado é que, ao pisar na praia, ele estava usando o seu calção de banho. Tirara-o apenas quando estava nadando, levando-o na boca, como um cachorro.

—Bem, devemos felicitar a policial por ter sido poupada da visão do pau do nadador.

—Talvez ele possa alegar que estava em águas internacionais, fora, portanto, da jurisdição inglesa.

William riu, mas depois recaiu no seu silêncio de vítima. Cônscio do risco de ser esnobado, Paul perguntou:

—Como vai o romance?

—Não consigo escrever uma linha nesta casa.

E, dizendo isso, assumiu um ar de infinita saturação. Aos olhos de Paul, tudo naquele pequeno estúdio parecia pesar em William: os clássicos ingleses arrumados direitinho nas estantes, as duas cadeiras de braços nas quais estavam sentados junto da lareira, a mesa com a máquina de escrever de William e, por cima da lareira, a aquarela de *Campainhas na floresta*, pintada pelo pai, coronel Bradshaw, dado como "desaparecido" no *front* ocidental em 15 de fevereiro de 1916. Nunca mais houve notícias dele.

—Qual é o tema do seu romance?

Paul perguntou pela simples razão de que desejava ardentemente sabê-lo.

William olhou para ele com ar ressentido e como que decidido a não falar. Depois, abruptamente, mudando de atitude, disse:

—Não discuti o livro com ninguém, nem mesmo com Wilmot, mas, afinal de contas, estamos aqui para conversar sobre o trabalho um do outro. Somos colegas. Somos escritores, e é como se Henry James discutisse sua obra com Turguêniev. Talvez se eu lhe contar o plano do meu romance, eu consiga afinal escrevê-lo.

Calou-se outra vez por alguns momentos. Depois, levantando a cabeça de súbito, fixou Paul com um olhar ainda mais intenso.

—A fim de explicar minha ideia, talvez seja melhor contar-lhe como tudo começou.

Houve outra pausa. Depois William disse:

—Foi na escola, realmente, quando Simon e eu estávamos no sexto período de história. No começo do nosso último ano, havia um novo professor, pouco mais velho que nós, de vinte e dois ou, no máximo, vinte e três anos. Chamava-se

Hugh Salop e era um professor desses que arrebatam uma classe. Em vez de nomes e datas, ele nos dava gente viva e a impressão de termos sido transportados para aquele período do passado que estávamos estudando, qualquer que ele fosse. Bastava que entrasse na biblioteca, onde dava as aulas. Era como se tudo fosse contemporâneo, como se alguma batalha ou crise do passado estivesse acontecendo naquela hora com resultados ainda incertos... Só para dar um exemplo — havia aquele homenzinho, mistura de moderno proprietário de jornais, como Northcliffe, e de divulgador de ciência, como H. G. Wells — e tão inteligente quanto Wells. Veio da Córsega, onde brincava de guerra com seus irmãos na infância, e ao pisar no território metropolitano da França ficou todo excitado com a ciência e com os ideais revolucionários daquele tempo de revoluções. Bem, ele era um maravilhoso reformador e administrador, só que não podia parar de brincar de guerra. Tudo isso é tolice, sei. Mas o que quero dizer é que o senhor Salop fazia a história parecer como se estivesse acontecendo na hora, como um noticiário. Ele também nos deixava excitados, a mim e a Simon, por outro motivo: tinha combatido no *front* ocidental, alistara-se aos dezessete anos — e sofria de neurose de guerra. Em alguns momentos sentíamos que com uma parte da mente ele estava ainda no *front*. Em meio a uma narrativa qualquer da história da França, ele era capaz de parar no meio de uma frase, fazer uma careta medonha, dizer algo como — "*Passchendaele* — aquilo foi horrível!" — e, em seguida, continuar com a aula. Às vezes dizia coisas completamente loucas...

—Como...

—Bem, lembro-me de um exemplo, porque Simon usou isso no verso de um poema. Ele estava falando sobre o campesinato inglês em priscas eras, cultivo da terra etc. Pois subitamente se interrompeu, caminhou até a janela da biblioteca, olhou os campos recentemente arados — o trigo já começava a brotar — e disse: "O arado corta um grito".

—O que quis dizer com isso?

—Simon e eu imaginamos que ele pensava nos campos da Normandia — paisagem do *front* ocidental — onde os lavradores, naturalmente, ainda desencavam relíquias da guerra — capacetes, cintos, Cruzes de Ferro, cápsulas de obuses. Seja como for, Simon e eu tínhamos um verdadeiro culto pelo senhor Salop. Procuramos saber o que ele pensava da guerra, mas poucas vezes conseguimos que falasse disso. Quando o fazia, não tínhamos certeza se não estaria fazendo troça de nós. Uma vez, por exemplo, disse: "Adorei cada minuto da guerra.

Eu tinha um cavalo branco com o qual costumava galopar atrás das linhas". Um dia lhe perguntamos se odiava os alemães.

—E o que foi que ele respondeu?

—Disse: "Eu amava todos os soldados nas trincheiras, de um lado e de outro. Mas especialmente os alemães, porque nos ensinavam, do nosso lado, que devíamos odiá-los. Ódio público gera amor privado. Amai os vossos inimigos! Meu Deus, eu *amo* os inimigos da Inglaterra!".

—Como vocês reagiram a isso?

—Wilmot, que já sabia bastante sobre psicanálise, ficou desconfiado. O senhor Salop, acho eu, gostava um pouco de mim. Wilmot disse: "Cuidado, se ele sair com você e começar a dar-lhe beliscões na bunda".

—E ele saiu com vocês?

—Eu estava louco que o fizesse. Mas antes que tomasse a iniciativa, ou nós tomássemos, ele foi demitido.

—Por quê?

—O diretor disse que ele estava doente. Mas, naquele tom de voz, "doente" queria dizer "sexo".

—E o que aconteceu com ele depois disso?

—Bem, esse é o assunto do meu romance. Jamais ficamos sabendo.

—Então, o que acontece no romance?

—Começa na escola, com esse professor que voltou da guerra, mas uma parte da sua mente ainda está nas trincheiras. Bem, a escola é uma espécie de guerra, não é, entre alunos e professores? Ele é um professor que está do lado dos alunos, assim como, por assim dizer, estivera do lado dos alemães. Ele sofreu um traumatismo, é neurótico, e um menino, mais esperto que os demais, descobre isso. O personagem do menino é, naturalmente, baseado em Wilmot. No meu romance, W (vamos chamá-lo assim) obtém uma espécie de ascendência sobre Senhor S (digamos). No romance, Senhor S não é demitido, mas tem um esgotamento nervoso, talvez porque o aluno inteligente e psicanalítico, W, de maneira excessivamente objetiva, lhe revela muito do que é verdadeiro sobre ele mesmo. Imagino que Rimbaud tenha feito coisa semelhante com seu professor, Izambard. O que acontece, sem que W saiba disso, é que Senhor S vai a Berlim e faz alguma espécie de tratamento psicanalítico, talvez com uma analista americana (preciso de uma mulher no romance). Dois anos depois, W também vai a Berlim e lá, por puro acaso, dá com o Senhor S num bar. Ficam ambos encantados com o encontro. Mas em poucas semanas W está farto do Senhor S, que lhe dá a impressão de estarem ambos de volta à escola, justamente quanto W deseja sentir-se livre de toda e qualquer peia. Senhor S também o desagrada fisicamente, sobretudo quando, por motivos de psicanálise teórica, ele vai para a cama com Senhor S. Eu faço essa cena hilariante.—E William riu. Depois se calou por alguns minutos.

—O que acontece em seguida?

—Bem, essa é a parte mais difícil. É a mesma espécie de problema que Forster não resolveu em *A mais longa jornada*. O fato é que eu me coloquei contra a parede, e a solução tem de ser simplesmente melodramática. De qualquer maneira deve ter as aparências do melodrama.

—Mas o que acontece?—perguntou Paul, com impaciência.—O que acontece daí para a frente?

—Bem, como eu vejo a coisa agora, preciso ir de volta ao passado e inventar um motivo para que Senhor S tenha em seu poder, em Berlim, o revólver militar que tinha nas trincheiras durante a guerra. Obviamente, num acesso, ele terá de matar-se ou de matar W. Ora, incapaz de escolher entre os dois, uma noite Senhor S fica muito bêbado. Nessa noite ele dá um tiro no céu da boca, mas não consegue alojar a bala no cérebro. Ela sai pela bochecha. Então, sangrando terrivelmente, Senhor S vai de táxi até a casa de W, toca a campainha, e lhe entrega o revólver, pedindo que acabe com ele. Muito sensatamente—ou talvez muito clinicamente frio—, W diz: "Você deveria ter feito sozinho o seu serviço sujo". Devolve-lhe a arma, põe Senhor S de volta no táxi e leva-o ao hospital mais próximo.

—E como termina a história?

—Ainda não decidi. Você pode sugerir um fim, Paul?—perguntou William com um toque de malícia.

—Bem, se o autor do romance fosse Ernest Hemingway, terminaria com Senhor S apaixonando-se pela enfermeira no hospital. Podiam casar-se, os dois.

—Opa! Você está certo!—E William rolava de rir. —Mas tenho uma ideia melhor.

—Qual é?

—Não adivinha? Humilhado e cheio de vergonha, Senhor S retorna à casa de sua mãe naquela pracinha antiquada de Kensington. Sua mãe o perdoa e o acolhe, abrigando-o para o resto da vida, que termina com uma segunda tentativa de suicídio, essa bem-sucedida, alguns meses mais tarde.

—Mas, falando sério...

—Falando sério, desconfio que o que está impresso na mente do Senhor S é a imagem de um rapaz alemão, que ele tem de procurar nos bares e antros mais sórdidos de Berlim. Não pode sair de Berlim. E em Berlim ele se arruína, dá com os burros n'água. Há gente que, para redimir-se, tem de descer à sarjeta — como o Pato Selvagem de Ibsen, mergulhando até o fundo do tanque, por entre a lama e as ervas...

Tendo ficado sério por alguns momentos, agora William começou a rir de novo.

— E ele leva o menino de rua de Berlim para Kensington e apresenta Karl — pois esse é o nome do garoto — à mãe — disse Paul.

— Brilhante!

William foi até a lareira e, erguendo as mãos, disse:

— E a mãe AMA Karl e o toma do Senhor S. Ela VENCE! A mãe VENCE! A mãe VENCE!

Ambos caíram na risada e depois ficaram quietos.

— Preciso ir agora — disse Paul.

Tem consciência de que, com toda aquela brincadeira, William encontrou a chave para escrever o seu romance.

— Senhor S adota Karl — disse Paul. — Ele encontrou seu filho. Mas agora tenho de ir para Hamburgo — concluiu, e se pôs de pé.

— Se eu algum dia conseguir sair deste buraco do inferno, irei ter com você, a não ser que você venha reunir-se comigo em Berlim.

— Você escreve seu romance sobre Berlim. Eu escrevo o meu sobre Hamburgo.

— Oh, faça isso, Paul! E me mande o livro!

Na escada, Paul cruzou com a senhora Bradshaw.

— Boa tarde — disse ela, com comedimento, acrescentando, docemente e com uma ponta quase imperceptível de malícia. — Nosso inválido se recuperou?

— Ele está muito melhor — disse Paul. E saiu correndo da casa. Continuou a correr na rua. Tinha toda uma torrente de palavras na cabeça, como se estivesse lendo o romance de William. E também na cabeça começou a armar o romance que escreveria sobre Hamburgo para enviar a William e a Simon. Como uma carta de amor.

primeira parte

os filhos do sol

1. a mansão stockmann

Em 18 de julho, quando o trem de Cuxhaven entrou na cidade, Paul começou a ficar apreensivo. Era uma sensação estranha chegar a Hamburgo de trem à noitinha, quando as primeiras luzes começavam a brilhar pelas janelas de quartos em que os alemães estavam sozinhos ou sentados juntos para comer, ou falar uns com os outros, pôr crianças para dormir ou, talvez, até fazer seu amor alemão.

Antes de chegar a Hamburgo, o trem atravessou um complexo de pontes e cais de pedra, e Paul (que a essa altura estava de pé no compartimento, descendo a bagagem) via ruas de bairros pobres, cortiços, quintais. Sentia uma pontada de intensa solidão, como se cada lâmpada que luzia numa janela zombasse da sua qualidade de estrangeiro e cada veneziana baixada o excluísse. O trem entrou com estrépito nas sombras abobadadas da grande estação, e ele teve saudade dos seus amigos ingleses. Por um instante, a lembrança de como era mesmo Ernst Stockmann sumiu da sua mente. Ficou pensando se seria capaz de reconhecê-lo no guichê onde se recebem as passagens e onde ele tinha dito que estaria, na sua última carta. Reconheceu primeiro o *blazer* do Downing College, Cambridge, e, depois, seu anfitrião. Em Oxford, o doutor Stockmann parecera um estudante estrangeiro que podia ser tomado por inglês. Aqui não parecia absolutamente inglês, nem distintamente alemão, mas internacional, como se não pertencesse a lugar algum ou pertencesse a todos, flutuasse. Paul sabia que nunca mais havia de vê-lo como o jovem estudante alemão, sorridente e polido, de Cambridge, tão bem ajustado à vida inglesa. Talvez porque Paul o encontrasse agora sabendo que ficariam juntos algumas semanas em Hamburgo, ele lhe parecia tão diferente do moço que o convidara para almoçar no hotel Mitre. Por trás do guichê das passagens, na plataforma da estação da estrada de ferro, seu rosto parecia a cabeça engaiolada de uma ave de rapina, com um bico amarelado, cor de osso. Usava óculos, e através das lentes os olhos brilhavam. A tensão de sorrir parecia causar-lhe dor.

Ao se dirigirem de táxi para a casa da família Stockmann, Paul começou a sentir-se melhor com relação a Ernst. Ele parecia inteligente e sensível. Falava inglês com uma precisão que era, por vezes, um prazer, mas por vezes um pouco enervante, também pelo toque de pedantismo. À meia-luz do táxi, Paul estudou seu rosto. Tinha uma expressão dissimulada, permanentemente ferida, sensível em excesso.

Ernst perguntou sobre a viagem. Paul observou que, embora ele sorrisse ouvindo o relato de vinte horas de vida social no *Bremen*, não havia humor no sorriso. Era como se ele o ligasse e desligasse, à sua maneira pálida. Todavia, quando Paul descreveu uma cena com uma sugestão remotamente sexual—um garçom desastrado, de cabelos louros quase platinados, que despejou uma bandeja de drinques no regaço de Paul, de modo que formou uma poça de gim nas suas calças—, ele sorriu ambiguamente, como se pudesse perceber toda espécie de implicações na história. Paul ficou encabulado e, olhando as calças, viu que estavam manchadas. Lamentou ter narrado o incidente.

O táxi parou diante do grande portão de carvalho envernizado, encaixado no muro de pedra da mansão Stockmann, no distrito milionário do sul de Hamburgo, separado da parte comercial da cidade e do porto pelo lago, o Alster. Havia por ali muitas velas de barcos, brancas, róseas, azuis, que pareciam tocar apenas a superfície da água como vassouras aéreas. Ernst abriu a porta da frente com duas chaves, e eles passaram de um vestíbulo para a escuridão apainelada e imponente de um *hall* pesadamente mobiliado. Ficaram lá por alguns momentos, à espera de que a empregada levasse a mala de Paul.

Ernst disse:

—Se você gosta de pintura, há diversos quadros aqui que lhe interessarão.

Paul viu um nu de Matisse e uma *Natureza-morta com íris* de Van Gogh. Começou a passar de quadro em quadro enquanto esperavam pela empregada. Ernst pareceu um pouco aborrecido que Paul antecipasse o que deveria ser, mais tarde, uma turnê de arte propriamente conduzida. Disse:

—Não deveria mostrar-lhe seu quarto primeiro? Pôs uma certa ênfase na palavra "primeiro". E acrescentou:

—Minha mãe começou a fazer essa coleção quando estudava história da arte em Paris. Estou certo de que ela gostará de mostrar-lhe os quadros pessoalmente.

Acompanharam a empregada ao andar de cima pela escadaria de carvalho, com sua rica balaustrada polida.

Ernst deixou Paul sozinho para que ele desfizesse a mala. O quarto era grande, muito bem mobiliado, com tapetes espessos, macios. Logo que Ernst saiu, Paul sentou-se na cama, depois em cada uma das poltronas e, por fim, na cadeira defronte à mesa de trabalho. Antes de pendurar as roupas, tirou um dos dois ou três livros que tinha enfiado debaixo delas e leu um pouco, do ponto em que havia parado, no trem. Era um volume de ensaios de D. H. Lawrence. Depois, tirou seu caderno de notas de grande formato e se pôs a rever um poema que tinha começado antes de sair de Londres e que—não tendo mexido nele havia três dias—esperava julgar agora com a perspectiva que um poema ganha quando lido em voz alta por outro poeta, talvez seu amigo Wilmot, e ouvido pela primeira vez. Leu o texto, tornou a ler, mas cada repetição parecia enfraquecer sua capacidade de julgamento objetivo. O poema ficou horrivelmente familiar. Procurou então recitá-lo. Quando estava no meio da segunda estrofe, alguém bateu delicadamente à porta. Olhando para trás, viu que Ernst batera e entrara ao mesmo tempo. Paul se sentiu apanhado em flagrante e percebeu que Ernst estava ciente disso. Sorria-lhe do limiar da porta, satisfeito com o que ocorria. Só as boas maneiras o impediam de avançar até o meio do quarto. Pôs as mãos na cintura e ficou olhando para Paul como se o ajuizasse.

—Espero não estar interrompendo alguma coisa. Isso era um novo poema que você estava lendo? Que coisa mais excitante!—exclamou, como se estivesse orgulhoso que um poema de Paul Schoner estivesse sendo escrito num quarto da sua casa.

Paul ficou desconcertado.

Mas Ernst já continuava:

—Vim apenas avisá-lo de que o jantar estará pronto quando você estiver. Não nos vestiremos para jantar esta noite.

Paul tomou isso literalmente e se apresentou na sala de jantar poucos minutos depois com as mesmas roupas com que tinha viajado—um paletó de *tweed* e umas calças cinza muito amassadas, com a leve mancha do gim derramado. Por sorte estava de gravata.

A sala tinha uma grande mesa de mogno e um maciço aparador de mármore e metal dourado, sobre o qual pendurava-se um quadro com maçãs—verde-esmeralda e vermelhão em cima de uma toalha de mesa cinza contra um fundo entre marrom e coral—de Courbet. Os pais de Ernst, *Herr* Jakob e *Frau* Hanna Stockmann, já estavam sentados quando ele entrou. *Frau* Stockmann era uma mulher magra e rija, que transmitia uma impressão de personalidade forte. Cada uma das suas atitudes tinha seu sistema separado de rugas: as que cercavam os olhos, as que serviam de moldura à boca, as que desciam verticalmente pelo rosto. Os olhos eram escuros e inteligentes, a boca expressiva. Havia talvez um excesso de ruge nas bochechas, o que as fazia um pouco destacadas demais em contraste com o vestido que usava, cinza-pastel, acanelado como uma coluna grega.

Ernst desceu ainda com o *blazer* do Downing College. Mudara a camisa, porém. Vestia agora uma camisa esporte, de críquete, com o colarinho aberto em dois triângulos, por cima das lapelas do casaco. Com suas mãos muito brancas, cuidadosamente feitas, postas como luvas de pelica à sua frente, na mesa, e seus olhos fixos em Paul por trás dos óculos de aro de chifre, parecia um tanto austero demais para um jogador de críquete.

Jakob Stockmann, que pareceu a Paul muito mais velho que a mulher — uns quinze anos, talvez —, era um homem de negócios cujo interesse na vida parecia resumir-se, agora, às refeições. Tinha um bigode escorrido, orelhas proeminentes e olhos tristes, morosos, mas observadores. Quando emergia da sua absorção frente à faca e ao garfo, pondo comida na boca, era para reclamar daquilo que seu paladar provava ou para fazer alguma observação cinicamente humorística. Sua mulher lhe lançava olhares alarmados de tempos em tempos.

Quando, erguendo os olhos do prato e baixando os talheres, viu que Ernst estava de gola aberta, protestou. E o rapaz, com vinte e cinco anos, foi obrigado a subir ao quarto para pôr uma gravata. Ernst obedeceu, sorrindo com paciência, e lançando um olhar significativo para Paul ao sair.

Frau Stockmann riu ruidosamente e disse:

— Sabe, meu marido é muito exigente com coisas pequenas. Ele não gosta de ver Ernst sem gravata. Nós dizemos que ele é pedante, muito pedante.

O marido levantou as mãos aos céus.

— Eu apenas me pergunto por que Ernst se veste como se fosse jogar críquete a esta hora da noite? Eu quero jantar, e não jogar críquete. Vê-lo vestido para jogar críquete tira a concentração da minha refeição.

Frau Stockmann riu espalhafatosamente.

— Você deve jogar também, seu velho pedante! Eu digo a meu marido que ele devia jogar críquete. Isso o faria menos gordo.

O brilho dos dentes dela, o movimento circular dos olhos, o encrespamento dos lábios amainaram pouco a pouco, mas quando Ernst voltou, de gravata, recomeçaram. Ela disse:

— Seu pai devia jogar críquete, Ernst! Isso lhe faria bem!

— Papai jogar críquete? Ele não poderia fazê-lo — disse Ernst com um sorriso diplomático.

— O que eu não quero é que você se vista para as refeições como se fosse jogar críquete, só isso — disse o pai, levantando os olhos do prato. Um pouco da sopa ficara preso a dois pelos do seu bigode. — Isso me tira a fome.

—Que guloso!—exclamou *Frau* Stockmann.

—Mas posso jogar críquete agora, se o senhor quiser—disse Ernst, apanhando uma faca da mesa e segurando-a no ar com as duas mãos, como se fosse um bastão.—Vejamos, o que pode servir de bola? Oh, já sei.—Tomou um pouco de miolo de pão, fez uma bolinha, e passou-o a sua mãe para que o lançasse contra a faca-bastão. Todo esse tempo tinha os olhos postos em Paul, do outro lado da mesa.—Ernst, o que você está fazendo?—gritou sua mãe.—Devia estar na escola maternal!

—Não. Estou apenas jogando críquete, que é jogo de adultos. A senhora não gostaria de jogar?—Fez menção de lançar-lhe uma bolinha. Ela rolou de rir, sacudindo a cabeça e olhando para ele. Depois, disse:

—Sim, eu jogo!—Mas deu outra gargalhada e ficou incapaz de segurar a faca. *Herr* Stockmann olhou para Paul através dessa cena de felicidade doméstica com uma expressão de piedosa tolerância, e abriu os braços num gesto de impotência. Depois, abruptamente, Ernst e sua mãe pararam de rir e enxugaram as lágrimas dos olhos.

—Quando o senhor está em casa, atormenta seus pais dessa maneira?—perguntou *Frau* Stockmann a Paul.—O senhor é tão cruel com seu pai e sua mãe quanto Ernst é conosco?

—Eu não tenho pais—explicou Paul.—Minha mãe morreu quando eu tinha onze anos, meu pai quando eu tinha dezesseis.

Ela pareceu apologética:

—Oh, que tristeza, que pena, *wie Schade*! Onde você vive, então?

—Vivo em Londres, na casa de minha avó.

Ela fez uma pausa, depois perguntou rudemente:

—E qual é a família de sua avó?

—A família de minha avó é dinamarquesa. Mas meu avô era um judeu de Frankfurt. Os Schoners emigraram para a Inglaterra.

Ernst e seu pai ficaram calados. *Frau* Stockmann perguntou:

—Quando foram para a Inglaterra?

—Há cinquenta anos.

—Eles frequentam a sinagoga?

—Oh, não. Meu avô já morreu, e minha avó é *quaker*.

—Bem, então você não precisa afligir-se, eles não são judeus—disse ela, categórica.—Sua família é inglesa. Aqui na Alemanha, são considerados judeus os da Europa Oriental—refugiados lituanos e poloneses—, não alemães aqui radicados há muitos e muitos anos. Meu marido emprega inúmeros judeus verdadeiros na sua firma. Alguns são muito inteligentes. E alguns são muito boa gente. Limpos, sóbrios, articulados. Eu lhes dou assistência social. Minha própria família tem raízes, remotas, na Europa Oriental. Somos oriundos de uma família de Kaunas, na Lituânia, uma família muito culta.

Herr Stockmann e Ernst davam a impressão de que estavam à espera de que um cheiro desagradável cessasse.

O telefone salvou o que era, evidentemente, uma "situação". Ernst se levantou para atender, dizendo que aguardava uma chamada.

Herr Stockmann disse:

—Eu pensava que esta seria uma refeição de família, com nosso hóspede, sem interrupções dessa máquina.

Frau Stockmann deu efusivas explicações a Paul:

—Os amigos de Ernst muitas vezes telefonam na hora do jantar porque sabem que só então o encontram. Ernst é tão popular! Mas não queremos alguns desses amigos aqui nesta casa. Não aprovamos todos eles. Meu filho trabalha o dia inteiro, e muitas vezes sai à noite. Mas qualquer interrupção quando estamos à mesa irrita meu marido. No final das contas havia, então, pessoas que se importavam com Ernst, que o amavam, talvez. Toda noite seu convívio com os pais era interrompido por vozes de longe, vozes talvez de rapazes e moças que velejavam no lago.

Depois do jantar, o café foi servido no *hall*. Paul não conseguia tirar os olhos dos quadros—o Van Gogh, um Derain, um desenho de Picasso de 1905 representando uma criança. Havia também um que o intrigou grandemente: era a figura de um jovem desmazelado, com ar de louco, cabelo cor de milho caído na testa, quase tapando os grandes olhos, de um azul muito intenso, e o cavalete do nariz, forte, adunco. Os lábios, grossos como fatias de melão, abriam-se num esgar lastimoso.

—Qual o autor daquele quadro?—perguntou.

—Oh, fico contente de que tenha gostado desse—disse *Frau* Stockmann com entusiasmo.—É muito raro. Mesmo especialistas, quando vêm aqui, não adivinham quem é o pintor.

—E quem é?

Ernst interrompeu:

—Minha mãe o comprou quando estudava história da arte em Paris antes da guerra.

—E me custou praticamente nada—riu *Frau* Stockmann.

—Mamãe tinha um olho para o que iria valorizar. Hoje esse quadro custaria uma fortuna.

—Pois custou nada. O pintor estava quase morrendo de fome.

—E como se chamava?

—Tão louco, tão jovem, sempre embriagado, tão feio e tão bonito: Desnos.

Paul nunca ouvira falar em Desnos, mas gostava do quadro.

—Desnos morreu há muito tempo—explicou *Frau* Stockmann com um grande suspiro, mas de satisfação.—Parece feliz, não parece, nesse autorretrato, apesar de pintado numa tela que é mais como um saco de aniagem—que eu tive de mandar forrar—e com tinta barata que já descorou em alguns lugares e foi preciso restaurar com tintas caras. Tão caras!

—Mamãe fez essa coleção. Como colecionadora, ela é um verdadeiro gênio.

—Era! Não poderia colecionar essas coisas sórdidas que pintam hoje. Nojentas! Tudo é tão horrível agora.

Ela deu as costas aos quadros e disse:

—Agora tenho de deixá-los, infelizmente, para ir a uma reunião do comitê dos Amigos da Música de Hamburgo. Deixo-o nas confiáveis mãos de Ernst. Não o apresente ao seu amigo Joachim Lenz, Ernst—disse rindo, mas com segundas intenções. Depois caminhou para a porta da rua.

Ernst a acompanhou até fora de casa e voltou para o *hall*. Ele e Paul tomaram outra xícara de café, e então Ernst disse:

—Quer vir comigo ao jardim? Fica atrás da casa e vai até o lago.

Desceram por um caminho que corria ao lado da casa, até o grande jardim dos fundos, com seu gramado e seus arbustos. Embaixo, junto do lago, havia um renque de salgueiros. Muitos deles tinham ramos curvados sobre a água e alguns mergulhavam nela suas pontas. Através da cortina dos galhos, como se estivessem por trás de uma grade curva de ferro, contemplaram a densa noite de verão do lago—estuante de barcos.

De pé, ali, com Ernst, Paul viu canoas a poucas jardas de onde estavam, para além dos galhos dos salgueiros. Pareciam extremamente próximas, com sua carga de rapazes e moças em roupas que eram como folhas coladas à carne. Pensou sentir as suas cores quentes através da escuridão.

Era possível ouvir o roçar dos botes na água, uma pulsação surda por baixo da pancada dos remos, dos risos e gritos dos tripulantes. Uma canoa passou bem perto de onde estavam. Entrara debaixo dos salgueiros que marcavam o limite da propriedade dos Stockmanns. Vendo Ernst e Paul e sentindo-se decentemente como invasores, dois rapazes enfiaram fundo as pás dos remos na água e se afastaram rapidamente. O lado envernizado e brilhante da canoa parecia o dorso de um golfinho desviando lentamente de uma proa de barco. A galhada dos salgueiros--chorões, o perfume dos limoeiros, o bronze e o róseo das carnes, as cores vivas das roupas de verão, os risos e murmúrios, as velas distantes, no lago e, para além delas, as luzes da cidade, os retângulos e triângulos de paredes e torres refletidas deram a Paul, com a maior intensidade possível, o sentido de uma vida jovem e estrangeira. O crepúsculo parecia, como o lago pouco abaixo dos seus pés, outra carne que ele podia penetrar, mas da qual o separavam os chorões dependurados por cima da água.

Começava a escurecer e a esfriar. Voltaram para a casa. Ernst levou Paul escada acima para o seu estúdio e, sentado ao lado dele no sofá, mostrou-lhe fotografias de lugares onde havia estado, de gente com quem ia a festas. Eram fotografias apropriadamente convencionais. Paul podia imaginar Ernst no ato de tirá-las. Só ocasionalmente havia alguma mais cômica, embora tímida, de gente jovem fantasiada, fazendo caretas para a câmera, ou gesticulando em direção ao fotógrafo.

Uma fotografia, solta dentro do álbum, caiu no chão. Paul pegou-a e olhou-a com interesse. Não parecia tirada por Ernst. Representava um rapaz visto de perfil e curvado para a frente, com o queixo apoiado na mão direita. Tinha uma fronte ampla, os cabelos escuros penteados para trás e um nariz tipo bico de ave, um tanto mexicano. Os olhos eram atentos como os de um passarinheiro, como se ele estivesse dando instruções ao fotógrafo. Parecia divertir-se com quem quer que fosse ou o que quer que fosse que observava com grande intensidade: o fotógrafo, um amigo. Ou talvez fosse ele mesmo o fotógrafo.

—Quem é?

Ernst deu uma risadinha curta, insinuante.

—Oh, eu sabia que você ia ficar interessado! Esse é meu amigo Joachim Lenz. Receio que minha mãe não goste dele. Ela mesma disse isso, você ouviu.

—Ele tem uns olhos extraordinários.

A isso, Ernst, olhando Paul tão diretamente quanto Joachim parecia olhar de dentro da fotografia, disse:

—Seus olhos são mais bonitos que os de Joachim.

Paul riu. Depois, vendo que ofendera Ernst, pegou de novo a fotografia. Ernst disse:

—Você quer conhecer meu amigo Joachim?

—Gostaria muito.

—Bem, na verdade ele dá uma festa daqui a dois dias. Você está convidado. Pediu-me que o levasse.

—Que espécie de festa será essa?

—Bem, pode parecer estranho depois de Oxford. Você sabe dançar?
—Não.
—Não faz mal.
Logo depois, Paul disse que estava cansado da viagem. Ernst o levou até o quarto. Uma vez só, Paul escreveu no seu caderno:

> Agora vou começar a viver.
> Determinações para as férias:
> Não fazer absolutamente nada daquilo que o meu preceptor determinou que eu fizesse.
> Agora que estou longe da Inglaterra, farei o meu próprio trabalho, e, quer fique em Oxford ou não, doravante não farei outro trabalho a não ser esse.
> Meu trabalho é escrever poesia e prosa de ficção. Não tenho caráter nem força de vontade fora do meu trabalho. No mundo da ação, faço tudo que meus amigos me dizem que faça. Não tenho opiniões próprias. Sei que isso é vergonhoso, mas é assim. Então, devo desenvolver aquele lado da minha vida que não depende dos outros. Devo viver e amadurecer no meu trabalho. Meu objetivo é alcançar a maturidade do espírito.
> Vou manter de hoje em diante este caderno. Conterá descrições de pessoas e espécimes de diálogos tirados da vida real.
> Depois do meu trabalho, viverei exclusivamente para os meus amigos.

Na manhã seguinte, tendo Ernst ido para o escritório, *Frau* Stockmann encarregou-se de levar Paul à Galeria de Arte de Hamburgo. Ao deixarem a casa, ela explicou que não pretendia confiar-lhe as complicadas chaves da mansão. Quando saísse sozinho, teria de tocar a campainha para que a empregada abrisse na volta. Mas não deveria voltar para casa depois de onze da noite. Fazer isso seria obrigar os empregados a ficarem acordados.
—Você sabe, nada era seguro depois da guerra, quando veio a inflação. O dinheiro valia menos que o papel no qual estava impresso. Não havia ordem. Os assaltos eram frequentes, e ainda hoje na Alemanha é mais seguro manter tudo trancado. Eu sempre tranco as duas fechaduras da porta.
Paul concordou que devia ter sido terrível. Antes que ela fechasse, olhou para dentro da casa, escura como o interior de uma pirâmide, com os quadros pendurados em correntes como vítimas de um culto de adoração da arte. Do lado de fora,

o sol parecia um artista enlouquecido que tivesse pintado estrada e vegetação em azuis e verdes, torcido os galhos das árvores em laços projetados contra a luz, que tudo ampliava, e feito borrões de tinta na rua e nas calçadas.

—Que calor!—queixou-se *Frau* Stockmann.—Ugh!— e abanou a mão em frente ao rosto, ora como um leque, para refrescar-se, ora como se quisesse mandar o sol embora.

Ela se acomodou no táxi e pareceu feliz em respirar no escuro do automóvel. Mandou que Paul se sentasse ao seu lado. Logo que o carro saiu, começou:

—Fico muito feliz vendo que o senhor se dá tão bem com Ernst. Ele é um rapaz excelente... Sim, penso que o senhor e ele têm... como é que se diz?... Afinidades, sim, que combinam muito bem, que são harmoniosos, *sympatiques*.

Encarou-o em seguida com um olhar provocante e avaliador. Depois continuou, num tom de voz mais ríspido:

—Espero que não impeça Ernst de trabalhar. O trabalho dele é muito necessário para todos nós. Seu pai não está bem de saúde.

—O que é que Ernst faz?

—No momento, trabalha, para ganhar experiência, para uma firma importadora nas docas. Eles importam produtos químicos, sabe? Remédios e coisas assim. Mas não será por muito tempo. Logo ele irá fazer trabalhos mais importantes. Acabará dirigindo a firma.

—Parece mesmo importante.

Frau Stockmann não estava muito segura de ter causado a desejada impressão. Persistiu:

—O senhor sabe, Ernst é muito inteligente, muito brilhante. Ele passou em todos os exames com distinção, aqui, em Heidelberg e em Cambridge. Com distinção. O senhor sabe o que isso significa?

Paul sabia.

—O que ele estudou?

—Economia. É muito bom nisso, e em física também. Naturalmente também em línguas: francês, inglês e talvez espanhol. O italiano dele é que não é lá grande coisa. Eu não falo inglês bem, mas Ernst fala, não é mesmo? Brilhantemente.

—Sim, brilhantemente. O inglês da senhora também é bom, mas eu poderia ter tomado Ernst por um inglês.

—Imagine! O senhor poderia ter pensado que Ernst era inglês! Poderia mesmo?—repetiu, à sua maneira pesada, encarando Paul com seus grandes olhos sérios.

Paul espiou a rua pela janela, desejando pular fora do táxi. As pessoas pareciam tão livres! Era como se dançassem. E isso por estarem na rua, e não sentados com *Frau* Stockmann dentro de um automóvel. Edifícios batidos de sol luziam como cetim por trás das silhuetas cor de púrpura dos transeuntes.

Antes de chegarem à galeria, *Frau* Stockmann fez parar o táxi e disse ao motorista que esperasse enquanto fazia algumas compras ligeiras. Fazia tudo para agradar a Ernst. Nas barracas de frutas, disse:

—Sabe? Ernst é engraçado, não come morangos.
—Comprou, então, cerejas. Não perguntou a Paul se ele gostava de morangos.

Na galeria, uma pintura moderna impressionou Paul particularmente: o retrato de uma mulher sentada à mesa de um café, os ombros embrulhados num xale apertado, os cabelos caídos numa massa confusa, a cabeça baixa, um pequenino copo, como um cálice de veneno, à sua frente. Os olhos cerrados, os lábios comprimidos, o rosto fechado, pareciam os de alguém totalmente aprisionado no seu próprio mundo de miséria. Uma pequena placa de metal dourado, embaixo, na moldura, dizia que se tratava da *Absinthtrinkerin*, de Picasso. Paul deixou esse quadro e passou a uma seção em que se via a moderna arte alemã.

—Não olhe para essas monstruosidades!—exclamou *Frau* Stockmann em voz estridente.

Os quadros eram em cores primárias, amarelos, vermelhos, azuis, alguns deles cruamente rabiscados nas telas nuas como grafites em paredes brancas—figuras de homens e mulheres cheios de pontas agarrando-se aos corpos uns dos outros em paisagens também cheias de pontas e pinheiros. Eram pinturas dos novos alemães vivendo suas vidas primitivas e suas primitivas paixões, como os antigos saxões nas suas barracas de pele tingidas de anil a arrancarem os corações uns dos outros. Havia um homem com um pênis ereto como uma espada aproximando-se de uma mulher hirsuta acocorada contra um fundo de chamas transparentes, carmesins.

—Não olhe para essas coisas. São asquerosas. É uma desgraça para a Alemanha que estejam expostas. *Ein Skandal!* —disse *Frau* Stockmann. Saíram da galeria e voltaram ao táxi que estava à espera.

À hora do almoço, Ernst telefonou da cidade convidando Paul para reunir-se a ele, Joachim e o amigo de Joachim, Willy, numa piscina, e dando-lhe instruções para chegar lá.

—Desejaria que seu filho aprendesse boas maneiras, e não telefonasse quando estamos comendo—rosnou *Herr* Stockmann para a mulher.

Ela respondeu com azedume:

—E eu gostaria que ele não encontrasse mais Joachim Lenz e seu amigo Willy.

A casa de banhos, ao ar livre, era imensa e estava cheia de gente. Quando viu isso, Paul se alegrou por ter indicações precisas de onde encontrar Ernst e seus amigos. Com calções sumários e mais nada, os banhistas eram, na maior parte, feios. A nudez, pensou Paul em seu caderno de notas, é a democracia da nova Alemanha, a República de Weimar.

Encontrou Ernst de mãos na cintura, exibindo os músculos dos braços e a envergadura dos ombros. Ernst e ele, pensou Paul, eram as únicas pessoas presentes que pareciam cônscias. Ernst sorria com ar de expectativa. Paul sentiu que estava sendo escrutinado por ele ao aproximar-se, como se fosse alguma peça de sua propriedade que Ernst tivesse orgulho em exibir, embora um tanto ansioso com respeito à recepção que teria. Disse:

—Boa tarde. Não teve dificuldade para encontrar o caminho?

—Nenhuma, obrigado.

—Dormiu bem?

—Admiravelmente.

—Muito bem. Os outros já estão na água. Quer despir-se primeiro, antes que eu o apresente a eles?

Paul despiu-se e voltou. Joachim e Willy estavam com Ernst, que apresentou Paul Schoner a Joachim Lenz, e este o olhou com uma espécie de avaliação bem-humorada. Não aprovou seu corpo pouco atlético, mas pareceu disposto a estabelecer boas relações com sua cabeça bem-falante, tanto quanto Paul pôde ver. Mas depois de lançar um olhar significativo a Ernst, Joachim desinteressou-se dele.

Willy Lassel, o amigo de Joachim, tinha cabelos louros, olhos azuis, dentes brilhantes e um sorriso cândido. Mente e corpo treinados para agradar. Disse, da maneira mais amável possível, que teria muito prazer em conversar em inglês com Paul, para aprender—queria ser professor de inglês um dia. Joachim observava, mudo como um peixe.

Willy falou mais um pouco com Paul, mas logo Ernst o interrompeu. E todos os três, Ernst, Joachim e Willy, passaram a falar animadamente em alemão uns com os outros. Ernst parecia entusiástico e fez rir aos outros. Depois, Joachim e Willy se afastaram e ficaram jogando bola, uma grande bola de borracha colorida. Corriam, saltavam, lançavam a bola um para o outro, por cima das cabeças da multidão que os olhava. Paul quase se esqueceu de Ernst, que permanecera de pé ao seu lado. Reclinado, também ele assistia ao jogo dos dois. Depois, Joachim e Willy desapareceram na massa de gente, saindo, eles também, para o sol, que brincava nos seus rostos e corpos e lançava um chuveiro de setas para além deles, na água.

Paul ficou estendido de costas e sentiu a luz na pele. Olhava diretamente para o sol. Os cílios dos seus olhos franjavam como caniços negros a luz que chovia em torrentes. As palavras que passavam pela sua mente, acostumada a registrar tudo, eram borradas pela enormidade da luz que parecia penetrá-lo fisicamente até os ossos. Sentia como se o sol sugasse dele toda a consciência pensante e o atraísse. Já não era mais um indivíduo.

Percebeu então uma sombra que se interpunha entre ele e o sol. Erguendo os olhos, deu com Ernst.

—Você vai entrar?

—Penso que sim. Caminharam juntos para a piscina, Ernst olhando para as pessoas, principalmente as bonitas. Paul começou a ficar constrangido com toda aquela nudez a sua volta, mas Ernst se adiantava, lesto, pisando leve, olhando ao redor com atenção e sorrindo com ar de sonso.

Passaram por Willy e Joachim. Willy sorriu para Paul. Seu corpo girou como uma coluna na luz, quando lançou a bola para Joachim. Joachim levantou as mãos e apanhou-a, olhando só por um instante para a bola, depois, com olhos brilhantes, para Willy.

Quando Ernst e Paul acabaram de tomar banho, Joachim e Willy já estavam vestidos e se preparavam para ir para casa. Ao se despedirem, Joachim convidou Paul para a sua festa, no dia 24 daquele mês.

24 DE JULHO

O estúdio de Joachim era uma seção da cobertura de um bloco de apartamentos modernos. Consistia em um grande aposento, simples, iluminado por uma claraboia, e mobiliado esparsamente. Numa das extremidades, havia uma divisória, que escondia uma cama de casal. Havia também um grande divã na outra ponta do estúdio, cadeiras tubulares de metal, mesas com tampo de vidro e lâmpadas que eram cubos de vidro, como blocos de gelo iluminados do interior.

Ernst e Paul chegaram cedo. Joachim pegou Paul pelo braço e o levou à volta da sala, mostrando-lhe diversos objetos: a tigela de cristal, o tapete mexicano, os livros de arte. Havia também uns poucos livros sobre o Extremo Oriente e a arte africana. E havia *A decadência do Ocidente*, de Oswald Spengler.

—Você leu tudo isso?—perguntou Paul.

—Não, leio pouco hoje em dia. Comprei a maior parte desses livros logo que saí da escola, quando tinha dezoito ou dezenove anos. Mas não leio tanto agora. Depois do trabalho, no fim do dia, vou sempre à piscina com Willy ou alguns outros amigos. Nos fins de semana, vou ao Báltico. Gosto principalmente de tomar sol e fazer coisas—não de ler.

—Oh.

—*Well*—disse ele, pronunciando a palavra *well* quase como se fosse *wall*—, e puxando um gigantesco volume de uma prateleira alta—, às vezes leio um pouco deste livro, quando chego tarde da noite em casa, embora prefira olhar as xilogravuras a reler as histórias.—E abriu o volume, com seu papel grosso, cor de *biscuit*, e suas estampas densas, muito negras, de florestas, castelos, donzelas, cavaleiros, cavalos, heráldica e monstros, representados de maneira expressionista, clara, crua, sinistra. Eram os contos de fadas dos irmãos Grimm.—Muitas vezes fico deitado, tarde da noite, olhando as xilogravuras e pensando que são representações das pessoas que conheço. As ilustrações parecem encher minha cabeça como se ela fosse uma caverna com pinturas parietais.

Falava inglês lentamente, mas com correção, e tinha um leve sotaque arrastado, de americano. Olhava Paul com olhos que pareciam observar enquanto ouvia as palavras que ele ia dizendo, como se fossem peixes num aquário.

—O que você faz?—perguntou Paul.

—Meu pai importa café do Brasil, e eu trabalho com ele. Vou aprendendo, para dirigir um dia o negócio da família. Mas acredito que jamais venha a ser comerciante de café.

Paul perguntou se um desenho pregado na parede com tachinhas—dois marinheiros debruçados numa mureta do porto—era de sua autoria. Executado em sépia, tinha contornos nítidos e fortes da cor de sangue seco.

—Oh, fiz isso há muito tempo. Agora abandonei o desenho pela fotografia. E prometeu mostrar seus trabalhos a Paul um outro dia.

Muitos convidados tinham chegado. Paul separou-se de Joachim e ficou andando pelo quarto, evitando falar com qualquer pessoa. Não queria impor a ninguém uma conversação em inglês. Afastado da porta de entrada do estúdio, descendo uns poucos degraus, havia uma copa. Lá encontrou Willy lavando louça. Willy o recebeu com um largo sorriso.

—Oh, é você que lava a louça?

—Joachim está ocupado o dia todo. Não tem tempo para cuidar da casa. Isso é serviço meu.

E, mudando de assunto:

—Você gostou do estúdio de Joachim? Já tinha visto mesas assim, de metal e vidro? E os cubos de luz?

—Não, nunca.

—Não? Pois foi tudo ideia de Joachim. Ele encomendou essas coisas na Bauhaus de Dessau, que executou os seus desenhos. É tão inteligente, Joachim... Mas estou cansado. —Passou a mão pelos cabelos compridos e riu.—Estou arrumando a casa desde as três da tarde. Você viu os livros nas estantes? Estavam todos pelo chão, numa pilha, quando cheguei, e tive de colocá-los de volta nas prateleiras. Também tive de varrer o estúdio inteiro.

Voltaram ao estúdio propriamente dito. Willy apresentou Paul a várias pessoas. Joachim veio ter com ele em companhia de um homenzinho baixo, de pernas arqueadas e rosto enrugado e seco como o de um macaco.

—Paul, você precisa conhecer Fedi. Ele é um heroico, comandante de zepelim, derrubado pelos malvados ingleses quando, inocentemente, bombardeava a pequena e desprezível ilha deles. Não foi, Fedi? Ele fala inglês perfeitamente—não fala, Fedi?

Fedi sorriu um sorriso cansado. Ele e Paul atravessaram juntos a sala e ficaram a olhar o Alster por uma das janelas verticais do estúdio, que eram como seteiras. O porto brilhava de luzes e, ao longe, via-se um fulgor vermelho de chamas.

—Como é isso de ser derrubado em ação?—perguntou Paul.

—Fomos atingidos quando atravessávamos o litoral inglês, depois de um ataque. Conseguimos chegar até o Báltico, onde caímos.

—O zepelim não se incendiou?

—Bem, estávamos no mar. Parte do invólucro ficou boiando à superfície. Nós, os seis sobreviventes, nos içamos, sentamos no topo e esperamos pela madrugada, quando fomos recolhidos.

—Sentiu muito medo?

—O pior era não podermos fumar, com todo aquele gás escapando.

—Quando foi isso?

—No verão de 1916. Depois, acabaram-se os zepelins!—Fedi sorriu, um sorriso torto, de macaco, e acendeu um cigarro.

—Por que não houve mais zepelins?

—Porque *vocês*—disse, como se Paul fosse pessoalmente responsável pela invenção—inventaram a bala de fósforo, que incendiava o gás do zepelim quando penetrava o envoltório. Bum! Com isso, *Schluss!* Adeus nossos belos zepelins.

—Talvez você fosse um dos tripulantes do zepelim que vi passar por cima da nossa casa quando tinha sete anos. Isso deve ter sido justamente no verão de 1916.

—Como foi?

—Nossa família morava em Sheringham, bem no limite do litoral de Norfolk. Uma noite saímos todos para o jardim, e havia um zepelim voando muito baixo, como se fosse raspar nas chaminés do telhado. A gente podia ouvir até o zumbido dos motores. Meu pai, minha mãe, o secretário de meu pai, a cozinheira, a arrumadeira, meu irmão e minha irmã—nós todos ficamos olhando aquilo à luz do crepúsculo. Era a coisa mais bonita que eu jamais tinha visto. Assemelhava-se a uma folha seca de outono, mas inflada, com todas as nervuras aparentes, movendo-se placidamente no céu. Não sei como meus pais permitiram que a gente saísse para o jardim daquele modo. Na manhã seguinte, a família foi evacuada para Cumberland.

Fedi riu.

—Então pelo menos tivemos algum sucesso! Sim, pode ter sido o nosso zepelim. Por sobre a *Ostküste,* o *Nordsee, ja, ja,* pode ter sido o nosso.

—Vocês jogaram alguma bomba?

—Sim, nós soltamos bombas, não para fazer estragos, mas para ganhar altura.

—Lembro-me de que acharam uma bomba que não explodiu no jardim de um vizinho. Era oval, branca, toda cheia de marcas de bexigas, como um ovo de avestruz, só que maior, suponho.

—Como um ovo de avestruz! *Ja, ja,* podíamos ser nós!—Fedi deu uma risada, enlaçou o ombro de Paul e pôs sua cabeça contra o peito dele, abraçando-o.

Paul podia vê-los: a pequena tripulação de inimigos da Inglaterra, sentados no bojo ainda flutuante do invólucro do zepelim, a poucos pés apenas das águas geladas do Báltico. Esperando pelos ruídos de descarga do barco que iria salvá-los. Paul sentiu-se comovido com aquele diminuto herói alemão, com sua cabeça calva e pontuda como o topo do zepelim para fora da água. Paul era inglês e Fedi, alemão, mas agora, dez anos depois da guerra, todo o ódio entre as duas nações se esvaíra como o gás do invólucro furado do aeróstato. Uma pena que Fedi fosse tão encarquilhado e feio.

Ele se foi, e Paul continuou de pé junto à janela. Um espectador, como no princípio da festa. Observava os jovens alemães. Tinham um estilo que ele achava excitantemente "moderno". Moda para eles era o sol, o ar, suas peles bronzeadas. Os rapazes, meigos e tranquilos, as garotas, esculturais. Havia uma certa bravura no *show* de felicidade que exibiam. Paul gostava deles.

Ernst lhe apresentou uma das moças.

—Quero que conheça Irmi, uma amiga muito especial.

—Eu não falo inglês—disse ela, num inglês primário. —Você está na casa de Ernst, não? Ele é muito bom rapaz —sorrindo, ela pegou na mão de Paul.

Insistiu para que ele dançasse, embora Paul dissesse que não sabia dançar. Irmi tinha os cabelos curtos, como os meninos do Eton, olhos de um azul muito pálido e um corpo de rapaz. Dançava apertando o corpo contra o de Paul. O alto da cabeça dela chegava-lhe aos lábios, e ele quis beijar-lhe os cabelos. Acabou fazendo isso, de leve. E subitamente descobriu que era capaz de dançar.

Depois da dança, ela correu para Joachim, que estava descansando em um dos colchões. Pôs o braço em volta do pescoço dele, sorrindo para Paul. Chamou-o, em seguida.

—Isto é inglês, não?—perguntou, mostrando a saia que usava.—Vocês chamam a isso de *kilt*, não é?

Ele disse que sim. A saia era de lã e muito curta. Ela usava meias xadrez, entremeadas de fita. Tinha os joelhos nus. Paul imaginou-a num barco, no lago.

—Em Hamburgo nós gostamos muito de tudo o que é inglês—disse ela.

Ernst sorriu para Paul, com reprovação.

—Você me disse que não sabia dançar. Agora que vejo que sabe, você tem de dançar comigo.—Mas logo que Paul e ele começaram a dançar, viu que Paul não mentira. Ele não sabia mesmo dançar. Abandonaram a tentativa e ficaram a um canto, conversando.

—Você está achando isto muito diferente da Inglaterra?

—Muito diferente.

—Prefere a Inglaterra?

—Não.

—Pensei pela entonação que deu à palavra "muito" que estivesse aborrecido comigo.

—Eu disse "muito" de algum modo especial?—Paul estava meio apaixonado por todo mundo na sala por não serem Ernst.

—Talvez você prefira que eu vá embora e o deixe aqui sozinho.

Havia angústia na expressão dele.

Paul se lembrou da maneira afetuosa pela qual Irmi se referia a Ernst — de quão calorosamente Joachim e Willy o tinham recebido.

— Eu só não quero é que fique me acocorando como uma galinha velha.

— De certo modo, prefiro as festas a que assisti na Inglaterra, mas esta espécie de coisa, bem, tem suas vantagens.

— Ernst parecia enigmático.

Gostou de Cambridge?

— Foi a experiência mais maravilhosa da minha vida. Oh, Downing College!

A dança cessara. O silêncio caíra sobre a sala. Ernst disse *sotto voce*:

— Imagino que você ache essa gente toda esquisita.

— Gostei dos seus amigos.

— Fico contente com isso. Eu esperava que gostasse. Tinha certeza de que gostaria. Naturalmente sabia que ia gostar. Já o conhecia suficientemente para isso, mesmo naquele primeiro almoço em Oxford. Eu tinha lido seu poema sobre aquele tal de Marston. Ele parece ter uma inocência que me lembra você. "Só quando irado, era como o trovão" — citou —, "mas geralmente, um calmo temperamento inglês."

— Tão inglês! Você quer saber? Fiquei contente que se zangasse comigo há pouco, porque isso me fez recordar aquele verso. Por um momento, eu quase o imaginei como Marston. — E continuou, no mesmo tom insinuante de voz. — Estou particularmente interessado na festa desta noite porque há muita coisa acontecendo debaixo da superfície. — Por fim, perguntou: — Você gostou da Irmi?

— Acho-a encantadora.

— Encantadora — disse Ernst, rindo. — Alegro-me que tenha dito isso. Encantadora é *le mot juste*. Irmi é sempre alegre, divertida, como uma borboleta que voa de flor em flor. Não que tenha uma vida sem problemas. Longe disso. Na verdade, meteu-se numa séria enrascada há cerca de um ano. Quase teve um filho. Naturalmente, isso é um segredo, um grande segredo.

— O que você quer dizer com "quase"?

— Teve de fazer um aborto no hospital... Lá, consertaram tudo.

Paul havia pensado que ele era o primeiro rapaz em quem ela se encostava daquele jeito, e que os dois nunca esqueceriam um do outro.

— Foi só uma pequena nuvem na vida dela, sabe? Passou. E agora está tão feliz quanto era antes.

Joachim chamou, nesse momento:
— *Bitte setzt euch!*
Todo mundo se sentou no chão, obedecendo ao comando, para ver o filme, projetado contra uma tela posta na parede, acima das estantes. Willy apagou a luz e sentou-se junto de Paul, que, àquela altura, estava um pouco bêbado de absinto. A ideia de que Irmi fizera um aborto misturava-se à memória que tinha da dança com ela, que agora recobrava a antiga doçura. Cores, sons, perfumes, o gosto do absinto, fragmentos de conversas formavam caleidoscópios no seu cérebro, sentado como estava no escuro, esperando que o filme começasse.

De repente, a película apareceu, saída de golpe da treva. Era mais uma sequência de imagens na sua cabeça. Rapazes e moças esquiando às sacudidelas por uma encosta coberta de neve. O céu negro contra a neve. Quando chegavam a uma saliência no sopé do morro, levantavam seus bastões a fim de se lançarem para a frente. Uma das moças olhou diretamente para a câmera. Parecia estar saudando alguém na sala. Joachim. Todos riram, bateram palmas e gritaram "Joachim!". Agora a cena era a bordo de um navio, sob um céu ardente. Sombras de ferro faziam linhas, retas e curvas, num convés. Via-se Joachim debruçado na amurada olhando o mar. Tinha o rosto imóvel. Voltou-se — e riu para os amigos reunidos na sala — com a pele enrugada ao sol. Agora jogava tênis de convés, rindo e gesticulando do navio para os amigos na sala. Paul era um deles. Agora, havia uma festa, mas não a bordo, naquele mesmo estúdio, com rapazes e moças dançando. Alguns deles lá, naquele dia, outros aqui no estúdio, agora — dançando. A câmera saltitava por entre os pares, que se torciam e davam viravoltas, focalizando o interior do aposento, sua mobília de metal, as luminárias em forma de cubo, detendo-se em *close* num rosto mais bonito, num torso nu, numa coxa, num pé descalço. De repente, todos caíram no chão, uns por cima dos outros, inclusive gente que estava ali agora, presente no estúdio. Olhando com olhos brilhantes para a luz, Willy surgiu em foco, acariciando a cabeça de Irmi, sentado no chão a seu lado, ao lado de Paul. Willy virou-se, com o rosto voltado para a luz, e beijou o alto da cabeça dela, depois sua cabeça vista de cima, com seus espessos cachos, cobrindo a luz nos lábios dela. Todo mundo riu. Paul viu que o próprio Willy, estendido a seu lado no soalho, ria. Paul riu também.

As luzes foram acesas. Todos se puseram de pé, por um momento mudos, vibrando. Dois ou três pares começaram a dançar lentamente, sem música. Um casal parou de dançar, petrificado num abraço *tableau*.

Paul ouviu Irmi chamar—"Willy!"—e sair com ele. Sentiu ciúmes, embriagado como estava. Willy e a moça tinham deixado a sala. Paul esperou junto a uma das seteiras azuis, apoiando-se ao peitoril por um tempo que lhe pareceu interminável. Pensava no que estaria Irmi fazendo com Willy.

E, de repente, estava caído por terra, jazendo de comprido no chão. Por um momento perdeu a consciência. Depois viu muitos rostos olhando de cima para ele. Formavam uma moldura irregular de cabeças e ombros, para além da qual via o teto, como um espelho refletindo a luz elétrica. Uma garota se destacou daquela cordilheira e voltou, pouco depois, trazendo uma esponja de água fria que apertou com delicadeza contra as suas têmporas, sua face, seus lábios. Alisou, em seguida, os cabelos de Paul. Era Irmi. Ele se pôs de pé com a ajuda das mãos.

—Está melhor?—perguntou Joachim, olhando-o com espanto.

—Sim, estou perfeitamente bem.

Joachim se foi na mesma hora. Ernst chegou com o olhar preocupado de alguém responsável por um convidado que cometeu uma gafe social.

—Se já se sente bem, penso que devemos ir para casa—disse severamente.

—Primeiro, quero dar boa-noite a Willy.

—Onde ele está?

—Saiu da sala com alguém.

Ernst olhou para Paul com uma interrogação muda, mas logo se foi e voltou com Willy a reboque.

—Eu só queria lhe dar boa-noite—disse Paul.

—Só isso? Que engraçado!—disse Willy e deu uma risada.

—Vamos agora?—Paul despediu-se de Willy, que lhe apertou a mão calorosamente e disse que os acompanharia até embaixo. Enquanto conversavam um pouco, de pé junto à porta do estúdio, Joachim saiu com outros convidados que partiam. Desceram todos juntos, atabalhoadamente, os oito lances de escada.

Fora, na calçada, Joachim disse a Paul:

—Eu sempre digo que meus amigos devem ter grande amor por mim, pois se dispõem a subir tudo isso para me visitar.

—Mas todos eles o amam demais, Joachim!—disse Willy, rindo excitadamente.

Todos trocaram apertos de mão, na rua.

Paul e Ernst ficaram sós.
— Você está mesmo bem? — perguntou Ernst.
— Sim, já me refiz. Não sei o que aconteceu. Jamais tinha desmaiado antes.
— Bem, não foi nada. Ninguém reparou. Willy está contente agora. Fico alegre com isso. Ele estava infeliz a maior parte da noite.
— O que quer dizer?
— Ele entrou de volta na casa com Joachim. Penso que receava que Joachim não o chamasse. Mas subiram juntos, tudo está normal. Fico satisfeito.

A presença de Ernst deu a Paul a sensação de estar sendo forçado a ser ele mesmo. Tentou fixar a vista nas árvores e nos edifícios em torno deles, ali, ao nível da rua, para tirar Ernst da órbita da sua consciência. Chegaram a uma ponte por cima de uma torrente que se lançava no Alster. Debruçado no parapeito, Paul olhou para baixo e para o lago, além. Algo estava acontecendo com o céu. Não havia alvorada ainda, mas já não estava completamente escuro, e o céu se fazia transparente. Enchia-se de luz gota a gota, como um tanque se enche de água. Contra o firmamento que empalidecia, havia tranças de folhas dependuradas no ar como cabelos, com todos os seus detalhes anulados.

— Que extraordinária, a maneira como elas pendem!
— Sim, *pendem*. É *le mot juste* para descrever a folhagem. Percebo agora como você escreve poesia.
— Você alguma vez fez versos, Ernst?

Ele tomou a coisa portentosamente.

— Bem, há muito tempo que não faço. E o mais curioso é que, quando me sinto inclinado a fazer um poema, o que me ocorre são linhas em francês ou inglês, nunca uma frase na minha própria língua.

Ele incomoda, ele exaspera, ele persiste, ele imita, não me deixa em paz, é uma sombra que carrego presa no meu tornozelo.

— Amanhece! — exclamou Ernst, erguendo o braço como um sinal de estrada de ferro.
— Eu sei, eu sei.

Estavam em casa. Através da luz incerta e gris, Paul viu as silhuetas das mansões daquele bairro de milionários. Duas linhas de poesia lhe passavam, recorrentes, pela cabeça.

J'ai fait la magique étude
Du bonheur, que nul n'élude

Ernst abriu as imensas portas, e eles entraram pé ante pé, subindo as escadas tão silenciosamente quanto puderam. Quando passaram por um quarto no primeiro andar, Paul notou luz debaixo da porta. Ernst teve um ligeiro sobressalto e voltou sobre seus passos. Depois acompanhou Paul de novo, pediu-lhe que subisse para o quarto dele, no andar de cima, e disse num sussurro que viria logo, que sua mãe provavelmente passara a noite em claro, esperando que ele voltasse da festa de Joachim, e que tinha de falar com ela.

Sentindo-se estranhamente culpado, Paul esperou no quarto. Dentro de poucos minutos, Ernst voltou. Parecia tranquilo e determinado.

—Então?

—Não é nada. Minha mãe faz isso frequentemente, mas não importa. Dá pena, porque, afinal, é minha mãe. Ela parece estar agora contra você. Mas eu sempre faço o que quero. Você é meu convidado, não dela—disse e acercou-se de Paul, repetindo:—Não dou importância. Sigo meu caminho e faço o que quero.

—Posso ajudar?

De repente, Paul sentia pena dele.

Ernst deu de ombros, como que dizendo que não precisava de ajuda.

—Por que você está tão infeliz, Ernst?—perguntou Paul, pensando no que Wilmot perguntaria.

—Isso mostra quão pouco você me compreende. Eu não estou infeliz. Você está aqui.

Paul se levantou, pensando que aquilo era o fim da conversa deles. Quando já estava na porta, Ernst disse:

—Você poderia me ajudar. Você é a única pessoa que já encontrei que poderia.

—Como?—Paul sabia que havia uma coisa que ele podia fazer naquele momento e que talvez salvasse Ernst. Algo que Wilmot talvez recomendasse que fizesse. Sentiu que tremia. Ernst, transformado numa outra pessoa, feliz. Um milagre operado. Ernst estava agora bem junto de Paul. Pôs a mão no seu ombro. Não foi tanto pelo ato que ele se sentiu repelido quando Ernst o beijou, mas pela expressão que leu nos olhos dele.

Depois que a empregada lhe trouxe seu café da manhã na cama—café com pãezinhos—, ele passou a manhã no quarto, escrevendo. Ernst fora para o escritório da firma Stockmann. Pensando que talvez devesse dar à empregada a oportunidade de arrumar o quarto, Paul desceu, com a intenção de sair e andar um pouco pela estrada, ao longo do lago. Quando alcançou a porta do primeiro patamar, debaixo da qual tinham visto luz na noite anterior, ou melhor, naquela manhã—a porta se abriu abruptamente. *Frau* Stockmann emergiu e saiu para o patamar. Estava de robe, com os cabelos soltos caídos sobre os ombros. Não tinha maquiagem, seu rosto estava enrugado e feio, os seios flácidos. Obviamente não dormira ainda. Ordenou:

—Venha ao meu quarto, *Herr* Paul Schoner. Quero falar com o senhor.

O quarto, que era espaçoso, dava a impressão de ser todo em damasco vermelho napolitano. As paredes eram forradas de pano dessa cor, e também as cortinas, o sofá, as duas poltronas de carvalho. Havia uma penteadeira com espelho oval e uma secretária muito bonita. Moldura por demais luxuriante para uma imensa aquarela de crisântemos de pétalas rasgadas, cor de ferrugem. Paul desconcertou *Frau* Stockmann perguntando-lhe imediatamente o nome do pintor. Era Nolde.

Tendo dado essa informação bruscamente, *Frau* Stockmann sentou-se em uma das cadeiras de braço, dizendo a Paul que puxasse a outra, à sua frente. Com uma sombra de sorriso, disse:

—Espero que tenha gostado de sua curta visita a Hamburgo.— Paul notou o verbo no passado.

—Gostei muito. Sou muito grato pela sua bondade em hospedar-me.

—Quando Ernst me disse que teria em casa um amigo inglês, eu fiquei muito contente—disse.—Pensei, afinal meu filho tem um amigo apropriado, um jovem e promissor poeta— foi o que Ernst me informou—, um homem sério. Poderá partilhar seus interesses intelectuais com Ernst. Na minha mente, eu já os via indo a concertos juntos, visitando as galerias de arte, vendo a arquitetura desta cidade, famosa internacionalmente. Há muita cultura em Hamburgo. E na vizinhança temos as cidades hanseáticas de Bremen e Lübeck. Podem alugar um carro, e Ernst o levará para mostrar-lhe a casa em que Thomas Mann escreveu o seu *Buddenbrooks*, pensei.

—Gostaria muito de ver todos esses lugares. Mas...

Ela se apossou da palavra "mas" e disse rispidamente:

—Mas o senhor está por demais ocupado indo com Ernst a festas com Joachim Lenz e o amigo dele, Willy.

—Penso, devo dizer-lhe, *Frau* Stockmann, que gostei muito de Joachim Lenz.

—Joachim Lenz? O senhor gostou de Joachim Lenz? Joachim Lenz costumava vir aqui frequentemente com Ernst. Ele não é burro, e eu o convidava. Pensava que talvez Ernst pudesse influenciá-lo e que ele melhorasse. Mas logo vi que era Joachim Lenz que influenciava meu filho, Ernst Stockmann, para o pior—o pior mesmo, muito pior do que posso dizer. Não vou contar-lhe ao que me refiro. Um jovem *Engländer* não poderia compreender isso nunca. Decadência! É o que acontece hoje com a Alemanha, onde há tanta corrupção entre os moços. Sempre despidos, por toda parte! Foi isso o começo de tudo! Em canoas, nos fundos deste jardim, moças e rapazes, como aqueles quadros expressionistas que vimos na galeria de arte. Eu disse a Ernst: "Não traga mais aquele sujo mercador de café à nossa casa limpa, onde meu filho permanece puro".—Ernst, graças a Deus, ainda é puro.

—Joachim não gosta de vender café. Ele mesmo me disse isso.

—Pior. Não é sério nem com relação ao café—a única mercadoria decente que vende—, me diz o senhor.—Interrompeu-se, contemplando, na mente, a enormidade de Joachim Lenz. Aquelas fotografias!—exclamou. E continuou:—Eu sempre pensei que um poeta inglês—tão bonita a poesia que eles escrevem, *die Engländer*, tão admirados aqui em Hamburgo—não desejaria conhecer *gemeine Leute*—gente baixa. Em Hamburgo, julgamos os ingleses tão corretos, tão respeitáveis—dedicados só às boas influências—, que o senhor pode compreender como estou desapontada. Tudo isso, porém, é coisa do passado. O que eu preciso dizer-lhe é que, embora o lamente, o senhor não poderá, já na semana próxima, permanecer aqui como hóspede. O que, evidentemente, nada tem a ver com o tema da nossa conversa. É que outros *Gäste* estarão ocupando todos os quartos disponíveis. Colecionadores de Dusseldorf. E, depois dessa terrível guerra, não temos empregados para tantos hóspedes, só quatro arrumadeiras para cuidar da casa toda.

—Mas ainda ontem Ernst me dizia que eu era hóspede dele, e não da senhora—disse Paul, e imediatamente se arrependeu.

—Não é Ernst que decide quem fica ou não fica nesta casa. Ele não entende as nossas condições. Seus hóspedes não são como os meus hóspedes, que não dão todo esse trabalho, e não trazem más influências para cá... como Joachim Lenz!

De súbito, ela mudou outra vez de tom e disse, pateticamente:

—Desculpe, eu não dormi. Nem um minuto, a noite toda. Não sei bem o que digo, inglês é uma língua estrangeira. Desculpe o que possa ter sido desagradável. Quando eu estava em Paris, meu francês era tão bom quanto o meu alemão, e meu inglês também era correto, embora não tanto quanto o de Ernst.

—A senhora foi muito gentil. Sejam quais forem os desejos de Ernst, concordo que deva ir. Eu não tinha a intenção de contar-lhe que ele me disse que eu era seu convidado, e não da senhora. Peço-lhe desculpas.

—Só lhe peço um favor—continuou, sorrindo agora, e num tom até amigável.—Não conte a Ernst que tivemos esta conversa. Ou ele se voltará contra mim. Não poderei suportar que ele e eu briguemos por sua causa. Penso que ele gosta do senhor, que verdadeiramente gosta do senhor. Verdadeiramente.

—O que vou dizer-lhe é que decidi ir embora. Afinal, depois de tudo o que me disse, decidi mesmo. Mas não vou contar que isso tem algo a ver com a senhora.

—E é verdade também que tenho três hóspedes na próxima semana—disse ela, erguendo-se da poltrona com um certo *páthos* e um ar de fadiga que beirava o colapso, cansada até de estar zangada.

Surpreendeu-o estendendo-lhe a mão.

—Bem, não temos de nos despedir imediatamente —como se antes tivesse sido intenção dela fazê-lo.—Sabe como meu marido o chama?

—Não.

—*Der Engel!* Ele se refere ao senhor como *Der unschuldige Engel-länder*, porque, diz, o senhor lhe parece tão inocente. "Um anjo caído", digo eu, brincando com ele. Mas agora talvez pense que seja apenas um anjo caindo. Mas não arraste meu filho com o senhor na sua queda. Ele é puro. Paul pensou que a conversa tinha durado tempo suficiente para a empregada retirar a bandeja e arrumar o quarto. Já não tinha vontade de andar à margem do lago. Voltou para cima e escreveu uma longa carta para Simon Wilmot.

No *Schwimmbad*, naquela tarde, Paul ficou sozinho pela primeira vez com Joachim e Willy. Ernst estava ainda preso no escritório. Os dois amigos pareceram aliviados ao vê-lo sem Ernst. Perguntaram a Paul se ele estava gostando de hospedar-se na mansão dos Stockmanns. Paul disse que a casa era muito bonita, com seus quadros, seus móveis, os jardins. Willy disse:

—Sim, eu sei, é tudo muito, muito bonito, mas você tem comida suficiente?

—Claro que sim.

Os dois riram.

Joachim disse:

—É voz corrente que quando se janta nos Stockmanns tudo é servido em prata, mas há muito pouca comida.

Willy perguntou:

—Você gosta de Hanny?

—Quem é Hanny?

—Você não sabe que todo mundo em Hamburgo chama a mãe de Ernst de Hanny?

Joachim disse:

—Dois anos atrás, quando eu tinha vinte e quatro anos, fui muito amigo de Ernst. Estava sempre na casa dele, e ele vinha sempre à minha casa. Mas logo Hanny desconfiou que eu me interpunha entre ela e Ernst. Não disse nada, mas Ernst deixou de me convidar para ir à casa dele, embora continuasse a vir à casa de meus pais por algum tempo. Depois, passou a recusar os meus convites. E deixamos de nos ver em casa. Só nos encontrávamos em lugares como este, ou em Sankt Pauli, onde nossos pais não querem que a gente vá, que são os últimos lugares do mundo em que querem que nos encontremos!

—E o que você acha de Ernst?

—Penso que a maior parte das coisas de que não gosto em Ernst vem da mãe dele—disse Joachim.—Costumava vê-lo porque pensava que isso o ajudaria a livrar-se dela. Mas agora acho que, enquanto ele viver com os pais naquela casa, é inútil tentar ajudá-lo. De modo que não o vejo muito.

Paul sentiu-se liberado agora que sabia o que Joachim e Willy sentiam com respeito a Ernst. Sua amizade com eles era agora separada da sua amizade com Ernst. Sentia que estava sendo desleal com Ernst. Mas era difícil não ser desleal com alguém que exige um relacionamento exclusivo, sufocante.

Ernst chegou. Todos se cumprimentaram. Joachim lhe perguntou, com amabilidade exagerada—fazendo teatro para Paul e Willy:

—Então, Ernst, como vão as coisas com você no momento?

Com um movimento de impaciência, logo refreado, Ernst respondeu:

—Oh, muito bem, Joachim, mas, naturalmente, não tenho a sua boa sorte.

—O quê? Não tem a minha sorte? Pois eu o acho um sujeito de sorte, Ernst.

—Bem, talvez me falte então o seu encanto pessoal.

—Não sei, não. Penso que é tão afortunado quanto eu, muito afortunado mesmo. Deveras.—Então interrompeu, olhou para Paul e caiu na risada. Depois disse a Willy:

—Penso que é tempo de cairmos na água.
—É sim, vamos—disse Willy.
Paul se deixou ficar, pensando que devia fazer companhia a Ernst.
Joachim chamou:
—Você não vem, Paul?
Ernst sentiu-se ofendido.
—Eu vou ficar por aqui mesmo. É cedo para tomar banho. Vou mais tarde.
Paul então acompanhou Joachim e Willy.
Logo que ficaram fora do alcance dos ouvidos de Ernst, Joachim começou:
—Você precisa saber que a primeira coisa a considerar com relação a Ernst é que se trata de um judeu. Logo, de um ator. Ele está sempre representando, sabe, em tudo o que faz e diz, para que você o admire.
—Eu também sou em parte judeu—metade judeu, na realidade.
—Oh, não podemos acreditar!—exclamou Willy, rindo de maneira extravagante.—Você é o inglês mais inglês que jamais conheci!
—Bem, talvez todo mundo seja um pouco judeu—disse Joachim.—Eu tenho uma tia-avó judia no Brasil.
—Joachim, você nunca me contou isso!—exclamou Willy, rindo mais do que nunca. Agora todos riam, riam como loucos, os três.
—Tenho pena de Ernst.
—Você tem pena de Ernst?—disse Joachim, olhando para Paul.—Por quê? Sem dúvida ele é suficientemente esperto para cuidar de si mesmo.
Paul sabia que fora hipócrita dizendo ter pena de Ernst.
—Pois eu também tenho pena dele, Joachim—disse Willy.—Sem dúvida, ele é esperto, mas parece incapaz de se organizar para ser também feliz, com toda a esperteza.
—É esperto, tem dinheiro, tem amigos, tem Hanny, tem tudo o que poderia desejar!—exclamou Joachim, meio indignado e meio divertido. E mergulhou na água.

Os Stockmanns sempre tomavam chá às cinco da tarde (parte da tradição inglesa de Hamburgo), de modo que Paul disse *Auf Wiedersehen* a Joachim e Willy, e foi procurar Ernst. Lá estava ele. Àquela altura, Paul já conhecia bem a pele branca do outro, que o sol jamais tostava. Era lisa como se fora encerada, e dela brotavam pelos pretos e duros como pequeninos pedaços de arame. Como que para combinar com eles, usava um calção preto. Ao longo das coxas, outros pelos, também pretos e duros, desciam-lhe até quase os tornozelos. Na sua pose mais característica, estava com a mão na cintura e o pé direito apenas pousado no chão, o dedo grande do pé apontando para baixo a fim de valorizar a postura da perna esquerda. Olhava para um rapaz de faces coradas e límpidos olhos azuis, cujo corpo era flexível, sem aquela rigidez muscular mecânica de Ernst. Encorajando o rapaz a falar, Ernst fazia-lhe perguntas arrulhantes que pareciam bicar todo seu corpo cor-de-rosa. Quando Paul se aproximou, ele parecia tomar a sério alguma coisa que o rapaz lhe dissera e aconselhá-lo sobre alguma questão específica.

Logo que viu Paul, exclamou vivamente:

— Alô! Então, você voltou. Por Deus! — e virando-se para o seu companheiro, disse: — *Das ist mein englischer Freund.* — E, depois, com um sorriso: — *Comprenez?* — Introduzira o francês para arredondar a conversa. Depois, conferindo o relógio, acrescentou: — Oh, eu não imaginava que já fosse tão tarde. Temos de ir para casa imediatamente ou chegaremos atrasados para o chá.

E voltando-se para o garoto:

— *Also, auf Widersehen. Bis übermorgen.* Depois de amanhã, não se esqueça.

Ernst e Paul foram para o ponto do bonde.

— Um garoto excelente. Tão *frisch* e simples. Penso que os moços devem ter simplicidade. Esse é do tipo que gosto de conhecer. Você logo percebe, conversando com ele, que é honesto, direto... Mas fale-me do seu dia. É a primeira vez que fica a sós com Joachim e Willy, não? Como se deu com eles?

— Muito bem.

— Bom, conte-me. Você ainda gosta de Willy, não? Gosta tanto quanto da primeira vez que o viu?

— Não tive nenhum motivo para rever minha opinião sobre ele.

— Eu quis dizer outra coisa. Pensei que você tivesse gostado particularmente dele e que talvez não goste mais tanto assim, só isso.

Paul achou a conversa opressiva e não respondeu. Mas Ernst não ficou amuado por causa disso. Naquela tarde nada podia aborrecê-lo. Paul entrou no bonde, mas Ernst se demorou na calçada até que o veículo desse a partida. Então embarcou de um salto.

Entrada no caderno de notas de Paul:

Vejo agora que estou mais conscientemente feliz em Hamburgo do que jamais estive anteriormente. Qualquer necessidade que eu antes tivesse está agora satisfeita no relacionamento com Joachim e Willy. Sinto-me como se uma nova vida tivesse começado para mim aqui na Alemanha. Não sei em que precisamente consiste a novidade, mas talvez a chave para ela esteja no fato de terem esses jovens alemães uma nova atitude com relação ao corpo. Embora eu nunca tenha sido puritano, confesso que até agora, seja o que for que eu tenha pretendido para mim mesmo, sempre olhei meu corpo como algo pecaminoso, e meu próprio ser físico como algo de que devesse me envergonhar e superar com qualidades espirituais de compensação e expiação. Começo agora a sentir que logo serei capaz de ver meu corpo como uma fonte de alegria. Em vez de um obstáculo, que me impede de ter relações satisfatórias com outras pessoas, ele pode tornar-se o instrumento pelo qual esse relacionamento se faça possível. Talvez, afinal de contas, eu me torne um ser humano completo, não apenas alguém que dá ênfase excessiva ao lado idealista da sua natureza, desenvolvido em excesso, por ser incapaz de aceitar a própria condição física. E, todavia, ainda custo a pensar que tal plenitude seja possível para mim, reconhecendo-me, como reconheço, condenado ao ideal. E, no entanto, é estimulante ter compreendido a qualidade da amizade entre Joachim e Willy.
    Nota: Willy, na verdade, não existe. Joachim é o criador de Willy e do relacionamento deles em geral.
    Nota: das pessoas que conheci aqui, aquela com quem tenho mais coisas em comum é Ernst. Ele e eu somos ambos judeus. Hanny, mãe dele, é *brilhante*.

Paul estava sentado no quarto, ocupado em escrever no caderno de notas o que acima se leu. Sentia-se feliz. Joachim lhe telefonara naquela manhã, convidando-o para jantar com sua família. Enquanto escrevia, a porta foi aberta — como sempre com Ernst, essa abertura coincidia com uma batida de aviso. Quando Paul levantou os olhos, Ernst já estava no quarto. Tinha um aspecto tão estranho que Paul quase caiu da cadeira. Ernst avançou vivamente, e disse com um riso afetuoso:

—Puxa, você é todo nervos hoje!

Estava de sapatos brancos de ginástica, calças de flanela cinza e um colete de correr, branco, de zefir. Paul já se acostumara às suas extraordinárias mudanças de indumentária, mas achou aquela grotesca. Com o colete branco e justo, as calças claras, as meias cor-de-rosa, os sapatos de tênis de um branco sujo, a cara cor de osso, os óculos de aros negros e a expressão de morto, Ernst dava a impressão de... o quê? Talvez uma múmia do Egito Antigo envolta em ataduras e pronta para o sarcófago.

—Por que está vestido assim?

—Você me parece alarmado. Não há nada de extraordinário. Gosto de estar em forma. Estive fazendo um pouco de ginástica com Karl.

—Quem é Karl?

—Mas você sabe quem é Karl! Não, talvez não saiba. Karl é o garoto com quem eu estava falando há dois dias na praia, no *Schwimmbad*. Você não me ouviu dizer *auf Wiedersehen, bis übermorgen*? Já conhece bastante alemão para entender isso. Estive ensinando boxe a Karl. Penso que o treinamento do corpo é da maior importância. Sim, especialmente para nós, alemães, neste momento. — E olhando para Paul com atenção: — Se você me permite dizer isso, está precisando, você também, de um pouco de ginástica. Seus ombros estão um tanto redondos e precisa desenvolver os músculos peitorais. Muita poesia não melhora a carne, embora aperfeiçoe o espírito. Na nova Alemanha, gente como nosso amigo Joachim prefere poesia escrita no corpo à outra, de papel. — Calou-se abruptamente e, em seguida, erguendo os braços, disse:

—Vou mostrar-lhe.

Postando-se no meio do quarto, com as mãos ligeiramente fechadas e moles, ficou balançando os braços de um lado para o outro, de um lado para o outro, na frente do corpo. Paul jamais vira exercício como aquele antes. O corpo de Ernst estava absolutamente descontraído e frouxo, ele se inclinava para a frente como uma marionete. As mãos agora giravam, giravam, na frente, atrás.

Ernst movia-se lindamente, precisamente, repulsivamente. Estava completamente absorto no movimento. Depois olhou para Paul com um pequeno sorriso.

—Por que não experimenta?

—Seria melhor não tentar. Eu não poderia fazer isso.

—Oh, sim, poderia. Não é difícil, quando a gente pega o ritmo. Venha comigo ao quarto onde guardo meus instrumentos. Como é que vocês denominam um quarto assim?

Paul não conseguiu lembrar a palavra que Ernst queria saber. Estaria esquecendo o seu inglês? Ernst o levou a um quarto no alto da casa. Era uma espaçosa água-furtada com pesados barrotes pretos no teto e um chão de tábuas corridas de pinho encerado, que refletiam a luz de uma claraboia.

—Agora tente.

Paul moveu as mãos, numa fraca tentativa de imitar o exercício.

—Não, não. Desculpe, mas não está certo. Olhe, você tem de inclinar o corpo para a frente, assim, bem mole, e depois, ainda inclinado, deixar que o peso caia para um lado, depois para o outro, e, ao mesmo tempo, permitir que as mãos fiquem balançando por si mesmas, de um lado para o outro, assim...

Postado no meio do quarto, para demonstrar o exercício, de novo Ernst se entregou a ele. Paul notou a nuca de Ernst, que se movia como um pêndulo, com os barrotes negros por cima e o reflexo da janela no piso polido. Antes que ele terminasse, Paul já o imitava.

—Oh, não. Ainda não está bom. Lamento. Deixe que eu o ajude.

Postou-se atrás de Paul e pôs os braços nos ombros dele.

—Agora—disse, deslocando o corpo de Paul para um lado.—E agora.—E deslocou o corpo para o outro lado.—Sim—ponderou Ernst, como se fora um médico que explicasse a Paul suas condições físicas.—É o que eu pensava. Seus músculos estão muito duros. Você tem de fazer isso com frequência. Deve praticar comigo todo dia, antes do café da manhã. Agora vamos, direita... esquerda...

Paul sentia a respiração de Ernst nos seus cabelos.

—Não sei fazer isso! Não posso!—exclamou, afastando-se.—Não adianta. Não posso.

Tinha ódio de Ernst.

—Bom, não precisa fazer o exercício se não quer. Talvez outro dia. Você está um pouco cansado agora, penso. Desculpe por tê-lo trazido até aqui em cima.

—Não é que eu esteja cansado. Simplesmente não posso fazer coisas como essa. Eu as associo na minha mente a instituições e à disciplina. Por algum motivo, eu sempre recusei desenvolver o físico. Costumava odiar as aulas de ginástica na escola.

Paul receava que Ernst percebesse o quanto o repelia fisicamente. Procurava disfarçar falando. Ernst disse:

—Vamos descer para o meu quarto.

Quando estavam de volta ao quarto, amplo, confortável, com as venezianas fechadas para proteger os livros, papéis, móveis do calor do verão, Ernst disse:

—Sente-se no sofá. Você está um pouco fatigado, não?

—Não, não estou. Nem um pouco.

—Pois penso que está, e mais cansado do que pensa, *tireder*. Ou devo dizer *more tired* em vez de *tireder*? Está na cara. Eu devia ter visto isso antes. Foi um descuido meu. Desculpe.

Sentou-se ao lado de Paul no sofá. Parecia vigiá-lo de uma certa altura.

—O que está lendo?—perguntou Paul apontando o livro em cima da mesa.

—Um dos ensaios de Valéry. Não lhe mostrei meus livros. Tenho alguns livros de arte que talvez lhe interessem. São livros raros.

Passaram um quarto de hora tirando livros da estante. Paul achou os livros de Ernst interessantes, mas seu prazer era estragado por sentir que Ernst estava sempre debruçado por cima dele, comentando, fazendo críticas, indagando se ele gostava mais de um livro que de outro, cuidando que ele não sujasse os livros com os dedos.

Ernst tinha bom gosto, e Paul achava agradável discutir livros com ele. Quando começou a falar sobre a poesia de Rilke, até pareceu esquecido de si mesmo no empenho de expressar-se lucidamente em inglês. Falava inglês com o prazer de um artista da linguagem.

Depois, tirando das prateleiras um volume de ensaios de Walter Möring, disse:

—Acontece que o homem que escreveu isto é um dos meus amigos mais chegados. É um homem muito interessante, e um bom crítico, tanto de livros quanto da vida. Talvez seja até um grande satirista, embora, naturalmente, eu não ignore os seus defeitos.

Deu então uma risadinha abrupta e insidiosa. Depois prosseguiu, mostrando a Paul a dedicatória na folha de rosto, que começava com "Lieber Ernst":

—Não sei se você se interessa por grafologia. Se entende disso, verá o que Möring pôs nesse texto. Veja, há uma certa espiritualidade na letra inclinada, pouco apoiada, escrita de leve. Penso que é possível descobrir muita coisa sobre o caráter de quem escreve estudando sua caligrafia. Eu sempre examino cuidadosamente a letra das cartas que recebo.

Puxando outro volume com uma dedicatória autografada, disse:

—Você pode dizer imediatamente que a pessoa que escreveu isto (e que ocorre ser André Gide) é tão enérgica quanto profundamente sensível. As linhas dessa longa dedicatória sobem pela página, as próprias palavras se atropelam, dobradas para a frente, umas sobre as outras, como corredores numa maratona. E quando o escritor alcança o fim de uma linha fica impaciente por ter de passar a outra, e as últimas palavras se torcem, desafiadoramente, para baixo. Há uma certa unidade estética de efeito em toda a página, que revela, a meu ver, uma nota, pelo menos uma nota, de gênio. E, todavia—sorrindo—, há aqui fraqueza tanto quanto força. Há algo efeminado, *petty*, quase fútil—eu disse *petty*, mas seria correto dizer, em inglês, *petticoaty?*—sobre a rapidez da escrita, de maneira geral, sua sofreguidão. Bem, talvez eu não devesse ir longe a ponto de usar a palavra *effeminate*. Em alemão, a palavra seria *weiblich*, que não é tão forte.

Enquanto ele dizia tudo isso, Paul tinha a impressão de que Ernst levitava, saía voando pelo quarto.

Ele foi depois a outra estante e começou a puxar um imenso volume. Depois disse "Não" e empurrou o livro de volta. Pôs-se de pé e ficou batendo no joelho com uma das mãos, como se ponderasse uma questão. Olhou para Paul com uma expressão peculiar, sorrindo com ar maroto, a cabeça inclinada para um lado.

—Bem—disse—, talvez goste do livro. Veremos. Sim, penso que gostará. Afinal, você é um poeta. Certamente...

E levou o livro para a mesa em frente ao sofá em que Paul estava sentado.

—Este é um livro deveras curioso. Não sei se terá interesse maior para você. Uma grande obra, sob muitos aspectos, de interesse científico e antropológico. Sim, na sua classe é uma obra-prima.

O livro era uma história ilustrada da arte pornográfica: cerâmica primitiva em forma de órgãos sexuais; vasos gregos com imagens de sátiros, centauros, homens e mulheres copulando; uma mulher sendo penetrada por um jumento; esculturas obscenas em catedrais e claustros medievais; gárgulas; donzelas de Boucher levantando as pernas para elegantes cortesãos de Versalhes, que abaixam suas calcinhas de cetim.

Paul teria passado gostosamente uma semana inteira estudando aquela enciclopédia sozinho, mas não com Ernst debruçado por cima dele.

—Por que essa espécie de coisa lhe interessa tanto? —perguntou numa voz estranha, sufocada.

—Ah, você não gosta? Desculpe. Pensei que era bastante arejado para interessar-se por todos os aspectos da vida humana ao longo da história. *Nil humanum mihi alienum est.* —Ernst soltou o latim com a autoridade de um mestre-escola. Depois acrescentou, num tom mais natural:—Certamente, entendo suas reservas. Mas seria imaturo de sua parte rejeitar uma obra-prima de pesquisa científica simplesmente por ser "repugnante". Mas, afinal de contas, você é muito jovem, Paul, para os seus vinte anos, e sob muitos aspectos. É encantador que o seja, aliás, que seja tão ingênuo. É parte do seu encanto.

Mesmo assim, o livro é famoso, um clássico. Talvez você simplesmente não tenha idade para apreciá-lo.

—Talvez. Ou talvez o interesse seja por demais especializado para mim—disse Paul. Sentia-se como que interrogado por um astuto inquisidor.

—Como escritor moderno, com uma visão científica de literatura, você deveria interessar-se por tudo. Já leu *L'immoraliste*?

—Não.

—Pois devia ler. Talvez, se lesse alguns dos modernos escritores franceses, você perceberia o que é ter a mente completamente aberta para tudo. Estou certo de que essa vai ser a atitude da nossa geração. A nova geração alemã pelo menos sente assim. Joachim, por exemplo.

—Qualquer pessoa que não esteja completamente morta se entusiasma particularmente com certas coisas e é repelida por outras—disse Paul, e pensou nos ensaios de D. H. Lawrence que estivera lendo.

—Eu não condeno nada—disse Ernst, formalmente.

—Talvez então você me julgue morto.—E sorriu, tenso.

Paul viu que convinha aproveitar a oportunidade. Disse:

—Eu não quis ser pessoal. Mas agora tenho algo pessoal para dizer-lhe. Sou obrigado a deixar sua casa.

Ernst o encarou sem expressão. Paul continuou:

—Foi muita gentileza sua convidar-me. E muita bondade de sua mãe receber-me. Mas não posso abusar da hospitalidade dela por mais tempo.

—Você não está feliz aqui?

—Gostei muito de ter vindo, mas não posso ficar indefinidamente.

—Por que não?

—Embora ela não tenha dito nada, sinto que sua mãe não gosta muito de mim. Você mesmo disse isso.

—Você é meu hóspede. Eu posso ter meus próprios hóspedes.

—Mesmo assim. Penso ir embora dentro de dois dias. Estamos conversados?—e Paul se levantou como se pretendesse ir mesmo, e imediatamente.

—Prefere ser deixado em paz, talvez?

—Não é bem isso...

—Fiz alguma coisa que o contrariasse? Pode dizer, não me ofenderei.

—Ernst, não é como se fôssemos amigos há muito tempo. Afinal de contas, mal nos conhecemos. Eu apenas quero ser independente.

—Não me sinto um estranho com você, Paul.

—Muito obrigado, de qualquer maneira, por toda a sua generosidade—disse Paul, andando para a porta.
—Você vai partir, então?
—Depois de amanhã.
—Bem. E onde está indo agora? Não pretende deixar a casa neste momento?
—Acredito ter dito a você que ia sair hoje. Vou jantar com Joachim.
—Você parece gostar muito de Joachim.
Paul o deixou. Estava exausto. Não queria nem mesmo encontrar Joachim. Pensou: "Talvez Joachim me veja também como uma carga, como eu vejo Ernst. Eu sou como Ernst. Talvez eu tenha provocado tanta aversão em Marston quanto Ernst provoca em mim."

Situada num jardim que dava para a rua na frente e para o lago atrás, a casa da família Lenz ficava a dez minutos a pé da residência dos Stockmanns. Mas já não era no bairro milionário. Tinha duas fortes empenas, uma fachada de estuque da qual saíam barrotes cor de ferrugem, e um pórtico acima da escadinha em concreto do jardim. Uma casa suburbana que parecia expressar padrões burgueses—o oposto da vida de Joachim.
Quando Paul tocou a campainha, Joachim abriu a porta em companhia de Fix, o barulhento *terrier* da família. Fix latiu, e o irmão de Joachim, Klaus, de quinze anos, sorrindo timidamente para Paul, apareceu no fundo do *hall*, que mais parecia um corredor. Joachim levou Paul à sala de estar pesadamente mobiliada, onde, esperando o jantar, estavam Hans Lenz, o pai, Greta Lenz, a mãe, e um tio cujo nome Paul não guardou. Passaram à sala de jantar quase que imediatamente. Sentaram-se a uma mesa comprida, na qual a mãe de Joachim e seu tio ficaram de frente para Paul. Os cabelos de *Frau* Lenz estavam arranjados em coques redondos sobre as orelhas. Usava uma fita de veludo no pescoço com um pequenino diamante na frente, e seu vestido tinha uma gola sobreposta de renda branca. Parecia um daguerreótipo vitoriano tardio de uma senhora numa estação de águas.
O pai era uma versão encurtada de Joachim, com fundas rugas na testa e olhos negros semicerrados e astutos, que contrastavam com os de Joachim, que pareciam sempre arregalados de espanto. Já o tio era uma cópia ligeiramente ampliada de *Herr* Lenz, mas, assim mesmo, se comparado a Joachim, encolhido e, de certo modo, insignificante. Na parede havia uma grande fotografia em sépia do membro mais famoso da família,

o muito condecorado general Siegfried Lenz, ilustre oficial combatente da Grande Guerra e, agora, íntimo colaborador do marechal de campo Hindenburg. Paul fez perguntas sobre o retrato. Joachim lhe disse que o general reformado, Lenz, vivia em feroz reclusão nas suas propriedades a leste de Potsdam.

—Temos todos muito medo de tio Siegfried—disse Joachim, e rugiu como um leão—Gr-r-r-r!—Klaus deu um riso nervoso.

Depois de algumas perguntas polidas num inglês hesitante e fraturado sobre a sua estada em Hamburgo (*"Ach, para estudar alemão com Herr Doktor Ernst Stockmann? Ach so! Ja! Ja!"*), pouco mais foi dito a Paul pelos membros mais velhos da família.

—O senhor é o amigo inglês de meu filho Joachim? É bom para o inglês de Joachim que o senhor converse com ele, foi tudo que *Frau* Lenz lhe disse no curso da noite.

Havia alguma coisa nela de que Paul gostava muito, acima de tudo—talvez a maneira franca como mostrava seu ressentimento por ser ele amigo de Joachim. Evidentemente, a família entendia que Joachim e Paul estavam lá para falar inglês, enquanto os outros falavam alemão. Paul observou que quando, de tempos em tempos, Joachim falava em tom de brincadeira com seu irmão Klaus, *Frau* Lenz franzia o cenho ligeiramente. A carranca combinava com a gola de renda branca.

O jantar consistiu em *belegtes Brötchen*, frios sortidos, fatias de salsichas e de queijo, pão preto e salada de batata. Essa dieta rala parecia apropriada para o grupo fotográfico formal e estereotipado, em duas dimensões, que Paul via como a família Lenz. Ali, naquela casa, talvez o inglês ainda fosse o inimigo, e a guerra ainda não tivesse acabado.

Depois do café, e logo que lhes foi possível escapar, Joachim disse a Paul:

—Vamos dar um passeio no jardim. Klaus fez menção de sair correndo atrás deles, mas foi impedido por sua mãe. Joachim e Paul passaram atrás da casa e foram até o fim do jardim, na barranca do lago, onde havia um pequeno abrigo de guardar barcos. Joachim não parecia nem um pouco perturbado com a atmosfera de desaprovação que haviam deixado para trás.

—Pobre Klaus! Mamãe não deixa que eu converse com ele. Faz tudo para impedi-lo. Acha que eu vou botar o menino a perder. É um milagre haverem permitido que você viesse, Fix!—foi a maneira irônica com que recebeu o cachorro. Parecia divertir-se com o tipo de recepção dado a Paul.—Penso que veem você como uma influência perniciosa, muito perniciosa, para o virtuoso filho deles. Em Hamburgo, os ingleses têm a reputação de serem dados a toda espécie de imoralidade. É por isso que os marinheiros ingleses são tão bem recebidos em Sankt Pauli.—Ficou sério em seguida, quando se apoiaram numa cerca e contemplaram o lago.—Minha família—disse—é uma família de mercadores, todos eles, e todos burgueses, exceto meu tio, o general, que nunca se casou e, por isso, é altamente suspeito. De qualquer forma, nós jamais o vemos. Mas eu tenho a intenção de ir um dia a Potsdam apresentar-me. Penso que ele gostará de ver as fotografias que faço. Minha mãe passa a vida procurando impedir que Klaus seja como eu. Eles querem que eu seja como eles. Mas não posso. Há uma grande divisão hoje na Alemanha entre a geração mais velha e a mais jovem.

—Bem, a mesma coisa acontece na Inglaterra, com os meus amigos.

Joachim não respondeu. Ficou olhando o lago, com suas canoas e veleiros. Parecia absorto, distante. Depois, quando se virou outra vez para Paul, focalizou deliberadamente o estado presente da Alemanha.

—A velha geração pertence ao período anterior à guerra, quando todos os valores da classe média, materialistas, pareciam fixos. O objetivo dos alemães em Hamburgo, da geração dos meus pais, era o de comerciantes que querem ganhar dinheiro e nada mais.

—A derrota da Alemanha na guerra mudou isso?

—Não foi tanto a derrota, mas o que aconteceu depois. O que fez a geração atual tão diferente da anterior foi a inflação. Por um ano ou dois na Alemanha, o dinheiro ficou completamente sem valor. Para pôr uma carta no correio era preciso colar no envelope um selo de um milhão de marcos. Para comprar um pão, era preciso encher uma valise de notas, e a gente tinha de rezar para que o preço não tivesse aumentado tanto durante o trajeto que já não fosse possível comprar o pão. Naturalmente isso não afetava gente como os Stockmanns, que tinham bens, bens que se valorizavam todo o tempo. Foi durante a inflação que Hanny Stockmann comprou a maior parte da sua coleção de quadros, afora um ou dois itens que ela se gaba de ter adquirido em Paris anos antes. Também não afetou grandemente minha família, embora esse período tenha sido difícil para eles. Mas nós, crianças, ficamos impressionadas, pois tínhamos colegas na escola cujos pais não possuíam objetos que pudessem vender.—Os olhos de Joachim pareciam estar assistindo à história passada da Alemanha como se fosse um filme. Depois ele voltou ao presente. — A nova geração não ama o dinheiro como seus pais amavam. Naturalmente, para fazer o que queremos, precisamos de *algum* dinheiro. Mas de que serve acumular grandes quantidades de dinheiro se tudo pode desaparecer da noite para o dia? E não queremos ter muitas coisas. Queremos *viver*, não adquirir coisas. Sol e ar e água e fazer amor não custam tão caro assim. — Pôs-se a olhar os barcos de novo, no lago.

— Mas o que acontecerá quando ficarem velhos?

— Bem... Mudaremos, provavelmente. Mas por enquanto tudo o que queremos é viver. Outras coisas virão com tempo. Já agora existe na Alemanha uma arquitetura nova e maravilhosa, uma arte interessante, mas a melhor arquitetura é barata e despojada, e feita para os moços que não querem morar em mausoléus entupidos de coisas que eles foram juntando como os Stockmanns juntaram quadros.

— Mas ninguém permanece jovem para sempre.

— É o que meus pais me dizem todo dia. Mas não quero ser como meus pais ou como os pais de Ernst. Acima de tudo, eles querem fazer de mim um comerciante. E eu me recuso a virar um monte de café. Mas meus pais são pessoas razoáveis. Dizem que se é a arte que me interessa de fato, então devo ir para uma escola de belas-artes e tornar-me um artista. Artistas também ganham dinheiro, e se você se torna famoso, fica rico, como Picasso. Há ótimas escolas de arte na Alemanha. A Bauhaus, por exemplo, onde comprei a mobília do meu estúdio.

— Então, por que não faz um curso?

— Quando você se torna um artista, e é bem-sucedido, desenvolve um estilo pelo qual fica logo conhecido, o que quer dizer que se torna o fabricante de determinado tipo de produto pelo qual é famoso. Eu não quero isso. Por ora, quero viver minha vida física, não fazer estereótipos da minha alma para *marchands*.

— É isso a nova Alemanha, jovens vivendo suas vidas? É isso a República de Weimar?

— Para muitos da nossa geração, sim. Talvez depois de tudo que a Alemanha passou, nós estejamos cansados — nós, alemães. Depois da guerra e de anos de privações, talvez a gente deseje apenas ficar ao sol, nadar e fazer amor, a fim de recarregar a vida como uma bateria. Talvez queiramos que a nossa vida substitua a dos que se tornaram cadáveres.

— Mas como vai acabar isso tudo?

— Não sei. Talvez algo de maravilhoso — uma compreensão dos verdadeiros valores da vida. Nada a não ser viver, viver por viver, uma nova vida, um novo mundo, como a arquitetura moderna, não materialista.—Ele riu.—Ou talvez absolutamente nada disso, mas alguma coisa de terrível e de monstruoso, o fim!—Ele levantou a mão e seus olhos brilharam como se estivesse olhando para uma imensa tela onde vira projetado o filme da guerra final e definitiva—o fim de tudo.

Joachim sugeriu que fossem para o seu estúdio, que ficava apenas a dez minutos de distância, a pé. Enquanto caminhavam, Paul o observou detidamente. Joachim estava usando um terno marrom, uma gravata espalhafatosa, um chapéu cinzento, de feltro. Havia alguma coisa de *flamboyant* na sua aparência, uma nota vulgar, mas divertida—ele mesmo se divertia com ela, certamente—, uma nota calorosa, como se ele estivesse convidando os espectadores a partilhar do seu prazer com a própria vitalidade. Estava cônscio de que muita gente em Hamburgo sabia quem ele era e o admirava. Ele era inteiramente Joachim. Combinava exibicionismo com privacidade.

Subiram os oito lances de escada até o estúdio, na cobertura. Quando chegaram ao topo, Joachim apertou o braço de Paul afetuosamente e, apontando o teto sob o telhado da cobertura, perguntou:

—Diga-me, Paul, você não gostaria de galgar escadas ainda mais altas que estas, em espiral, lance após lance, até chegar ao céu?

—Suponho que gostaria—admitiu Paul, um pouco envergonhado, mas orgulhoso daquilo. Joachim olhou dentro dos olhos dele, sério e brincalhão ao mesmo tempo, com uma ponta de desprezo.

—Sim, penso que você gostaria.

Mexeu nos bolsos, procurando as chaves, e ao encontrar o molho, abriu a porta do estúdio. De pé na soleira por alguns segundos, pareceu ver com deleite o despojamento da peça, o vazio daquele largo oblongo, as fendas verticais das janelas, o paralelogramo inclinado da claraboia, as sombras azuis, transparentes, nas paredes. Satisfeito, acendeu por fim a luz pelo lado de dentro da porta e, assobiando, de mãos nos bolsos, chapéu derrubado para trás na cabeça—quase como um gângster de Chicago, desses do cinema—, entrou no quarto. O estúdio, pensou Paul, era exatamente como o *set* de um filme.

—Eu sempre gosto de voltar para cá—disse Joachim, jogando o chapéu em cima de uma mesa e tirando o paletó. —Este é o meu lar, não a casa de meus pais.

Pôs o braço nos ombros de Paul com o gesto de alguém acostumado a demonstrações físicas de afeto, como um meio de exercer poder sobre os amigos. Depois foi até a extremidade do estúdio e pôs um disco de Cole Porter na vitrola. "Let's Fall in Love". Depois, voltando para onde se encontrava Paul, passou a fazer-lhe perguntas sobre a Inglaterra: escolas particulares, Universidade de Oxford, censura de livros.

—Ouvimos estranhos relatos sobre a Inglaterra— tantas coisas são proibidas lá e que são permitidas aqui! Ouvimos também que há livros censurados. É verdade? Li sobre *Ulysses* nos jornais e, recentemente, falaram de um outro—*O poço da solidão*. Mas pode tudo isso ser verdade? Ninguém protesta?

—Meus amigos e eu protestamos. Mas...

—E por que esses livros são condenados?

Paul procurou explicar a atitude das autoridades britânicas. Mas todas as explicações soavam falsas. Joachim, que o olhava com assombro, mudou de assunto:

—Você tem bons amigos na Inglaterra? Você é um poeta, segundo me disse Ernst. Conhece outros jovens escritores e artistas?

Paul tentou descrever Wilmot—"a pessoa mais extraordinária que conheço". De como Wilmot, quando trabalhava, tinha horror à luz do dia, de como fechava as cortinas do quarto e ficava sentado escrevendo poesia. De como lia as obras de Freud e era capaz de diagnosticar as neuroses dos seus amigos. E de como era cômico, um pouco parecido com Buster Keaton em suas comédias. Wilmot, disse Paul, era também muito sério. Costumava fazer longas caminhadas nas cercanias de Oxford e também em torno do Lake District. Era louro, quase albino, e tinha uma verruga na face esquerda. Morara em Berlim e frequentara durante algum tempo o Instituto de Ciência Sexual de Magnus Hirschfeld. Wilmot gostava de rapazes. Tinha muitos casos. A isso, Joachim, que vinha escutando-o atentamente com uma expressão de perplexidade no rosto, animou-se um pouco.

—Você diz que ele é divertido, que está sempre representando um papel. Talvez seja como um amigo meu que vivia em Hamburgo, o ator Gustav Gründgens. Ele também gosta de se fantasiar e é muito magnético, muito engraçado. Você tem algum amigo não tão divertido talvez, nem tão inteligente, mas bom para o amor? Para o amor, eu, pessoalmente, não gosto de intelectuais.

Paul então lhe falou de Marston. Já sabia de cor o mito que inventara sobre Marston, a excursão ao longo do rio Wye, o dia em que foram acompanhados pelo cão—era um disco que ele tocava para si mesmo muitas e muitas vezes.

No fim do relato, Joachim perguntou:

—Vocês fizeram amor?
—Não.
—Então por que continuou gostando dele?
—Porque eu o achava melhor e mais bonito que qualquer outro.
—Por quê?
—O caráter dele correspondia à aparência física. Era muito inglês. Na verdade, era exatamente como a paisagem que a gente atravessou.
—Isso não me interessaria se ele não correspondesse à minha grande paixão.

A falsa e enganosa palavra "puro" esteve na ponta da língua de Paul, mas ele resistiu à tentação de pronunciá-la. No lugar dela, usou palavras que julgava ultrapassar o conhecimento que Joachim tinha do inglês, palavras que ele não sonharia em empregar numa conversa com Wilmot ou Bradshaw, que perceberiam logo, através delas, a hipocrisia que escondiam. Murmurou:

—Minha ideia da perfeição dele nos impôs a ambos minha concepção da amizade como um estado de perfeição compartilhada.

Joachim não engoliu aquilo. Disse:

—Penso que gostaria de conversar mais com você. Sinto que gosto dos meus amigos ou pela mentalidade deles, ou pelos seus corpos. É estranho como os que têm uma grande inteligência não têm corpos fisicamente bonitos, enquanto os que têm corpos com os quais eu gostaria de fazer amor não têm cabeça nenhuma. No seu caso, a aparência é como o intelecto, acho eu. Talvez você devesse fazer experiências para descobrir o que você é, de fato.

Paul corou até a raiz dos cabelos

—Por que veio para Hamburgo?—perguntou Joachim.

—Para aprender alemão.

—Mas por que Hamburgo?—perguntou, com ar zombeteiro. Paul explicou as circunstâncias do seu encontro com Ernst—para grande divertimento de Joachim—e do convite de Ernst para que se hospedasse com ele.

—Mas você não pode ter vindo para Hamburgo simplesmente para ficar com Ernst Stockmann—e com Hanny!

—Eu não sabia nada sobre eles. Pensei que tanto poderia vir para cá como para qualquer outro lugar.

—É tudo? Os ingleses não costumam vir à Alemanha por motivos muito mais relevantes que os belos olhos de Ernst Stockmann? Ou de Hanny? Nunca ouviu falar do Reno, ou de Heidelberg, ou da Floresta Negra, ou de Berlim? Não perguntou a Ernst como era Hamburgo?

Neste momento, Paul se lembrou de alguma coisa que lhe escapara até aquele momento.

—Agora me lembro de que, durante o almoço, naquele dia em Oxford, eu perguntei a Ernst como era Hamburgo.

—E o que foi que ele respondeu?

—Ele olhou para a toalha de mesa e disse com o seu sorriso sugestivo: "Oh, você sabe, Hamburgo é um porto, com todos os estranhos prazeres e estranhos costumes de um porto". Como é curioso que só agora eu me lembre disso!

—Bem, quer ir ver o porto?

—Quando?

—Esta noite.

—Eu adoraria, mas não tenho a chave da mansão Stockmann. E *Frau* Stockmann diz que depois das onze é muito tarde para tocar a campainha.

—*Typisch*.

Joachim pensou por um momento, depois decidiu:

—Bem, temos de levar Ernst conosco, só isso. Ernst certamente tem chave. Vou telefonar-lhe e pedir que venha. Willy também vai, naturalmente, pois deve estar aqui logo mais.

Ele telefonou para Ernst e marcaram um encontro para dali a uma hora em Sankt Pauli, a área portuária de Hamburgo. Enquanto esperavam por Willy, Joachim mostrou a Paul algumas das suas fotografias. Para Paul, vê-las foi ver a expressão nos olhos de Joachim quando ele olhava para alguém ou para alguma coisa. O objeto fotografado parecia contido dentro de seus olhos. Cada foto era o registro de como, num determinado instante, rosto ou cena ou coisa se concentrara num arranjo de linhas e volumes, de luzes e sombras, que resumiam a comédia do seu existir, interpenetrada pela percepção de Joachim. Ele capturava a coincidência de objetos disparatados numa moldura de tempo e espaço: óculos de aro de aço deixados sobre a balaustrada de um balcão à vista do mar que envolvia uma ilha grega; as ceroulas de um homem pobre penduradas em um varal estendido bem alto, por cima de uma estreita rua de Nápoles, enfunadas pelo vento de modo a parecer uma cara que olhava com expressão escarninha para o vestido, e as muitas voltas de colares de uma elegante senhora romana que passava pela rua, embaixo; o contraste de crianças negras brincando num parque contra um fundo de arranha-céus à margem de um lago, em Chicago; ou de corpos brancos e corpos pretos estirados lado a lado nas praias do Rio de Janeiro. Os objetos nas suas fotografias pareciam chamar a atenção para eles mesmos, como se apontassem e dissessem: "Aqui estou eu! Olhe! Veja como somos extraordinários!". E—uma exclamação que

Joachim empregava frequentemente na conversação—"Que EN-GRAÇADO!". Um retrato dizia: "Eu captei a expressão de Gustav Gründgens justamente naquela fração de segundo em que ele se parece mais consigo mesmo do que alguém jamais verá!".

Havia um sem-número de fotografias de rapazes. Uma, em particular, cativou Paul: era a de um banhista de pé, nu, entre os caniços da margem de um lago. A fotografia fora tirada um pouco de baixo, de modo que o torso, elevando-se acima das coxas, tinha um recuo, e o corpo todo era visto como uma série de estratos sucessivos, quadris, costelas, ombros, culminando na cabeça, altaneira, com os cabelos escuros como um elmo contra um céu encoberto. Sombras em V de folhas de salgueiro caíam como uma chuva de flechas no peito e nas pernas lavadas de sol daquele São Sebastião desnudo.

—Que maravilha—disse Paul.—O templo do corpo!

Joachim riu.

—Gosto dessa—o templo. Isso aí sempre me pareceu um pagode, camada sobre camada, andar sobre andar, mas suponho que um pagode seja isso mesmo: um templo!

—Você diz que não quer fazer nada. Mas faz isso: você é um fotógrafo, um artista. A fotografia é o seu trabalho.

—Não quero tornar-me um fotógrafo profissional. Seria fingir para todo mundo que sou um artista, e eu não penso que a fotografia seja uma arte. É uma habilidade. Basta ter bom olho, como para atirar. É apenas uma técnica. Um bom fotógrafo não é como um artista, que transforma o que vê. É como um caçador atrás de um animal, que ele vê mais claramente que outros caçadores num certo momento, e do qual tem sua visão particular. Mas o animal, por especial que seja para ele, não procede da sua alma individual, o animal lhe é dado pelo mundo exterior, do qual o caçador depende inteiramente para isso. A fotografia são impressões que o mundo fornece, uma bela paisagem, belos rapazes e moças, apanhados quando talvez só ele os veja como são naquele momento. Mas isso não faz do fotógrafo um artista. Eu preferiria ser um comerciante de café que me dizer artista só pelo fato de tirar fotografias. Seria enganar as pessoas.

—Mas nesse caso você as tira só para você mesmo.

—Bem, alguns dos meus amigos gostam delas, ao que parece. Isso não é o bastante?—disse Joachim, e sorriu.

—Mas por que tira fotografias?—insistiu Paul.

—Já não lhe disse? Para meu prazer e dos meus amigos, para guardar memórias de rapazes e outras coisas que vi e focalizei, exatamente como um caçador que pendura no seu pavilhão caveiras de animais ou cabeças empalhadas. Gosto é da verdade com que algo me tenha impressionado tanto num momento determinado. Isso é o oposto da arte. Mesmo um desenho como aquele ali, que é de qualidade ruim — e apontou para o seu próprio desenho pendurado à parede, de dois marinheiros debruçados à amurada —, de algum modo se aparta do instante em que foi feito e pertence ao momento em que você o vê. O que eu gosto na fotografia é que ela sempre se parece ao que era quando foi tirada. Fixa um tempo que logo recua para o passado. Uma fotografia sua quando bebê parece mais velha do que você jamais parecerá, mesmo com noventa anos. Fica embalsamada do momento em que o fotógrafo a bateu. E eu gosto disso. É muito ENGRAÇADO. Fotografia é comédia: de vida e de morte. Terrível comédia, às vezes. Debaixo da carne, as caveiras brancas de soldados massacrados.

Paul viu em seguida uma fotografia de Willy abraçado a uma grande bola de borracha, rindo. Joachim perguntou o que Paul achava de Willy.

—Gosto imensamente dele.

—Sim. Eu também gosto muito dele. Mas, você sabe, Willy é bom demais. Há gente assim, tão boa que não tem nada que a gente possa criticar, e que, por isso mesmo, fica tediosa. Willy talvez seja uma dessas pessoas. Ele faz tudo para mim. Está sempre bem-humorado. Não há nada de que eu possa me queixar nele. Mas o resultado dessa bondade toda é que eu não quero vê-lo toda hora. Gosto às vezes de gente difícil e, até, perversa. Pessoas ruins me interessam, se consigo descobrir sua mola secreta, o fator humano que as faz assim malvadas. Penso que ainda me apaixonarei por alguém realmente MAU. Pode acontecer de uma hora para a outra. E eu bem que gostaria disso.

Depois, Joachim acrescentou:

—Antes que Willy chegue, quero tirar a sua foto, Paul.

Preparou a câmera, uma Voigtländer Reflex, num tripé e disse a Paul que se postasse no fim da sala: queria uma fotografia de corpo inteiro. Dispôs as luzes de maneira que caíssem sobre Paul, brilhando no cabelo, na fronte e, principalmente, nos olhos, com a parte inferior do rosto, exceto os lábios, na sombra, e depois caindo sobre a camisa, cuja brancura era seccionada ao meio pela gravata, como uma pena de escrever, das antigas, de ganso, e deixando na sombra as calças, que eram de *tweed*, espinha de peixe, amarradas na cintura com uma gravata velha. Paul parecia um acólito de El Greco servindo em algum santuário, com o corpo ligeiramente encurvado como um arco, as mãos desajeitadamente caídas dos lados, os olhos brilhantemente iluminados com uma aparência de estarem voltados para o céu, um sorriso de inocência confiante nos lábios carnudos. Ele estava canhestro e absurdo, e era assim que Joachim gostava dele.

—Procurei fazer com que você parecesse uma vela de cera, bem comprida e direita, num altar.

Minutos depois, chegava Willy. Deixaram o estúdio juntos e foram para a estação do metrô. Saltaram do trem numa estação denominada Freiheit, depois da larga avenida de mesmo nome em que está situada. Encontraram Ernst à espera deles do lado de fora, na calçada. Todos os edifícios da Freiheit pareciam ocupados por restaurantes, cafés, ou bares, brilhantemente iluminados. Desceram por uma rua que ia até o porto. Chegaram a um renque de casas muito velhas que davam frente para um cais. Havia homens, mulheres e rapazes de pé, contemplando vagamente a água, sem fazer nada, debruçados em parapeitos. Ficaram olhando para eles, que os olharam também. Era como se cada grupo considerasse o outro um conjunto de figuras num palco. Paul olhou a baía, para além da rua. Havia um píer ligado ao cais por uma ponte pênsil em miniatura, uma ponte de brinquedo. Viu as luzes amarelas do píer e, mais longe, as luzes brancas, cintilantes, dos navios, e, mais longe ainda, guindastes e outras instalações. No ar, cheiros de óleo, de alcatrão. Distantes, vinham sons de marteladas, um grito ocasional, uma explosão, um sinal luminoso.

Ficaram lá por algum tempo, à espera, enquanto Joachim procurava lembrar-se do caminho para um determinado *Lokal*, que, a seu ver, agradaria a Paul. Olhando para o cais, viu as luzes do The Fochsel, o lugar que estava procurando. Ernst, caminhando ao lado de Paul, começou a fazer um comentário sobre a noitada.

—Joachim é maravilhoso para essas coisas. Ele conhece cada *Lokal* divertido da cidade. Naturalmente, consegue vir aqui com mais frequência que eu. Admiro muito o espírito de aventura dele.

The Fochsel era tão pequeno e estava tão abarrotado de gente (era obviamente uma atração turística), que tiveram dificuldade para entrar. Ernst disse ao ouvido de Paul que aquilo o fazia lembrar-se de Dickens— *The Old Curiosity Shop*—, e, de fato, o bar era dickensiano e, mais ainda, rabelaisiano. Seu *barman* era um Old Tar disforme, com uma mandíbula quadrada eriçada de pelos e olhos saltados como os de Mussolini. Parecia haver reunido na sua taverna suvenires de muitas viagens. Viam-se jacarés empalhados pendurados no teto, tão baixo que Paul, mesmo sentado no balcão, tinha de baixar a cabeça para não bater neles. Havia grandes morcegos coriáceos, de asas abertas, pregados nas paredes como brasões armoriais. Na extremidade do bar, a divisória era de capim seco. Debaixo do tamborete de Joachim, escondia-se um porco-espinho com olhos brilhantes de vidro. Willy traduziu para Paul as inscrições em gótico nos rótulos de pergaminho. Duas gordas abóboras de bronze, "os colhões de Hércules", haviam sido trazidas, segundo a inscrição, das colunas que têm o nome do herói. Cada etiqueta era uma obscenidade, mas o Old Tar, de pé atrás do balcão, servindo drinques, não movia um músculo quando os fregueses riam alto.

Voltaram à Freiheit e tomaram outra rua lateral. As tabuletas de lojas e *Lokale* eram escritas em chinês. Joachim contou a Paul serem frequentes as brigas de faca entre marinheiros. Em algumas daquelas ruas, era perigoso andar sozinho. Alguém podia cobrir o rosto do notívago com um lenço, saquear seus bolsos e deixá-lo na sarjeta despido, machucado ou agonizante. Os bares eram infestados de traficantes de droga. Tudo isso deixava Paul fortemente excitado.

Joachim o largou para juntar-se a Willy, que ia um pouco à frente. Ernst permaneceu ao lado de Paul e procurou retomar a conversa que tinham tido, à tarde, no seu estúdio.

—A propósito, Paul—disse.

—Sim?

—Lembra-se do que conversamos esta tarde?

—Não quero falar disso agora.

—Você me deixou muito perturbado, no fim da conversa, dizendo que ia sair de nossa casa. Eu fiquei magoado com isso.

—Concordamos que eu partiria depois de amanhã. Tudo está resolvido, se bem me lembro.

Duas prostitutas passaram por eles, andando depressa.

—Nada ficou resolvido. Deixamos tudo por decidir. Mas agora receio ter de pedir a você que parta mesmo a 1º de agosto.

Joachim olhou para trás para ver se os outros dois ainda os estavam seguindo.

—Foi isso que eu lhe disse que ia fazer. Foi isso que combinamos.

—Alegro-me de que receba com tanta naturalidade o que deve ter sido um golpe para você. O fato é que minha mãe acaba de anunciar a chegada de outros hóspedes dia 1º, de modo que ela vai precisar do quarto em que você está...

—Ela já me disse isso pessoalmente.

Entraram numa imensa cervejaria onde centenas de pessoas bebiam cerveja e onde tocava uma orquestra de músicos vestidos à moda da Baviera, em *Lederhosen*, acompanhados por um coro tirolês de donzelas alpinas. Nas paredes, havia murais representando os lagos bávaros e os Alpes. No fundo do salão, uma vaca pintada, três vezes maior que o tamanho natural, balançava a cabeça como um pêndulo, de um lado para o outro, levantava o rabo, despejava periodicamente alguma coisa úmida no chão e mugia. Ficaram tomando cerveja e comendo fatias de nabo cru—uma dieta bávara, pensou Paul. Depois de algum tempo, saíram. Ernst alcançou Paul e continuou de onde havia parado.

—...eu esperava que não houvesse visitas por algum tempo, até que eu tivesse superado esse pequeno desapontamento, mas parece que não se importam... não me poupam...

—Sim, sim, eu compreendo.

—... minha mãe...

Chegaram a um *Lokal* chamado As Três Estrelas. À exceção de algumas cadeiras e mesas toscas, não havia mobília. Tinha todo o ar de um antro *louche* em Paris, com uma plataforma ao fundo em que uma banda tocava *jazz* sem nenhuma inspiração. Havia também alguns rapazes esquisitos, vestidos de mulher. Revirando os olhos, iam de mesa em mesa, fazendo festinhas no queixo dos homens e lançando-lhes aos gritos convites obscenos. Em algumas das mesas, sentavam-se casais bem-vestidos, de ar respeitável, maridos e mulheres burgueses, que pareciam ter ido parar lá por acaso (mas talvez todo mundo estivesse lá por alguma razão específica). Aparentemente alheios à depravação que os cercava, abanavam a cabeça quando abordados por aqueles travestis enfeitados como araras e rejeitavam, sorrindo, seus convites feitos aos berros.

Encostados às paredes ou de pé, falando uns com os outros, junto à banda, viam-se operários com bonés de pano e uns poucos marinheiros. Havia uma certa aura de solenidade em torno deles, como se pertencessem a outro tempo e lugar.

Joachim e seus amigos abriram caminho. Na mesa ao lado daquela em que se instalaram, estava um velho com uma longa barba branca, olhando, com olhos fixos e expressão de desejo, um jovem casal que dançava muito junto. Com mãos fortes e nervosas—que eram, talvez, as de um escultor, um gênio—, ele brincava com a borda do copo.

Um rapaz dançava sozinho—e, ao que parecia, para si mesmo. Vestia-se de preto como um bancário. Tinha feições pálidas e usava pincenê. Pelo modo como se movimentava, parecia sofrer de alguma espécie de paralisia parcial. Entrava e saía por entre os pares, torcia as mãos acima da cabeça como se fossem asas mutiladas ou hélices de papelão. As pessoas riam dele, que saracoteava em torno do salão. Se aceitava o grotesco daquele bancário e sentia apenas simpatia por ele—pensou Paul—, talvez pelo fato de que estivesse realizado a despeito da doença, fosse ela qual fosse. O bancário alcançara seu céu particular naquele inferninho. Simon Wilmot teria aprovado.

A sala estava incandescente. Paul, que se lembrava invariavelmente de quadros, pensou numa tela de Van Gogh: homens jogando bilhar num recinto brilhantemente iluminado de Arles.

—Isso me dá vontade de pintar—disse a Joachim.

—Pintar o quê?—perguntou Joachim friamente.

—A sala. As pessoas aqui.—Lembrava-se agora de uma cena do Picasso da "Fase Azul": *A bebedora de absinto*.

Ernst, que arvorava agora um monóculo no olho esquerdo, disse:

—Compreendo o que Paul quer dizer. Esta sala estimula a criatividade da gente, não é verdade? Todos os diferentes personagens aqui presentes formam um quadro, um desenho, uma unidade, uma composição, como as pétalas de um girassol. Aquele homem que dança sozinho me lembra uma cena de *Os cadernos de Malte Laurids*, de Rilke. Eu sinto, como você, Paul, que de algum modo a gente entra numa visão alucinatória desses pares dançando. A gente frui de um claro prazer estético. Você e eu, Paul, somos um com toda a humanidade.

Joachim se pôs de pé, olhando em volta da sala e cumprimentando em diversas direções. Estendendo a mão como um empresário teatral, disse:

—Vocês veem, todos vêm para cá: políticos, clérigos, banqueiros, comerciantes, professores, soldados, poetas, todos acabam dando com os costados aqui no As Três Estrelas.

Ernst levantou o chapéu para cobrir o rosto.

—Por que está fazendo isso?—perguntou Willy, rindo incontrolavelmente.—Você é absurdo, Ernst!

—Preciso ter muito cuidado aqui—respondeu Ernst, numa voz formalista e ofendida.—Eu sou uma pessoa conhecida. Sentado ali adiante está um banqueiro, colega de meu pai, pelo qual especialmente não desejo ser visto. A propósito, Paul, não terminei o que estava dizendo há pouco, na Freiheit. Nossos amigos aqui nos interromperam. Naturalmente, é muito constrangedor para mim que você esteja deixando a casa da minha família assim tão depressa, e é por isso difícil para mim, no momento, entrar no espírito desanuviado—ou deveria dizer desinibido?—de que Joachim desfruta esta noite. Joachim tem uma extraordinária capacidade de viver só o momento, pondo de lado todas as preocupações sérias. Eu o invejo. Quisera ter a mesma qualidade, mas não tenho. Sinto as responsabilidades que a família me impõe. A fim de que me sinta um pouco mais feliz quanto ao futuro, gostaria que você me prometesse uma coisa, Paul... Você faria uma viagem ao Báltico comigo? Logo?

Durante esse discurso, Joachim e Willy tinham deixado a mesa. Estavam dançando juntos.

Com a voz arrastada de quem já bebeu muito, Paul respondeu:

—Claro, Ernst. Vou com você numa viagem ao Báltico. Eu sempre quis ver o Báltico, desde que o comandante de zepelim Fedi me contou que caiu nele.

—Promete?

—Não. Eu nunca faço promessas.

—Se me prometer, ficarei extremamente feliz.

—Então prometo. Quero fazê-lo feliz, Ernst.

—Isso representa muito para mim—disse Ernst.—Já me sinto feliz desde agora. Não pode ver isso nos meus olhos?

Willy e Joachim tinham voltado. Com Joachim estava um homem calvo, de cara vermelha e terno escuro, de aparência respeitável.

—Permitam-me apresentar-lhes um amigo de Willy—disse Joachim.

Willy, que ficara rubro, rolava agora de rir.

—Oh, Joachim, que mentira! Como pode dizer uma coisa dessas? É uma vergonha. Ele não é meu amigo.

—Não é seu amigo? E como explica que estivesse dançando com ele? Como pode ter acontecido isso, Willy? Não posso aprová-lo de maneira alguma.

Ernst se curvou até que seus lábios quase tocassem a orelha de Paul e segredou-lhe um aparte:

—Que coisa mais divertida! Joachim é tão engraçado quando faz dessas!

Todos os três se puseram a falar ao mesmo tempo com o estranho em alemão, encorajando-o. O homem estendeu a mão e alisou os cabelos de Willy.

—Oh! Oh! Oh!—balbuciou Willy, protestando.

Joachim se pôs a falar rapidamente e com veemência com o homem, em voz baixa. De súbito, uma expressão de terror apareceu no rosto do homem.

—Maravilha!—exclamou Ernst, pegando na mão de Paul e apertando-a.—Joachim está fingindo que é um policial à paisana, vindo para obter certas informações confidenciais sobre os fregueses. Disse seu preço para ficar calado. O homem está morto de medo.

Ernst a essa altura se juntou à conversa dos demais. Explicavam agora a brincadeira à vítima. Paul não podia deixar de reconhecer que Ernst dava uma impressão favorável. Estava sendo simpático e espirituoso. Os outros rolavam de rir com as suas tiradas. Joachim, Willy e o estranho, todos estavam às gargalhadas. Ernst brilhava. E Paul observou que, falando alemão, Ernst tinha um lado cômico que se perdia quando ele falava inglês.

Toda aquela excitação na mesa deles chamara a atenção. Três rapazes vieram do outro lado da sala e ficaram de pé por perto, escutando a conversa com certa perplexidade. Tinham a expressão atenta de alunos numa sala de aula. Uma aula de inglês. Um deles pediu.

—*Zigaretten*?

Ernst lhe deu um cigarro. Joachim deu cigarros aos outros dois. E disse: "*Setzt euch!*". Os rapazes se sentaram.

Joachim pôs o rapaz que pedira o cigarro entre a cadeira de Ernst e a sua. Willy puxou cadeiras para os outros. Um deles ficou ao lado de Paul, que disse ao primeiro dos rapazes:

—*Was ist deine Name*?

O rapaz não entendeu. Joachim corrigiu:

—*Wie heisst du*?

—Lothar.

Joachim pediu mais bebida.

Lothar ficou calado por um momento, olhando para um deles de cada vez. Depois, olhando Paul, perguntou a Joachim:

—*Ist er Engländer*?

—*Jawohl*.

Lothar sorriu e ergueu seu copo para Paul. Depois, encarando-o, disse:

—Você, *Englisch*.

Paul riu. Descobrindo que ele podia entender um diálogo simples em alemão, os três rapazes começaram a conversar com ele, usando por vezes Joachim, Willy ou Ernst como intérpretes. Paul perguntou a Fritz, o terceiro dos rapazes, o que ele fazia. Estava desempregado, mas já fora marinheiro, e estivera, nessa qualidade, em Liverpool.

Ele e seus amigos ouviam fascinados as respostas de Paul, como se ele fosse um estranho visitante, o inimigo que retornou das trincheiras para dizer amabilidades. Das trincheiras. Sangue, lama e ratos. Joachim perguntou a Lothar se ele tinha emprego.

—Trabalho no parque de diversões do outro lado da

rua. Ajudo a tomar conta do lugar, com meu pai. Trabalho muitas horas e ganho uma ninharia. Oh, Deus!—e riu.— Não gosto nada disso! Você ainda tem cigarros? Pode me dar dois, por favor?

Joachim lhe deu dois cigarros.

—Que espécie de lugar é esse parque?

—Oh, eles mostram filmes pornográficos lá onde trabalho. E têm diversões: bilhar, tiro ao alvo, máquinas de testar a força, rodas da fortuna, oh, todas as coisas dessa espécie. É um lugar fantástico. *Knorke*. Vocês talvez queiram vir, um dia, ver tudo de perto. Os filmes poderão interessá-lo—disse, olhando para Paul.

—Sim, poderiam. Eu irei sem falta, um dia—disse Paul, olhando com ar sério para Lothar, que parecia um soldado alemão da Grande Guerra num cartaz patriótico. Fizera uma promessa de que teria de lembrar-se.

—Que espécie de marinheiro?—perguntou Joachim a Fritz, que lhe explicou que fora foguista. Fechou os punhos e descobriu os braços, num dos quais havia uma âncora tatuada e no outro uma figura de mulher—tentadora, em forma de serpente. Exibindo os músculos, disse muito gravemente a Paul:

—*Ja, ja*, a gente tem de ser forte para o tipo de trabalho que faço e também para viver aqui em Sankt Pauli. A gente está sempre fazendo força, lançando carvão na fornalha, pronto para brigar a qualquer momento, uma coisa horrível, que não acaba nunca, muitos acidentes.

O terceiro rapaz, cujo nome era Erich, disse também honestamente que estava desempregado e que não comera nada naquele dia. Ao que Joachim mandou vir um prato de salsichas com batatas para ele. A comida e alguma cerveja o estimularam, e, poucos minutos depois, Erich já estava dizendo, com os olhos brilhando muito, que não comera nada a semana inteira.

—Custa acreditar—disse Joachim, encantado.—Mas, diga-me, você vem sempre a este *Lokal*?

—Umas três vezes por semana. Só três vezes basta.

—E adianta vir? Há muita freguesia aqui?

—Não, não muita. Mas ganho o dinheiro que posso.

—Certo, temos de ganhar dinheiro. O que ele diz é verdade—disse Lothar.

E o único cujo nome Paul não conseguira aprender disse:

—O povo alemão só pode vencer se cada um tratar de si mesmo, sem dar atenção aos outros. Mas é preciso ganhar dinheiro. Vocês podem me dar mais um cigarro?

—*Money, money*—disse Fritz, o marujo, dirigindo-se a Paul em inglês, abrindo e fechando o punho. —Você tem dinheiro? Se tem, eu quero para mim! —concluiu, dobrando-se de rir. Ernst ofereceu cigarros a Lothar, que examinou detidamente a cigarreira de prata.

—Tire dois —disse Ernst, generosamente. Cada um dos rapazes tirou quatro. Lothar observou com cuidado os seus, apertando-os de leve entre os dedos. Desabotoou a jaqueta e guardou-os num bolso interno, como se fosse preciso um esforço dos dedos para fazê-lo. Meticuloso, fechou outra vez a jaqueta e puxou as lapelas para baixo, alisando-as como se fossem de pele de foca. Tirou depois um quinto cigarro da cigarreira e acendeu-o com o isqueiro de Ernst, que olhou no fundo de seus olhos. Em seguida, disse a Paul:

—Lothar tem olhos muito bonitos. Tão sinceros! Um tanto tristonhos. Na verdade, acho Lothar um encanto. Não gosto do marinheiro Fritz, nem do seu amigo tanto assim. Naturalmente. Joachim é fácil de contentar, mas eu não me sinto à vontade com Fritz, não sei por quê... —disse e estendeu a mão para dar um tapinha afetuoso na lapela da jaqueta de Lothar.

—Onde conseguiu isso? É macio como pele de foca —disse. E aproveitou para palpar os ombros e o peito de Lothar com as duas mãos.

Durante todo o tempo em que Ernst fazia esse gesto, Lothar parecia perdido na contemplação da extremidade da sala. Tinha uma expressão peculiar, absorta, e um brilho estranho no olhar. Ernst se levantou da mesa, explicando que, por diversas e complicadas razões, todas relacionadas com sua mãe, ele e Paul foram obrigados a ir embora. Joachim e Willy decidiram também que era tempo de se recolherem, e Lothar disse que os acompanharia em parte do caminho no trem, porque tinha de voltar para a casa de seus pais. Falando alto e rindo muito, eles correram pela rua a fim de apanharem o último trem. Perseguiram-se uns aos outros, dançaram, deram saltos. Lothar deu até uma cambalhota.

—Como Puck no *Sonho de uma noite de verão*, de Shakespeare —disse Ernst em aparte dirigido a Paul.

O vagão estava quase deserto. Joachim e Willy puseram-se a correr de uma ponta a outra, caçando uma mariposa que levantara voo de um dos bancos. Quando se cansaram da brincadeira, Lothar se içou, segurando com as duas mãos as alças para viajantes de pé, até ficar a ponto de dar com a cabeça no teto. Repetiu, então, o salto mortal.

Ernst se pôs de pé, todo compenetrado. Para ele, ginástica era coisa séria.

—Deixe que lhe mostre como se faz isso corretamente—disse, empurrando Lothar para um lado. Então, em posição de sentido entre duas alças, pôs as mãos nelas como se fossem argolas, num movimento simultâneo, agarrando-as firmemente. Embora arvorasse o seu sorriso social, havia algo de tão rígido naquilo que todos pararam de rir. Mas Joachim disse:

—*Sei doch nicht so ernst, Ernst!*[4]—e os risos recomeçaram.

Muito vagarosamente, Ernst ergueu o corpo e, com uma precisão de máquina, fez o chamado "Cristo invertido". Mãos, braços e pernas pareceram estalar com o esforço. Seus olhos ficaram como os de um morto. Era um esqueleto amarelo dando voltas no ar, entre duas alças marrons.

De volta a seu quarto na mansão Stockmann, às cinco da manhã, Paul não foi para a cama. Fizera uma descoberta ao mesmo tempo perturbadora e altamente lisonjeira. Seu caderno de notas, que continha rascunhos de poemas e um esquete sobre a conversa na mesa, por ocasião de seu primeiro jantar com a família, mais um retrato assaz vívido de Hanny, fora subtraído da mala em que sempre o guardara, e posto, depois de devolvido, numa gaveta debaixo de algumas camisas. Concluiu que Ernst o tirara para ler—sem dúvida por estar curioso quanto aos poemas que Paul pudesse ter escrito debaixo do seu teto. Paul escreveu, então, no caderno—para que Ernst lesse—a seguinte carta:

Caro Ernst,

Estou ainda bastante bêbado depois de nossa noite em Sankt Pauli, fato que talvez explique estar aqui sentado, escrevendo esta carta a você, que pretendo deitar à vista em cima da escrivaninha, onde, sem dúvida, a lerá. Esta noite você extorquiu de mim a promessa de fazer uma viagem ao Báltico em sua companhia. A não ser que fique tão ofendido com esta carta que não queira mais falar comigo, honrarei minha palavra. Se ficar ofendido, diga-me. Caso contrário, seria melhor não mencionar esta carta, pois não ficou combinado entre nós que você revistasse minha mala e lesse minhas notas.

---

4. "Não seja tão sério, Ernst", em inglês, "*Don't be so earnest, Earnest*". O jogo de palavras se perde na tradução para o português. A comédia de Oscar Wilde, *The Importance of Being Earnest* (1895), que encerra no título o mesmo calembur, foi publicada e encenada no Brasil com o título *A importância de ser prudente.* [N.T.]

Tenho de admitir que abomino a ideia de um fim de semana a sós com você. E quero explicar-lhe por quê. É que você consegue fazer-me cônscio, todo o tempo em que estamos juntos, de um eu que é a sua ideia de mim e do qual eu não quero ter consciência. Você se apega a mim como se fora a minha própria sombra, presa à sola dos meus sapatos, ou um espelho dependurado diante de mim, onde fico obrigado a ver refletida sua ideia da minha imagem. Você não me permite deixar de pensar nem por um momento em mim (ou melhor, na ideia que tem de mim). Você me faz consciente de ser algo que eu não acredito ser realmente — isto é, inocente, *naïf*, a dar constantemente o espetáculo da minha inocência e *naïveté* diante de você, minha plateia.

Supondo que eu fosse tão inocente quanto você me julga, então, fazendo-me consciente disso, você corromperia essa inocência. Lembra-se daqueles poemas que fiz sobre meu amigo Marston e que o decano Close lhe mostrou? Bem, eu tinha com Marston uma relação que era, sob diversos aspectos, como a que você tem comigo. Eu o julgava inocente. Eu o identificava com o campo na Inglaterra, verdes sendeiros, rios sinuosos serpenteando por vastos prados arborizados, uma paisagem aberta, calma, comum; uma espécie de suavidade que, no entanto, continha algo de ameaçador, hostil a qualquer um que a convertesse em consciência exibicionista de si mesma, que não lhe permitisse converter o que era sonho inconsciente em vida. Bem, eu me liguei a Marston por admiração (amor!) pelas qualidades que admiro nele — sua inocência inglesa, sua naturalidade —, até que ele ficou aborrecido comigo por vigiá-lo a todo o tempo, e não só aborrecido, mas melindrado e furioso. Talvez viesse a odiar-me se eu, vendo como ele se sentia, não tivesse tomado providências para que não mais nos encontrássemos. Ignore tudo isso, Ernst. Estou tão bêbado! Admiro a relação entre Joachim e Willy por não se parecer com a que eu tinha com Marston nem com a que você tem comigo. Está voltada para coisas fora deles, que eles partilham, como se essas coisas — sua vida ao ar livre, por exemplo o sol — seus próprios corpos — fossem intermediários da paixão entre os dois. Eles são amigos sem se atormentarem com a consciência do que cada um acredita ser a natureza profunda do outro. No momento em que uma pessoa começa a buscar a "alma" de outra (ou, melhor, o que pensa que essa "alma" é ou deveria ser), ela se torna vampiresca, sugadora de sangue, alimentando sua

falta consciente de certas qualidades, no amigo. Ele está fazendo seu amigo prisioneiro do próprio espírito, sem lhe dar a liberdade de ser ele mesmo. Estou tão bêbado! Bem, a não ser que esta carta o tenha magoado e que você não queira mais botar os olhos em mim (e, francamente, espero que não seja esse o caso), cumprirei minha promessa de ir com você ao litoral do Báltico. Você me fez PROMETER isso, e uma coisa que aprendi no meu curso de filosofia em Oxford é que a gente tem de cumprir promessas, por triviais que sejam, e jamais romper um contrato. Estou certo de que você pensou na filosofia moral de Oxford quando arrancou de mim essa PROMESSA. Obrigado por me haver recebido em sua casa. Queira agradecer por mim à sua mãe a hospitalidade dela. Seu afetuosamente,
    Paul.

2. o fim de semana no báltico

Paul tinha um lugar na janela do compartimento de segunda classe, de frente para Ernst. Para escapar a seu olhar fixo, ele ficou olhando pela janela a paisagem que passava a grande velocidade. Havia uma imensa planura cáqui de caniços e capim, quebrada a intervalos por lençóis rasos de água em que se viam garças de pé. O trem ia deixando para trás aldeias em que as cegonhas faziam ninhos irregulares de gravetos no alto de torres quadradas de igrejas. Ao se aproximarem do estuário do Alta, a linha acompanhava a costa, franjada de pinheiros. Paul podia ver nesgas de mar por entre as dunas de areia.

O céu era sombrio, amarelado, com um teto de nuvens brumosas que pareciam sacos de coque amontoados. A pilha tinha um foco, excêntrico, de fogo queimando sem chama, o sol.

O trem saiu de Hamburgo às 14h17. Levou três horas e treze minutos até o *ferryboat* que cruzava a foz do rio Alta para alcançar, do lado oriental, a pequenina cidade balneária de Altamunde.

Claustrofóbico pela proximidade de Ernst, cujos olhos, podia senti-lo, jamais o deixavam, Paul pensou que talvez estivesse ficando louco. Certamente já ouvia vozes, uma pelo menos, a sua, dentro da cabeça, que o acusava: "Essa viagem é grotesca, absurda. O único motivo pelo qual você está aqui é que, faz três semanas, quando Joachim, Willy, Ernst e você estavam no *Lokal* conhecido como As Três Estrelas, em Sankt Pauli, e todos os quatro bêbados, Ernst extraiu de você a promessa de fazer com ele uma excursão ao Báltico. Você concordou com isso devido à sua total incapacidade de antecipar o que acontece com um compromisso assumido quando ele passa a fato. O futuro é para você um espaço vazio de duração inconcebível. Perguntado se iria a algum lugar ou se faria alguma coisa num dia distante de agora, você apenas se indaga se tem compromisso anterior para o mesmo dia. Se não tem nenhum, preenche o espaço em branco com esse, sem projetar na mente qualquer figura daquele horrendo momento em que a anotação se cristalizará em evento: e o fato presente é Ernst, sentado à sua frente, neste trem. A promessa feita a Ernst três semanas atrás tornou-se o presente que você vê como um sólido agora de petrificados minutos. Você vai ter setenta e duas horas sozinho com Ernst. Sessenta vezes setenta e dois dá quatro mil trezentos e vinte minutos, cada um dos quais deve custar-lhe um esforço de vontade, um a um, até a libertação, marcada para domingo à noite, quando estará de volta a Hamburgo e ao seu quarto."

O sol apareceu por entre as nuvens. Ernst se curvou para a frente e exclamou num cochicho:—O sol está belíssimo no seu rosto. Ele fulgura. Você parece um anjo.

Às cinco e meia, eles saíram do *ferry*, carregando mochilas. Caminharam por uma passagem que os levou a um café, anexo novo do hotel, com seus balcões brancos e sua estrutura híbrida, parte em madeira, parte em tijolos, no qual, como Paul imaginava, Ernst fizera reservas para eles. Passariam a noite ali. Colocaram as mochilas a um canto do café e sentaram-se a uma mesa que dava para o mar. Paul via a praia, com os veranistas pulando na água e nadando, correndo, gritando e rindo. Todos, pensou, felizes por não estarem sentados à mesa de um café de hotel onde está Ernst, com o crânio de uma ave de rapina e o torso esqueletal incongruentemente coberto com um *blazer* do Downing College, Cambridge.

"Vou insistir em jantar às sete e meia", disse Paul consigo mesmo; "dentro de duas horas, portanto, que perfazem cento e vinte minutos. Depois do jantar, vou para a cama cedo—por volta de nove e meia. Então, leio e escrevo um pouco no quarto—sozinho. Registrarei no caderno de notas o que senti a respeito de Ernst no trem, depois leio *Os cadernos de Malte Laurids*, de Rilke." A antecipação de que ficaria só em seu quarto deu-lhe uma sensação semelhante à da mais excitante fantasia sexual.

"Seguramente deixei claro aquela noite no As Três Estrelas que não ficaríamos no mesmo quarto." Logo que Paul pensou nisso, a intensa desconfiança do Paul de três semanas atrás o empolgou de novo. Aquela criatura fraca e incapaz tivera a precaução de garantir que o Paul atual, sentado defronte de Ernst naquela mesa, ficasse livre e com quarto próprio às nove e meia? Aquele Paul estava terrivelmente embriagado, lembrava-se muito bem o Paul de agora, e era por isso que se lembrava tão pouco a seu respeito. Afastou esses pensamentos e continuou a antecipar o resto do fim de semana. Haverá o dia de amanhã, inteiro, em companhia de Ernst, mas não todo ele a sós com Ernst, se formos, como combinado (lembrava-se perfeitamente disso), visitar o jovem arquiteto Castor Alerich e a mulher dele, Lisa, na sua casa modernista, projetada pelo próprio Castor. Uma pequena obra-prima da Nova Arquitetura Alemã—uma joia de funcionalidade—, havia dito Ernst.

Fazendo um tremendo esforço, Paul desviou os olhos da cena de praia e se obrigou a encarar Ernst.

—Vamos andar um pouco ao longo da praia antes

do jantar? —disse, pensando que o exercício faria o tempo passar mais depressa.
—Talvez devêssemos indagar sobre quartos na recepção antes de sair.
—Pensei que você tivesse providenciado isso de Hamburgo por meio do seu escritório.
Ernst fez uma pequena *moue*:
—Não achei necessário.
—Bem, nesse caso seria bom que tratássemos disso agora mesmo.
—Você virá até a recepção comigo?
—Não, penso que fico esperando por você aqui.

Levando as duas mochilas, Ernst foi até o *lobby* do hotel. Uma vez só, Paul permitiu-se sonhar com a volta para Hamburgo na noite de segunda-feira, Ernst, para Hanny e o mausoléu da mansão Stockmann, ele, para o quarto que alugara quando saíra sem dizer adeus aos pais de Ernst: um aposento nu de tudo, exceto pela cama estreita, cadeira, armário (em cima do qual pusera a mala) e mesa de madeira lixada (para livros e manuscritos).

Ernst veio de dentro do hotel.
—Tudo arranjado. Espero que esteja bem...
—Podemos ir, então, para o nosso passeio?
—Na verdade, houve uma pequena complicação, mas é coisa que julguei de menor importância. Estou seguro de que você pensará do mesmo modo. Parece que há um festival na vizinhança, e o hotel está cheio. Tive dificuldade em conseguir que nos cedessem um quarto pelo menos. Não faz diferença, é claro. O importante é termos onde ficar. Estou certo de que você não se incomodará de dividir um quarto comigo.

—Não podemos procurar acomodações em outro hotel?

—Eu me inteirei, naturalmente, de todas as possibilidades. Disseram-me que este é o único hotel de Altamunde, e que do lado ocidental do estuário a superlotação é ainda maior.

—Não poderíamos voltar para Hamburgo esta noite?

—Mesmo se isso fosse possível, pareceria muito estranho. Eu disse à minha mãe que estaria fora dois dias. Não sei como poderia explicar essa alteração de planos. Além disso, você deve ter cancelado seu quarto no hotel de Hamburgo.

—Não. Tive de conservar o quarto. Minhas coisas estão nele.

—Você não está financeiramente tão bem que possa pagar por um quarto que não ocupa. Imaginava que tivesse

feito alguma espécie de acordo com o porteiro para deixar suas malas em um depósito por uma noite.
 Paul o encarou em silêncio.
 —Antes me tivesse dito a tempo como vê essa viagem. Eu poderia ter feito minha pequena excursão sozinho.
 "Fala como se, com a minha presença, estivesse sacrificando dias de abençoada solidão", pensou Paul.
 —Ernst, você sabe perfeitamente que me fez prometer que viria. Estou apenas cumprindo a minha promessa.
 Ernst disse, formalmente:
 —Não é culpa minha se o hotel não tem lugar. Mas não poderá ser pelo fato de ter de ficar no mesmo quarto comigo que você está tão aborrecido.—E olhando diretamente para Paul:—Por que essa hostilidade comigo?
 —Você sabe a resposta a essa pergunta.
 —Não, não sei.
 —Bem, não leu a carta que deixei no caderno de notas em sua casa? Não tem lido o caderno de notas todo o tempo?
 Ernst reagiu com uma calma surpreendente a essas perguntas.
 —Sim, li todos esses... documentos.
 —E então?
 —Para dizer a verdade, não levei inteiramente a sério as coisas que você escreveu. Eu sou cinco anos mais velho que você, Paul. Devo ter pensado: afinal de contas, Paul tem só vinte anos, é um jovem escritor, está ainda testando suas forças. Confesso que quando li a descrição que fez da primeira refeição em nossa casa, na noite da sua chegada, fiquei mais aborrecido por minha mãe do que por mim mesmo— E conseguiu intercalar no discurso um sorriso amarelo despido de humor.—Aqui e ali, notei tinturas de observação jornalística—como a descrição da minha aparição na sala de jantar de camisa aberta no peito—e do jogo de críquete em miniatura com minha mãe, depois disso; bem, tudo muito divertido se publicado numa revista de estudantes—a *Granta*, por exemplo. Você ficará surpreso se eu lhe disser que minha mãe, quando eu lhe falei sobre o caderno—não que eu o tivesse mostrado a ela, pois fazer isso teria sido pouco esportivo—, concordou comigo, embora um pouco mais energicamente talvez, que era um tanto vulgar, *caddish*, se essa é a palavra correta em inglês, praticar sua literatura de ficção usando minha família como modelo enquanto hóspede em nossa casa...—Depois, interrompendo-se e assumindo um outro tom de voz, mais sério:—Todavia, quando lhe perguntei há pouco o porquê da

sua hostilidade para comigo, não estava pensando nas suas proezas literárias. Queria saber o motivo dessa repulsa à ideia de dividir um quarto comigo. Não quero crer que você objetasse a ficar no mesmo quarto com, digamos, Joachim—ou Willy, talvez. Isso parece revelar uma distinta antipatia por mim. Eu lhe ficaria, por isso, muito grato se me expusesse os motivos dessa atitude a meu respeito, Paul. Gostaria de ouvi-los da sua própria boca ao invés de ter de lê-los, escritos pela sua pena de estudante universitário ainda por graduar.

A ironia da frase deixou Paul aturdido. Era como se um personagem que ele apenas conhecesse tal como concebido por um autor—no romance sobre os Stockmanns em que ele pensava o tempo todo—de súbito saltasse da página impressa e anunciasse, com a própria voz, que era real, e a prova disso estava justamente naquele falar, que procedia do momento e não de palavras manuscritas ou datilografadas ou impressas *a posteriori*. Paul tinha de admitir que, até então, pensava em tudo o que Ernst dizia como linhas em letra de fôrma no romance de Paul Schoner, mentalmente escritas para os olhos de William Bradshaw. E eis que as palavras descrevendo *Viagem a Altamunde*, logo que enunciadas, Paul as via fluindo em tinta indelével, preto no branco, no papel do caderno para a dita ficção, de repente se dissolviam na instável, mutante, impossível de fixar, imprevisível torrente da linguagem falada, como o sal naquele mar para além da praia. Ernst, sentado à sua frente, do outro lado da mesa, de súbito se transmudava em alguém que poderia a qualquer momento virar ainda uma outra pessoa, e depois outra mais, e assim por diante, pelos séculos dos séculos. Paul olhou o mar. Lá as correntes se moviam, as marés enchiam e vazavam, a temperatura jamais permanecia igual. E isso era a vida.

Com um sentimento próximo da culpa, respondeu:

—Não sei se era justo escrever o que escrevi sobre o jantar em sua casa na minha primeira noite de Hamburgo. Talvez tenha sido prematuro. Não nos conhecíamos ainda suficientemente bem. Ainda não nos conhecemos... Provavelmente, minhas primeiras impressões foram falsas...

E acrescentou, com alguma irrelevância:

—Seus amigos gostam de você, e eu tenho mais confiança na opinião deles que na minha.

Ernst assumiu um ar de judiciosa indiferença ou distância, não de todo antipático, como se estivesse considerando a questão, com sua cabeça de ave um pouco de lado.

—A rigor, eles não gostam propriamente de mim. Eles me toleram porque se acostumaram comigo. Minha mãe e eu fornecemos material para as pilhérias deles. Eu sei, é claro, que sou absurdo e risível. Muitas vezes eu mesmo zombo de mim, como naquela noite em que desci para jantar vestindo um *blazer* de críquete, você se lembra. Eu me diverti muito. Gosto de Joachim e de Willy. Gosto das pequenas brincadeiras que fazem comigo.

—Eles gostam de você. Eles me disseram isso, quando ficamos sozinhos no *Schwimmbad*.

—Eu não pensaria assim, a julgar por determinadas passagens do seu caderno de notas.

Querendo esclarecer a situação entre eles de uma vez por todas, admitindo toda a enormidade da sua precedente atitude em face de Ernst, Paul explicou:

—Escrevi aquelas coisas sobre você no meu caderno porque você me pareceu, de algum modo, morto.

Ernst conservou sua atitude de pesar as coisas friamente, com a cabeça para um lado, assumindo o tom de um filósofo profissional que considerasse com indiferença a tese um tanto extravagante de um colega mais jovem, muito jovem, e *naïf*:

—O que você quer dizer exatamente com essa palavra "morto" para descrever um de dois amigos, no contexto de uma discussão amigável entre eles, quando, na realidade, parecem, ambos, vivos? Isso não é um emprego apropriado da linguagem por alguém que aspira ser um escritor sério, ouso dizer.

—Quando estou com você na companhia de Willy e Joachim, sinto às vezes que você se ceva da vitalidade deles a fim de provar a si mesmo que está vivo.

Ernst olhou com certa doçura para Paul.

—Talvez eu me sinta mais genuinamente vivo quando estou sozinho com você do que na companhia daqueles dois. A diferença está entre alguma coisa que é uma sensação puramente física de bem-estar com eles e algo—bem, devo ousar dizer espiritual ou, pelo menos, poético?—com você.

Paul foi desabrido:

—Você não gosta de qualquer de nós tanto quanto pensa que gosta. Você quer é ser nós—apropriar-se da nossa fisicalidade e daquilo a que chama a minha espiritualidade—, o que é coisa muito diferente de amor. Amar, para duas pessoas, é ter gostos em comum, embora sejam elas diferentes entre si—e não uma querer absorver a vida da outra. Alguém ama quando se compraz na diferença do outro. Debaixo do seu desejo de tomar como suas as qualidades de outra pessoa que, a seu ver, lhe faltam, há um profundo ressentimento, um desejo de destruir a pessoa possuidora das ditas qualidades.—Teria ele mesmo tentado destruir Marston?—Você diz que admira Joachim por sua despreocupada vitalidade, diz que gostaria de ter o mesmo estouvamento, no entanto, despreza-o por não ser discreto e prudente e por não se ocupar exclusivamente de negócios. No fundo, você pensa que ele deveria ser bem-sucedido no mundo dos negócios, segundo os padrões comerciais que você segue, mesmo sabendo que esses padrões são a morte, o mausoléu, como a casa de sua mãe. Você admira Joachim e Willy pela amizade que os liga, mas, embora dê tanto valor à amizade (e dá, pois é o que deseja mais do que tudo no mundo, ao que parece), em última instância os acha frívolos. Quando você analisa a escrita daqueles gênios literários da França e da Alemanha que tanto admira, não o faz para louvar as qualidades deles, mas para chamar a atenção para os seus defeitos. Você afirma o próprio poder descobrindo fraquezas em pessoas que considera mais reais que você mesmo. E é forçado a isso porque a vitalidade delas destrói a sua crença na sua própria vitalidade.

Ernst ficara imóvel e parecia um cadáver. Mas falou:

—Tudo o que você disse é a verdade. Eu sei disso há muito tempo, mas nunca o admiti de todo para mim mesmo. É a verdade. Eu estou morto.

Seguiu-se um silêncio como se tivessem chegado a um fim. Vitorioso, Paul o rompeu obrigando-se a rir alto.

—Claro que você não está morto, Ernst! Claro que o que disse é falso! Tirei tudo de um livro que andei lendo.

Ernst demonstrou um débil interesse:

—Oh! De um livro, foi? Que interessante! Posso saber o nome do autor?

—*Fantasia of the Unconscious*, de D. H. Lawrence.— Ernst anotou a informação. Depois disse, com uma espécie de funérea sinceridade:

—Seja como for, é verdade: estou morto. Mas você pode me ajudar a viver.

—Vamos fazer a nossa caminhada.

O hotel estava no limite de Altamunde. À frente dele, o passeio de cimento acabava, diante do café. Descidos três degraus, começava um caminho de terra até a orla da praia. Corria ao longo de uma floresta de pinheiros, uma das muitas que havia na costa. Paul e Ernst seguiram por essa vereda, com a praia à direita e, para além dela, o mar. Na praia, viam-se espreguiçadeiras e umas poucas barracas. Os banhistas se deitavam em toalhas ou colchonetes. Alguns estavam de pé e se enxugavam. O céu clareara. O sol brilhava. A praia cintilava, como uma casca de ovo amarela e mosqueada. As ondas se moviam como correntes paralelas e brilhantes na direção da areia. Rapazes e moças brincavam. Mais para dentro, por entre os fustes rosados das árvores, pernas apareciam e desapareciam, ora na luz, ora na sombra.

Paul começou a considerar clinicamente os problemas de Ernst como um "caso", como Wilmot poderia considerar um "caso" os problemas de Paul. Concluiu que só o trabalho poderia salvar Ernst, mas trabalho criativo (Paul tendia a considerar a "criatividade" uma espécie de panaceia universal, coisa que Wilmot certamente não faria).

—Sabe o que lhe convém, Ernst? Traduzir livros. Você adora a língua inglesa, que fala melhor do que muitos ingleses. Se pudesse verter esse amor do inglês em alemão de boa qualidade, sentir-se-ia sem dúvida feliz.

—Já tentei isso. O que é impossível para você entender, Paul, é que me falta simplesmente a vontade de ser criativo—mesmo convencido de que essa poderia ser, de fato, a resposta para a maior parte, se não para todos os meus problemas. Eu me conheço melhor do que você me conhece. Não há um fiapo de criatividade na minha natureza.

—Mas você deseja que as pessoas o admirem. Você tem ambição.

—Exato, mas só até certo ponto—disse ele, comprazendo-se no autodesespero.—Você poderá imaginar alguém tendo ambições quando tem certeza de que não passa de sombras, como o esboço a carvão feito por um artista numa tela que ele sabe que jamais pintará, que permanecerá para sempre um esquete? A ambição em si é apenas carvão, jamais terá as cores da vida. Mas, se o artista é bom, então o esboço pode permanecer lá indefinidamente, para que ele o veja sempre e com ele se atormente como uma possibilidade irrealizada e irrealizável. Bem, eu sou assim. Mas conheço as minhas fraquezas, e por isso não tomo a sério nem meus sucessos nem meus fracassos. Sou razoavelmente feliz, de maneira geral. Tenho livros, meu estúdio, tenho amigos. E, naturalmente, tenho minha muito querida mãe, que é metade do mundo para mim, e amo Hamburgo, e posso ir a Sankt Pauli. Minha filosofia, se quiser chamá-la assim, é que sou feliz por falta de motivo suficiente para ser infeliz.

—Vamos entrar na água.

Despiram-se debaixo dos pinheiros. A água era muito rasa. Tiveram de vadear até grande distância para encontrar um canal mais profundo. Nadaram quase uma hora, dando-se muito melhor um com o outro, agora que apenas trocavam uma palavra ou duas.

De volta ao hotel, subiram ao quarto, que era muito pequeno. Tinha duas camas estreitas, postas lado a lado, uma pia, um espelho na parede, cômoda e armário. Ernst foi até a pia e olhou-se ao espelho. Para examinar melhor o rosto, encheu as bochechas de ar como um orador pronto para começar um discurso. Pareceu desconcertado com uma pequena mancha branca que descobriu no rosto, a uma polegada da boca, e que ameaçava transformar-se numa desfigurante espinha.

Desceram para jantar na sala, com suas paredes revestidas de pinho pintado cor de chocolate e adornadas com umas poucas fotografias emolduradas de fiordes norugueses. Diversas mesas estavam ocupadas por ruidosas famílias em férias. Em outras, havia jovens casais. Em uma, um "entendido", triste e solitário. (Assim Paul diagnosticou seus companheiros de hotel.)

Em cada mesa havia cartões impressos a tinta vermelha com menus alternativos a dois marcos e cinquenta e um marco e setenta e cinco. Paul, sem querer dar despesa a seu anfitrião, disse que escolhia o mais barato dos dois.

—É um menu frio. Você está mesmo certo de que não gostaria da galinha que está no menu quente? Mas...—e olhando firme para o cartão à sua frente—talvez você tenha razão. Neste hotel, os frios sortidos serão, sem dúvida, excelentes. Acho que eu também vou comer isso.—E continuou, com uma nota de dúvida na voz:—Talvez com a sua refeição você quisesse alguma bebida?

—Oh, não, sinceramente. Eu, em geral, só tomo água com a comida.

—Muito bem. Mas nem mesmo água mineral ou limonada?

—Sim. Tomo uma limonada.

—Certamente.—E, de cara comprida, Ernst pediu ao garçom uma limonada.

Paul sentia que era preciso manter alguma conversa séria, intelectual, com Ernst. Mas naquele momento estava possuído de uma fantasia irreprimível que obliterava todo o resto, impedindo-o até de ver Ernst, quanto mais de ouvir o que ele estava dizendo. A porta do restaurante, a que dava para a rua, abria-se, e por ela, com expressão triunfante, entravam, apressadamente, Simon Wilmot e William Bradshaw. Estavam vestidos como dois ingleses excêntricos. Simon de terno cinza, jaquetão, mas colarinho aberto. Usava um chapéu de palha, que no momento levava na mão, mas que protegia do sol seu rosto pálido quando estava ao ar livre. Trazia um monóculo dependurado do pescoço e tinha na mão uma bengala de castão de marfim que vinha em riste, fazendo um ângulo reto com seu corpo. Obviamente ele pensava estar vestido para a beira-mar.

William Bradshaw estava de calças cinza, sem paletó, com um jérsei branco de malha. Branco de listas azuis. Parecia o mais animado e jovial dos marinheiros.

Tinham os olhos postos um no outro, como se rissem juntos de alguma tremenda pilhéria. A pilhéria era Paul. Quando deram com ele, rebentaram numa gargalhada.

—Paul!—exclamaram em coro.

—Como foi que vieram parar aqui?—perguntou Paul.

—Bem—disse Simon—, recebi suas cartas de Hamburgo com a mudança de endereço quando saiu da mansão Stockmann. Sua senhoria nos informou que estava em Altamunde.

William Bradshaw disse:

—Sempre tive vontade de conhecer o Báltico. De modo que arriscamos: você devia estar em algum lugar perto da praia. Estávamos certos de que o encontraríamos.

—Antes de ir a Hamburgo, estive em Berlim. Você recebeu minhas cartas?—perguntou Wilmot.

—Sobre sua vida no Instituto de Ciência Sexual de Magnus Hirschfeld? Naturalmente que recebi—disse Paul.

—Simon fez algumas descobertas sensacionais—disse William.

—Que descobertas?

—Bem, não preciso dizer que foram sobre o amor.—William pronunciava *love* como LAHV.

—Mas o que exatamente sobre o amor?

—Enquanto você não tiver um sentimento de culpa, não apanha nada—disse William.

—Eu nunca afirmei isso—disse Wilmot.

—Oh, sim, confusão minha. A condição é amar a pessoa em causa.

—A pessoa em causa também tem de amar você, meu caro.

—Bom. Os dois têm de amar-se. Então, ficam imunes. Imunidade é mutualidade. Mutualidade igual à imunidade.

Bradshaw continuou:—A maior proeza de Wilmot foi curar o filho de um bispo—que fugira da catedral do pai—de cleptomania.

—Oh! E como foi que fez isso?

—Tirando-lhe o sentimento de culpa com relação ao furto. Transformou o roubo num puro negócio (que, afinal, é mesmo, quero dizer, o negócio é roubo), e o rapaz não se sentiu mais culpado que os demais homens de negócios, isto é, sentiu-se tão inocente quanto o presidente do Banco da Inglaterra.

—E como conseguiu isso?

—Comprando um grande livro de contabilidade e

fazendo com que o rapaz registrasse nele tudo o que havia tirado e o dinheiro que obtivera no mercado dos receptadores.
—Não, não—corrigiu Simon.—Hoje você está trocando tudo. Ele não recebia dinheiro pelo que roubava. Punha tudo num armário no meu quarto. Eu guardava os objetos roubados para ele.
—E o que aconteceu?
—O extraordinário é que nada aconteceu. Até o dia em que ele subtraiu uma coleção de colheres de prata com os Doze Apóstolos. Quando teve de inscrevê-las no livro, com uma descrição do que eram, o filho do bispo desmaiou. E quando voltou a si, insistiu em devolver as colheres e tudo mais aos seus legítimos donos.

William acrescentou:
—Você pode ver, Paul, que, pelo fato de converter o negócio em atividade puramente comercial, Simon minara a imagem de herói romântico que o rapaz fazia de si mesmo. Furtar ficou sórdido—como dirigir um banco. E quando a coisa chegou às colheres apostólicas, o simbolismo dogmático entrou em conflito com o sonho romântico, e o mundo do rapaz desmoronou.
—O que aconteceu com ele?
—Bem, ele fugiu, mas sem o roubo—disse William. E riu. Simon pareceu levemente constrangido.

Paul, levado pela fantasia, saíra da mesa que ocupava com Ernst e fora até a porta, onde Simon e Bradshaw estavam de pé. Deixaram juntos o restaurante e foram andando para a praia. Misteriosamente, Paul levava consigo uma câmera com tripé, recentemente adquirida. A câmera tinha um dispositivo de atraso para o sujeito poder tirar a própria fotografia. Paul atarraxou a câmera no tripé e instalou o conjunto na areia. Simon e Wilmot posaram, rindo, na calçada em frente ao hotel. Paul ligou o dispositivo e se postou rapidamente entre os dois amigos, com um braço em torno de Simon e o outro em torno de William. E os três ficaram lá, rolando de rir, com o hotel como pano de fundo.

Essa fantasia era tão vívida e impetuosa, tão avassaladora, que Paul simplesmente não podia ouvir uma palavra do que Ernst dizia. Ernst era como alguém na outra margem de um rio—era impossível ouvir qualquer coisa. Paul via os lábios de Ernst mexendo aplicadamente e fez um tremendo esforço para perceber as palavras. Era como se estivesse agarrando, uma a uma, as letras de cada palavra que Ernst proferia. Ouviu que ele perguntava:
—Diga-me, quando foi que começou a fazer essa ideia de mim?
—Que ideia?

—Quando começou a sentir antipatia por mim?
—Talvez naquele dia em que foi me receber na estação, em Hamburgo, e eu o vi à espera atrás daquele guichê. Parecia muito diferente da pessoa que eu havia conhecido na universidade.
—Por que naquele momento?
—Você me pareceu muito infeliz.
—Pois eu estava particularmente feliz. Ia encontrá-lo.

O garçom serviu café. Tinha um gosto pronunciado de camarões. Paul foi vítima de uma outra fantasia que começou quando ele se pôs a pensar por que motivo um hotel situado no Báltico, em vez de servir frios sortidos, duros como couro de sapato, não servia guloseimas feitas com frutos do mar. Seis sorridentes garçons, emergindo da porta da cozinha, avançavam com salvas de prata abarrotadas de lagostas, linguados, camarões, arenques. Com outro esforço prodigioso, ele baniu também essa fantasia e concentrou sua atenção, mais uma vez, em Ernst. A perspectiva de ir para o quarto logo depois do jantar, para escrever no caderno de notas e ler Rilke, fora substituída pela de partilhar o mesmo dormitório com Ernst. De modo que agora o que cumpria era adiar o máximo possível a hora de ir para a cama. Sugeriu que fizessem outro passeio na praia. Diante do hotel, olhando o mar e o céu que escureciam, obrigou-se a iniciar uma conversa com Ernst sobre Thomas Mann, cujos primeiros romances e histórias tratavam muitas vezes da vida de burgueses nas cidades hanseáticas de Bremen e Lübeck, que não ficavam longe dali. Ernst confessou que, quando adolescente, muitas vezes se masturbava pensando em Hans Castorp, o herói de *A montanha mágica*. Paul disse que havia começado a ler o livro no seu primeiro ano em Oxford, mas desistira porque a descrição dos sintomas de tuberculose entre os pacientes do sanatório suíço era tão realista que ele começara a ter febre. Depois, Ernst perguntou-lhe sobre a obra dos jovens poetas de Oxford. Paul procurou explicar a poesia de seu amigo Wilmot—dois anos mais velho que ele—, mas verificou que era incapaz de fazê-lo. Não, não tinha nada em comum com a poesia de Rilke, tal como a entendia. Ernst assumiu a sua expressão irônica e disse:

—Bem, se você não consegue descrever os poemas dele, talvez possa falar sobre a sua atitude em face da vida. Hugh Close me disse que é muito estranha.

Nesciamente, Paul embarcou numa discussão da filosofia de Wilmot, começando com sua atitude em matéria de sexo, porque isso estava, era óbvio, na agenda.

—Ele acredita que os Atos Sexuais, em si mesmos, não são Importantes. O que importa é que a pessoa não sinta Culpa em relação ao sexo. Se você não sente Culpa, se é Puro de Coração, não apanha doença de um parceiro infectado, pois é o Sentimento de Culpa que leva ao contágio no caso das doenças venéreas. É por isso que, na Idade Média, os santos podiam dormir com leprosos sem contrair a lepra. Dormiam com eles para comunicar-lhes amor e não sentiam Culpa.

Citou, em seguida, a frase de um psicanalista pouco ortodoxo que Wilmot admirava: "Ágape não apanha sífilis de Eros." As regras mais importantes na vida são Amar e não sentir culpa sobre a Forma que o Amor assuma. Culpa é Incapacidade de Amar, que se volta contra o sujeito e causa a Neurose, a qual, por sua vez, se resolve em Câncer.

A essa altura, Paul começou a ficar confuso. Não obstante, persistiu, em parte por sentir-se ele mesmo em causa por uma discussão que o fazia mal-amado e inadequado. Mas persistiu. Alguém que se visse na posição de ser amado por uma pessoa fisicamente pouco atrativa—repulsiva, até—agiria como um santo (isto é, dando amor por amor) se aceitasse as propostas amorosas dessa pessoa, pela qual sentia repulsa. Paul não se podia imaginar atingindo esse grau de santidade: dormir, por exemplo, com alguma senhora colunável e empergaminhada, de cabelo azul; ou com um *poète maudit*, infestado de doenças—como Paul Verlaine. Mas, então, quem sabe Rimbaud era um serafim de olhos de safira por ter dormido com Verlaine? Quer Paul tenha dito tudo isso, quer não, o fato de sentir que havia comunicado sua versão da filosofia de Wilmot a Ernst o influenciou naquele fim de tarde; quando caminharam pela beira-mar, com o sol tão perto do horizonte que, coado por véus de nuvens de um cinza, claro como casca de ostra, a luz já não ofuscava. Olhando-o diretamente, Paul viu um disco de pedra, ardente e vermelho, cor de cinabre. Tentou ver apenas o sol e nada mais, excluindo o mar túrgido e a terra, que agora assemelhava-se a um imenso e escamoso polvo, com os promontórios por tentáculos. Quando o disco em brasa tocou a linha do horizonte, pareceu distorcer-se e inchar, com bolsões que, em poucos segundos, palpitavam como o fogoso coração de Ulysses arrancado do peito, pensou. E, depois, tudo mudou de novo. Era agora como a tenda do rei Henrique no Camp du Drap d'Or, como uma vela vermelha que um furacão tivesse arrebatado para os confins do horizonte. Lá, as ondas saltavam, puxando-a para baixo, fazendo-a panejar, afundar. Depois disso, sentiu mais do que viu, que uma luz transparente permeava aquela área do céu e a tingia de sangue.

Tinham chegado a um lugar onde havia uma espécie de *camping*, com barracas debaixo de árvores. Algumas pessoas, solitárias, já faziam preparativos para se recolher. De súbito, o rosto de Ernst se iluminou, e ele procurou chamar a atenção de uma garota que estava separada dos demais.

—Alô! Ah! Veja só quem temos aqui! Como é que você veio parar em Altamunde?—disse, numa voz mais calma, para Irmi, que se aproximava deles. Vestia *short* branco, blusa branca e meias curtas, brancas, e calçava tênis brancos. Sorrindo, ela olhou através de Ernst diretamente para Paul e disse:

—Boa noite.

Ele sorriu de volta e disse, simplesmente:

—Alô.

—Apanhamos você em flagrante, hein? Com quem está?—perguntou Ernst maliciosamente.

—Estou apenas comigo—respondeu Irmi—, embora tenha amigos aqui.

—E quem é Migo? O nome me parece oriental. Um *gentleman* siamês? Talvez a melhor metade de dois irmãos siameses?

—Migo são os Acampamentos de Férias do Báltico, a firma responsável por isto e que me emprega por todo o mês de agosto como chefe de acampamento. No fim do mês, volto para Hamburgo.

—Pode ser que a gente se veja amanhã, se vier nadar aqui—disse Paul.

—Lamento ter de lembrar-lhe que isso é coisa das mais improváveis—atalhou Ernst com aspereza.—Você parece ter esquecido que nossa viagem aos Alerichs tomará o dia todo. E, à noite, você, tanto quanto eu saiba, tem de regressar a Hamburgo. Não foi isso que insistiu que queria fazer?

—Você terá de nadar então ao raiar do sol—disse Irmi numa voz suave como uma pluma, e que apenas roçou a face de Paul.

—Adeus, então—disse Ernst—, até Hamburgo—e deu-lhe as costas para ir embora. Ela correspondeu ao sorriso de despedida de Paul por cima da figura de Ernst em retirada, como se rebatesse uma peteca para além de uma rede invisível.

Então Ernst e Paul se afastaram em direção ao hotel. Estava quase escuro.

Não tinham andado muito quando ouviram tiros—rajadas espasmódicas—que pareciam vir da profundeza da floresta de pinheiros.

—O que será isso?—perguntou Paul.

—Jovens imbecis—respondeu Ernst, deliberadamente casual.

—O que quer dizer com jovens imbecis?

—Eles se denominam franco-atiradores—disse Ernst.
—E em quem eles estão disparando, esses franco-atiradores?—perguntou Paul, com ar irônico.
Ernst ficou sério.
—Receio que ainda existam aqui na Alemanha alguns membros da geração anterior à guerra que não reconhecem a derrota do Império Alemão para os Aliados. Acreditam que alemães patriotas foram apunhalados nas costas por banqueiros internacionais judeus não patriotas. Os reacionários que pensam dessa maneira atraem para o seu campo jovens aventureiros e bandidos, cujo poder de fogo você ouviu há pouco.
—Mas não é ilegal que tenham armas de fogo?
—Bem, não se sabe exatamente. Eles se organizaram em clubes esportivos para a prática do tiro ao alvo. Como a constituição da nossa República de Weimar é extremamente liberal, esses clubes se convertem em verdadeiros exércitos privados. E suas atividades equivalem quase a um verdadeiro treinamento militar. Planejam o grande despertar da Alemanha, quando ela se erguerá para vingar-se e destruir os seus inimigos.
—Quando isso vai acontecer?
—Não vai acontecer nunca, na minha opinião. A República está consolidada, e o povo alemão se opõe à guerra, perdeu muito na última. Voltaram-se contra os militaristas e os reacionários, como o tio de Joachim, general Lenz. Além disso, ingleses e franceses juntos nunca permitirão a existência de uma Alemanha militarista.

Das profundezas da floresta ouviu-se uma nova rajada.
—Você quer dizer que os atiradores são inofensivos?—perguntou Paul.
—Bem, não diria exatamente isso. Eles são uma ameaça à estabilidade.
—Por quê?
—Porque cometem assassinatos políticos e porque apelam para os piores preconceitos de alguns alemães—Ernst disse "alemães" quase como se falasse de estrangeiros—, como o antissemitismo, por exemplo.
—Quem eles mataram?
—Walther Rathenau, um financista judeu e político liberal—um grande homem, alguém de quem a Alemanha muito precisava, mas não vamos falar deles esta noite—concluiu com um arrepio e um risinho nervoso.—Não vamos deixar que eles arruínem o nosso fim de semana.

Alcançaram o hotel e subiram para o quarto. Tomaram banho, despiram-se e se meteram nas suas camas, separadas, mas paralelas. Ernst apagou a luz, disse boa-noite, e estendeu a mão procurando a de Paul no escuro, tudo ao mesmo tempo. O primeiro impulso de Paul foi retirar a mão, logo que lhe parecesse possível fazê-lo sem rejeitar a amizade de Ernst. Mas as palavras de Wilmot que ele havia citado na praia ainda ecoavam em sua cabeça, desafiando-o com as alternativas de recusar o amor ou retribuí-lo, tornando positivo um fato negativo, o de ter Ernst como alguém fisicamente repulsivo. As duas camas eram tão juntas que não havia espaço nenhum entre elas. Em vez de retirar a mão, Paul se transferiu para a cama de Ernst. Logo descobriu que a decisão da mente—de corresponder à investida de Ernst—era muito mais fácil de tomar que a do corpo, que resistia. Por uma espécie de reação nervosa de repulsa—ou talvez pelo desejo de acabar com o que era físico o mais depressa possível—, ele gozou muito depressa. Era a primeira vez na vida que fazia sexo com qualquer pessoa. Mas percebeu que voltar imediatamente para o próprio leito, antes que Ernst se tivesse também satisfeito, seria uma rejeição pior do que se ter recusado a ele desde o começo. Deixou-se, então, ficar na cama de Ernst com Ernst, que se contorcia desesperadamente de encontro a ele, lutando para atingir o orgasmo. Paul se deu conta de que, segundo os padrões de Wilmot, ele já falhara no que dizia respeito a mostrar amor. Sua reação involuntária provava sua incapacidade de responder a amor com amor. Podia pelo menos, pensou, demonstrar simpatia, ficando simplesmente com Ernst. Haveria alguma espécie de reciprocidade na demonstração de afeto no fato de ficar até que ele acabasse. Isso levou, é verdade, uma infinidade de minutos, cada um deles pesado como um rochedo, enquanto Ernst pelejava na direção do seu árido clímax. Jazendo ao lado de Ernst, que trepava por cima dele, Paul se sentia tão separado dele como se estivesse em Hamburgo e o outro, em Altamunde. Na verdade, sentia uma solidão que ultrapassava a ele e Ernst juntos, que excedia a ele mesmo também, individualmente, como se ele não tivesse outra existência exceto a de estar sozinho. Deitado ali, no escuro, sentia-se um prisioneiro lançado por terra, de onde era obrigado a olhar para um mosaico brilhantemente iluminado na parede de alguma catedral romanesca, representando demônios com garfos e forcados afligindo os corpos nus de pecadores. Mesmo assim, não era tão mesquinho—ou talvez simplesmente se sentisse por demais só—que fosse identificar Ernst com algum demônio. Não. Sentia mesmo simpatia por Ernst. O inferno era ele mesmo, Paul. E quando, por fim, Ernst mergulhou num sono profundo e quieto, que Paul interpretou como pós-orgásmico,

sentiu apenas alívio por conta de Ernst. E, no entanto, sabia que, enquanto Ernst dormia, ele estava condenado a permanecer acordado até de manhã, pois só a luz do dia seria capaz de mitigar o nojo que sentia de si mesmo.
Dormir estava fora de cogitação. Ele era a torturante vigília encarnada.
Finalmente, luziram alguns lampejos naquele norte, naquele verão, sobrepujando a escuridão com sua calma lenitiva. Logo que todos os objetos no quarto clarearam e se identificaram como cama, armário, cadeira, mesa, lençóis, Paul se vestiu (Ernst roncava ainda), apanhou uma toalha, abriu a porta, e correu escada abaixo e através do *hall* do hotel, para o frescor do ar livre. Seguiu pelo mesmo caminho de areia, entre praia e pinheiral, por onde ele e Ernst tinham ido no dia anterior, até encontrar o acampamento e as barracas onde havia dado boa-noite a Irmi. Tirou a roupa na praia e entrou no mar, vadeando enquanto a água era rasa até alcançar o canal suficientemente profundo para nadar.
A manhã estava perfeitamente imóvel. Os pinheiros da orla da praia eram distintos em cada pormenor de contorno e de sombra, como figuras gravadas na borda de um vaso de vidro, e o mar, um vasto espelho plano sob um céu de luz pura, abstrata, sem cor. O corpo desajeitado de Paul — braços e pernas que afundavam — parecia revolver a água e jogá-la para cima, amanhada, como um arado revira a terra de um campo liso ao romper do dia. Nadando, ele fazia um barulho que despedaçava a quietude das coisas.
Tomou consciência, depois, de que havia alguém nadando junto dele. Era Irmi, e ela ria enquanto nadava. Disseram bom-dia um ao outro, só isso, depois voltaram, nadando, lado a lado, para onde a água era rasa. Chapinharam, juntos, em seguida, até a praia, onde, ao pé das suas calças, da sua camisa, dos seus sapatos, ele havia deixado a toalha. E logo que lá chegaram, sem falar (a sua ignorância do alemão e a ignorância de inglês por parte dela forneceram uma desculpa tácita para aquele silêncio comunicativo), ele se pôs a beijá-la: o alto da cabeça, o rosto, os ombros, os seios. Pôs as mãos em torno das suas nádegas e sentiu o pênis enrijar contra o ventre dela. Estavam ainda pingando água salgada e, entre os beijos, faziam pausas para se secarem, um ao outro, com a toalha. Depois recomeçavam tudo de novo. Por fim, estenderam a toalha no chão e se deitaram. Fizeram amor.
Paul ouviu, atrás deles, que um homem tossia e emergia de uma barraca, apenas visível por entre os pinheiros, na barranca acima da praia. Irmi foi a primeira a levantar-se.

Disse, num sussurro *"Auf Wiedersehen"*. E então, apertando um pano felpudo contra os seios, correu, com movimentos angulares, pesados, jogando com as pernas e os braços de um modo que lhe pareceu de repente os de uma outra espécie, alienígena, para os pinheiros e as tendas. Paul se ergueu, ainda exultante. Depois, baixando os olhos para o próprio corpo, percebeu um fino fio de fluido que corria do umbigo até o sexo, ainda viscoso do coito. Desceu rapidamente até o mar, lavou-se, e voltou à praia. Pegando, então, a toalha, enxugou-se com uma vigorosa fricção. Correndo ao longo da praia para voltar ao hotel, a sensação de triunfo lhe vinha em golfadas. E versos de Rimbaud, sempre obsedante, pareciam correr com ele, costeando a areia:

> *O vive lui! Chaque fois*
> *Que chante le coq gaulois!*

Quando Paul chegou ao hotel, foi até o salão de jantar e esperou um longo tempo. Finalmente, Ernst apareceu. Paul explicou que se levantara cedo para ir nadar. Ernst parecia solene. Estava aborrecido, porque a espinha na cara tinha piorado. Pediram café. Paul encomendou dois ovos fritos, um "extra" que o hotel não fornecia de graça (item incluído na conta). O desjejum normal consistia em café com pão e manteiga. Achou que dois ovos eram pagamento a que fazia jus. Discutiram a visita a Castor e Lisa Alerich para ver a casa deles. Ernst surpreendeu Paul dizendo:

—Uma vez que temos de viajar de trem esta noite até Hamburgo, pensei que depois da nossa noite agitada de ontem seria por demais exaustivo cobrir mais duas horas de viagem até a aldeia dos Alerichs no pequeno trem local, de modo que aluguei um automóvel. Receio que nenhum de nós tenha dormido o suficiente ontem. Foi como a noite que você me descreveu uma vez com seu amigo Marston.

Duas horas mais tarde, quando estavam sentados no carro e Ernst dirigia, mudando para a velocidade maior na estrada lisa e arenosa que cortava a floresta, ele disse:

—A noite passada, você parecia tão inocente, espontâneo e natural, Paul.

3. a casa dos alerichs

Castor Alerich estava esperando por eles no portão da casa, um cubo de concreto branco, como uma versão grandemente ampliada das lâmpadas do estúdio de Joachim. Um balcão rodeava todo o andar de cima (havia só dois andares). O telhado era plano. Castor usava *Lederhosen*, uma camisa branca de linho cru, de gola aberta, e um paletó do que parecia veludo cotelê castanho desbotado. Tinha a pele grossa, pálida, e cabelos amarelos desgrenhados, com uma textura de estopa. Era por entre as falhas deles que os olhos verdes olhavam. A cabeça era enorme e cadavérica. Os ombros muito largos davam uma impressão de força primeva. Olhando para ele, Paul representou um período da história que ele associava aos pictos e aos escotos, vivendo em cavernas que podiam muito bem parecer com a arquitetura moderna.

—Como vai, Ernst?—disse Castor, dando em Ernst um forte tapa nas costas.

Procurando emular essas maneiras calorosas, Ernst apresentou Paul:

—Meu amigo Paul Schoner, um escritor inglês.

Castor agarrou a mão de Paul e, curvando-se por cima dela numa irônica reverência, disse:

—*Welcome to you, my good sir.*

—Não nos vemos há bastante tempo, Castor. Espero que tudo esteja bem com você e Lisa—disse Ernst.

—Muito bem. Não temos nenhum dinheiro, mas isso não é novidade—disse Castor em inglês, continuando sem qualquer pausa.—Mas tenho alguma coisa para lhe contar. É que Lisa não está passando muito bem. De modo que ela não poderá ver vocês. Apanhou um resfriado a noite passada e, você sabe, nesta estação a gente tem de ter cautela.—E, virando-se para Paul, abruptamente:—Você gosta de jardins? Pergunto isso porque tenho um que é muito bonito, ou será. Tudo o que se pode ver por enquanto é esterco, mas tenho trabalhado nele todos os dias, e logo estará brotando. No verão, pelo menos.

Aberto o portão, atravessaram o jardim. Castor escancarou a porta da casa. Dava diretamente para a sala de estar, que ocupava três quartos da área do pavimento térreo e tinha uma claraboia no teto. A mobília era de madeira esmaltada de branco: mesa, cadeiras, dois sofás, com almofadas em capas de cores primárias, de uma fazenda tal qual aniagem. As lâmpadas tinham abajures de papel grosso, transparente, em tons de branco ou amarelo. Havia dois ou três quadros abstratos, executados com matéria muito espessa. O chão era coberto por um tapete tunisiano, vermelho e preto, com um desenho pespontado com linha grossa, numa trama de malhas ásperas. A lareira era grande, retangular, de pedra. O aposento e tudo o que continha, exceto as fazendas contrastantes, dava uma impressão de conforto wagneriano, como se, depois de uma orgia de bebida e brindes, a gente escolhesse um lugar em cadeira ou sofá e se acomodasse com as pernas peludas e nuas nas almofadas de cores brilhantes para atléticos acasalamentos ou modorras valquíricas de cem anos.

Castor disse:

—Não há livros nesta casa, nem um só, exceto o catálogo telefônico e algumas revistas de arquitetura.

Ele fez chá. Ernst e Castor embarcaram numa conversação—parte em alemão, parte em inglês—sobre mulheres e amigos comuns. Toda aquela gente com quem Ernst estava familiarizado, suspeitava Paul, era tão desconhecida de Joachim e Willy quanto dele. Ernst tinha diferentes grupos de amigos, que ele mantinha separados, e diante dos quais, ao que parecia, representava papéis completamente diferentes. Paul pensou de novo que, falando inglês ou francês, Ernst tinha uma personalidade mais formal do que quando falava alemão. Terminado o chá, Castor esfregou as mãos e disse, num vozeirão:

—Há montes de lixo por queimar no jardim. Vocês já tomaram chá, podemos sair e fazer uma boa fogueira.— Obedecendo às suas concisas vozes de comando, Ernst e Paul passaram o resto da tarde juntando galhos e gravetos. Tiveram depois uma ceia leve, de salada, queijo e presunto. Depois dessa refeição, Castor subiu para ver se sua mulher estava melhor. Voltou para dizer que não estava. Lisa ainda tinha resfriado e dor de cabeça. Mas, acrescentou, como a noite era quente, quando eles acendessem a fogueira, talvez ela pudesse sair para vê-los da sacada.

Quando Castor acabou de amontoar o material que eles haviam recolhido, apertou a pilha com o pé e disse:

—Essa história de minha mulher ter um filho é demais—realmente demais. Quando a data do parto estiver próxima, vou embora. Não posso estar presente nesse Negócio Feminino.

—Fala sério?—perguntou Paul, incrédulo.

—Sim, falo. Pego minha bicicleta e saio para qualquer lugar, Holanda, França, Espanha e Itália.

—Eis aí o marido moderno—disse Ernst.

Já estava quase escuro. Castor riscou um fósforo e chegou-o às aparas de madeira da base da fogueira. Elas arderam lindamente, algumas se incendiando fora da pilha, com as labaredas lambendo o ar vazio. O fogo começou a pegar, estalando e expulsando a escuridão num círculo cada vez mais largo. Depois como que morreu, a não ser pelo ronco que vinha do centro. Através de falhas nos galhos, Paul podia ver o núcleo ardente do fogo quase escondido por nuvens de fumo e jatos de vapor que chiavam. Por fim, a fogueira estava toda ela acesa e rugia. Excitado, Castor gritou:

—Lisa, venha ver!

Paul se virou para a casa, em cujas paredes brancas o fogaréu se refletia e dançava. O jardim cheirava a fumaça e a terra. Castor entrou correndo e subiu ao quarto. Um momento depois, Lisa apareceu na sacada, e Castor voltou para o jardim.

Lisa vestia uma camisa de dormir vermelha de alguma seda exótica. Talvez o marido a tivesse trazido da Birmânia. Ela sorriu do alto para Paul, dizendo em inglês *"Good evening!"*.

Ela parecia tão etérea no fulgor daquela luz intensa, e era tão difícil levantar a voz contra o bramido triunfal do fogo, que ele não respondeu. Ficou olhando apenas para ela, deslumbrado demais até para sorrir. Entrementes, Ernst, determinado a fazer teatro, pôs o braço em torno dos ombros de Castor e, rindo, escondeu a cara no peito dele, fazendo com a outra mão um gesto de empurrar para longe dele o muro de calor que vinha da fogueira.

O fogo parecia cada vez mais alto. Grandes fagulhas subiam muito acima dele e se perdiam no alto, se dissolvendo no ar ou indo reunir-se às estrelas. Lisa continuava na sacada, debruçada ao parapeito. As fagulhas pareciam cair num chuveiro à volta dela.

No momento em que lhes deu as costas para entrar no quarto, o fogo, insuflado pelo vento, lançou para cima um clarão ainda mais intenso. A camisola de Lisa enfunou-se um pouco e, debaixo dela, Paul pode ver a intumescência do corpo.

Voltaram à sala de estar para descansar depois da fogueira, que lhes dera uma espécie de modorra, como se os sentidos deles estivessem drogados pela fumaça aromática. Deitaram-se no chão, com as grandes almofadas espalhadas à sua roda e usando os braços dobrados como travesseiros. Castor serviu um lanche, que consistiu em cerveja e uma espécie de pão seco que lembrava os biscoitos feitos para cachorro. Estava ficando muito escuro, mas ninguém quis acender a luz. Paul tinha uma sensação agradável de sonho acordado.

Erguendo-se e indo até um canto da sala onde havia um gramofone, Castor deu-lhe corda com a manivela e disse:

Não tenho livros, mas discos tenho. Não foi um escritor inglês ou filósofo ou qualquer coisa assim quem disse que a arquitetura é música congelada? Talvez seja por isso que eu adoro música: por ser arquiteto. Minha mulher não a suporta.

—Ruskin, talvez—disse Paul.

Castor colocou na vitrola o adágio do *Quinteto para clarinete* de Mozart. Paul se pôs completamente de costas, tirando os braços de trás da cabeça e estendendo-os ao longo do corpo apoiados nas almofadas. A música parecia expandir a sala, como se ela pudesse englobar primeiro o jardim, em seguida a floresta, depois o céu, as estrelas, o universo, Deus. O som do clarinete era uma cascata caindo muito branca sobre pedras, e havia notas que brilhavam entre os pinheiros, que às vezes as escondiam e às vezes as revelavam. Brisas moldavam os sons segundo seus próprios impulsos ocultos. A música se realizava fora dele e, no entanto, lhe enchia inteiramente a cabeça, o crânio, o cérebro, em sons com que ele poderia viver ou, com a mesma felicidade, morrer. Era música que transformava todas as coisas vistas em coisas ouvidas.

Ao fim do movimento, Ernst se levantou para dizer que, se tinham de apanhar o trem para Hamburgo, precisavam partir imediatamente. Paul sentia que poderia ficar ali deitado entre as almofadas no chão de Castor para todo o sempre. Mas levantou-se para ir embora.

No trem, Ernst disse:

—Já não tenho aquela espinha na minha cara que me aborrecia tanto. Rebentou com o calor da fogueira quando fiquei muito perto.

Paul pensou em Castor, de cabeça curvada sobre os guidons, cabelo caído nos olhos verdes, fixos à frente, varando países da Europa—Holanda, França, Itália, Espanha—e vendo as suas arquiteturas. Ficou a imaginar: qual seria o seu alvo?

Em Hamburgo, reuniram-se a Joachim e Willy para jantar, tarde da noite, num restaurante do Alster. Antes de irem para a mesa, quando ainda estavam de pé no bar, tomando aperitivos, Joachim chamou Paul à parte. Ele devia ir a Colônia em viagem de negócios no começo de setembro. Sugeriu que Paul o encontrasse lá:

—Poderíamos passar uns dois dias vendo Colônia, depois seguir a pé ao longo do Reno. Você ficará conhecendo uma parte da Alemanha que não é Hamburgo, nem tem Ernst e Hanny Stockmann—disse.

Paul respondeu que aceitava o convite, encantado.

4. a excursão ao longo do reno

SETEMBRO DE 1929

Joachim estava esperando Paul na estação de Colônia. Paul ficou horrorizado ao ver que Joachim reservara quartos para eles em um dos hotéis mais caros da cidade. Joachim explicou que tinha de hospedar-se lá, por estar representando a firma de seu pai. De qualquer maneira, ficariam apenas três dias em Colônia, depois começariam sua excursão à margem do Reno. Paul chegara quase na hora do almoço. Depois de comerem no hotel, foram nadar. Paul quis desfazer a mala antes de sair, mas Joachim disse, com voz ainda mais arrastada que de costume:

—Bem, creio que você pode fazer isso mais tarde.

Pareceu impaciente até com a pequena demora com que Paul reuniu suas coisas de banho. Todavia, logo que se viram fora do hotel, Joachim ficou bem-humorado, e Paul deixou de sentir-se irritado com o despotismo dele.

Enquanto caminhavam, perguntou-lhe se gostava do que tinha de fazer em Colônia. Joachim disse que gostava de entrevistar as pessoas quando viajava para seu pai, porque sempre conseguia convencê-las a comprar tudo o que oferecia—mesmo coisas que elas não queriam. Atravessaram uma ponte sobre o Reno. Tiveram de andar em fila indiana, pois havia muita gente na calçada e o tráfego de automóveis era intenso. Não podiam conversar. Paul observava Joachim com atenção. Ele estava vestido no estilo pseudoinglês de Hamburgo, que parecia um tanto estrangeiro em Colônia. Estava de calças cinza com um paletó azul-claro. Caminhava com desembaraço, de cabeça erguida, muito alto e empertigado. Levava a máquina de retrato e a pequena pasta com as coisas de banho dos dois na mão esquerda, displicentemente autoconsciente. O sol batia de chapa na sua pele bronzeada. Ele olhava ao redor com um ar de quase desafio e a habitual expressão de alguém que se diverte e diverte os outros. Muita gente se virava para olhar uma segunda vez para ele.

Do outro lado da ponte, seguiram por um caminho largo que saía da rua e atravessava um jardim, para além do moderno e comprido edifício construído para exposições internacionais. Tudo parecia limpo e novo e luzidio daquela banda do Reno. O Edifício de Exposições, com suas linhas puras, paredes baixas, janelas simétricas, estendendo-se de um lado e de outro da torre central, parecia diminuído e quase microscópico debaixo do imenso fulgor da tarde.

—Não é maravilhoso?—disse Joachim, sorrindo para Paul. Ergueu o rosto para o sol e ergueu um braço para proteger os olhos.
—É por demais brilhante—disse.—Quase não posso ver.—Depois deixou cair a mão, pousando-a no parapeito de concreto defronte ao rio. Logo a retirou.
—Está tão quente! Mal se pode tocar o cimento. Vamos já para a água.

Logo estavam no *Schwimmbad*. Depois de se despirem, foram devagarinho até o rio. Paul se deixou ficar um pouco para trás. Joachim perguntou:
—Por que diabo você fica para trás? É tão difícil assim manter o ritmo?

A corrente do Reno em Colônia é muito forte. Quando Paul entrou na água, foi imediatamente arrastado. Joachim disse, com uma risada:
—O que há com você, Paul? Está que nem se aguenta de pé.—Mas disse isso em tom de brincadeira.

Paul lutou para firmar-se, depois nadou um pouco à frente, sempre com a corrente puxando as suas pernas. Era como se estivessem presas a cordas que alguém esticasse.
—Tente nadar contra a corrente agora!

Paul nadou com todo o empenho, mas foi sempre carregado para trás.
—Vamos, nade!—dizia Joachim, rindo.—Eu o desafio!—e se lançou na água ao lado de Paul e logo pareceu avançar rapidamente. Mas, quando Paul olhou para a praia, viu que ela ia para a frente e não para trás. Mesmo Joachim não conseguia vencer de todo a correnteza.

Paul desistiu de vencer o Reno. Nadou com o rio, deleitando-se com a incrível rapidez da água que o levava. Joachim, depois de mergulhar por baixo das plataformas flutuantes de madeira que cercavam os banhos, dirigiu-se, muito à frente, para o centro do rio. Quando uma fileira de barcaças apareceu, ele se içou a uma delas para mergulhar do deque para o outro lado. Sujeito a cãibras e nadando mal, Paul se alegrou com o distanciamento do outro. Não precisava mais se fazer de atleta. Começou a aproveitar o dia, boiando de costas e pensando sobre poesia.

Depois de nadar, ficaram deitados na praia, secando-se. Por muito tempo, de olhos fechados, sentindo o sol no corpo, permaneceram calados. Mais tarde, sentaram-se e, embora se recuperando, começaram a reparar as coisas. Joachim falou de sua infância: de como, quando tinha cinco anos, a mãe impedira que um trabalhador lhe desse um *groschen*.

Desde então, ele sempre puxava conversa com trabalhadores. De repente, tocando a mão de Paul, ele disse:

—Olhe!

Apontava um rapaz deitado na areia a poucas jardas de distância deles. O rosto do rapaz estava apertado contra a areia, e ele tinha os braços abertos como se a abraçasse. O sol era tão forte nas suas mãos e coxas que a carne parecia um cinabre, translúcido.

—O que é?—perguntou Paul.

—Ele sabe que estou olhando para ele e finge que não percebe nada. Que engraçado! Pois gosta que eu esteja olhando!

—E o que vai fazer?

—Espere aqui. Vou comprar um jornal. Então, finjo estar interessado apenas nas notícias, e ele não poderá esconder por muito tempo o quanto deseja que eu o olhe.

Joachim se pôs de pé e afastou-se sem pressa. Quando viu que ele estava indo, o rapaz levantou a cabeça, apoiou-se num cotovelo e se virou com um ar de decepção. Depois ficou vigiando a praia. Quando viu que Joachim retornava, voltou a contemplar o Reno. E quando ele chegou perto, corou.

—De que está rindo, Paul?

Paul contou-lhe o que acontecera.

—Ah, é assim? Pensei que ele esperava alguma coisa de mim. Pois não terá de esperar por muito tempo.

Desdobrou o jornal e começou a examinar as ilustrações atentamente. Depois, mostrando uma delas a Paul, cochichou:

—Veja o garoto agora.

Ele estava inclinado para a frente, erguido sobre o cotovelo, incapaz de disfarçar sua curiosidade. Tentava ver a gravura por cima do ombro de Joachim.

Joachim dobrou o jornal e depositou-o na areia a seu lado. Depois, como se a ideia lhe tivesse ocorrido naquele momento, voltou-se, pegou de novo o jornal e ofereceu-o ao rapaz, dizendo em alemão:

—Você gostaria de ver isto?

O rapaz sorriu, agradecido, e aceitou o jornal.

—Muito obrigado. É bom ter alguma coisa para ver ao sol.

—O dia está magnífico, não?—E Joachim lançou ao céu, ao rio e à cidade um olhar abrangente.

—Magnífico. A gente poderia ficar o dia todo aqui, com um tempo desses.

—Sim. A não ser que tenha de fazer outra coisa. Você tem obrigações?

—Eu? Não, ainda não. Tenho só dezessete anos. Ainda estou na escola. E tenho o dia todo livre agora, nas férias.
—Quisera eu ter férias compridas assim. Posso oferecer-lhe um cigarro?
—Oh, sim. Muito obrigado.—Tirou um e examinou-o com cuidado.—Gosto de cigarros egípcios.
Paul se levantou.
Joachim disse em inglês:
—Aonde vai? Você nos abandona?
—Vou andar um pouco, só isso. Quero ver aquela gente fazendo ginástica ali adiante—e apontou um lugar muito afastado, onde homens e mulheres se contorciam como se alguém os estivesse assando num espeto.
—Muito bem. Mas não se demore.
E, dirigindo-se ao rapaz, em alemão:
—Você sabe inglês?
O rapaz fez que sim, com a cabeça, sorrindo. Estava lisonjeado.
—Posso apresentar-lhe meu amigo Paul? Qual é o seu nome?
—Groote. Kurt Groote.
—Oh, Kurt. Bonito nome. O meu é Joachim.
Trocaram apertos de mão. Paul se afastou na direção da ginástica.
Ficou a observar as figuras. Eram pessoas de meia-idade, membros do movimento alemão de juventude. Olhando-os —homens, mulheres, meninos, vermelhos como camarões, amarelos, cor de mogno—, eles lhe pareceram ridículos, mesmo os mais bonitos, e alguns eram bonitos. Depois de estar na Alemanha pouco mais de dois meses, ele começava a ficar cansado da preocupação envergonhada dos alemães com o corpo. Eles cultuavam o corpo como se fora um templo. Mas por que não podiam aceitar-se como eram?—pensou. Estou farto dessas pessoas que se esforçam, sem trégua, para alcançar um físico perfeito, e que se esfalfam em exercícios simplesmente por não poderem aceitar-se fisicamente como são. Não se perdoam por terem os corpos com que vieram ao mundo. Joachim, naturalmente, tem um jeito maravilhoso com rapazes. Vai de um para outro, e continuará a fazer a mesma coisa, mesmo quando ficar mais velho, sempre perseguindo a beleza e o caso de amor, sempre tendo de bancar ele próprio o garoto, obrigado a julgar-se pelo padrão do mais belo rapaz sobre a Terra. Lá por entre as dunas de areia, aqueles alemães novos em folha flexionavam e torturavam seus corpos como contorcionistas agoniados, negando cada um a própria singularidade, tentando tornar-se o perfeito Filho do Sol.

Paul ficou pensando se deveria emular Joachim. Em poucos minutos se conscientizara tão completamente de que não teria condições de fazer isso que deixou de desejá-lo. Virou também as costas para os atletas rodopiantes das dunas de areia — uma cena do *Purgatório*. Voltou lentamente para onde havia deixado Joachim e Kurt. Joachim ria com seu novo amigo, observando-o todo o tempo. Joachim estava sentado na areia, com os joelhos puxados para o peito, e as mãos junto dos tornozelos. Em uma delas havia um cigarro. Sacudiu a cinza que caíra num dos dedos grandes do pé antes de começar a contar mais uma história.

O rosto de Kurt luzia de prazer. Ele estava reclinado, de costas, e encantado, com o corpo à vontade e os cotovelos fincados na areia. Acompanhava com os olhos cada gesto de Joachim. E Joachim nem por um momento deixava de espreitar a expressão na face de Kurt.

Quando pareceu que a história chegara ao fim, Paul se aproximou.

— Alô, Paul — disse Joachim, com voz sonolenta. — O que andou fazendo? Já esteve de novo na água?

— Estive observando aquelas pessoas que faziam ginástica.

— Só isso? Deve ter sido sumamente aborrecido, imagino. — Assim dizendo, pôs-se de pé e estendeu a mão para Kurt, despedindo-se:

— Temos de ir embora. Não se esqueça, amanhã. *Auf Wiedersehen*!

Enquanto jantavam, no hotel, Joachim falou sem parar sobre Kurt:

— Combinei uma expedição com ele para amanhã. Espero que você não se importe.

— Não, irei com prazer.

— Ótimo. Ele nos encontra na porta do hotel às nove.

Depois do jantar, ele bocejou e disse:

— O que gostaria de fazer agora?

— Não sei. Não pensei nisso. E você?

— Eu perguntei o que você gostaria de fazer — repetiu Joachim, impaciente. — Existe alguma coisa que queira fazer por você mesmo, ou vai querer sempre o que eu quiser?

— Eu gostaria de andar na rua e perto do rio, de ver as lojas, de ver gente. Mas isso pode parecer aborrecido.

— Não conseguia pensar em nada que fosse suficientemente excitante para Joachim.

— Bem, eu gostaria de fazer isso mesmo. Só que gostaria também de um drinque, no fim de tudo.

Passearam um pouco pela praça, diante da catedral. Chegaram a uma rua de onde o tráfego era banido à noite, no verão. Era usado, então, como um passeio. As pessoas andavam para cima e para baixo, sempre do lado direito. Joachim andava devagar e quase no centro da passagem, de braços dados com Paul. E olhava com expressão agressiva para os transeuntes. Era como se visse todos eles como atores e atrizes num desfile.

—Eu gosto muito de observar as pessoas. Faço isso todo o tempo. Fico sabendo muita coisa só pela maneira que elas têm de andar ou de olhar para a gente. Quando estou em uma festa, observo cada pessoa que chega. Uma pessoa entra e não é nada, ninguém repara nela. Mas então entra outra, e todo mundo sente logo a sua presença. Olha a gente, e a gente sente que é uma pessoa que está viva, alerta.

Não falaram muito, só ocasionalmente, para fazer os mais breves comentários, que pareciam sinais de um para o outro, sobre as pessoas que passavam por eles. Todo o tempo Paul e Joachim observavam as mesmas coisas, e ambos tinham mais prazer com a luz e o movimento da rua por estarem juntos do que teriam se passeassem sozinhos.

Alcançaram o fim do passeio brilhantemente iluminado e tomaram uma estrada que ia dar no rio. Ao chegarem lá, Joachim se debruçou na balaustrada olhando para baixo e disse:

—Você sabe, eu gosto quando estou com um rapaz como esse Kurt. Desejaria nadar ou caminhar ou fazer qualquer coisa ativa com ele o dia inteiro sem conversar muito.

Tomaram drinques em um café. Em uma mesa próxima, havia um moço com um chapéu de feltro preto que os olhou com grande atenção enquanto tomavam cerveja. Joachim, como costumava fazer, logo falou com ele e lhe ofereceu um drinque. O nome do rapaz era Nicolas. Contou que era russo, *émigré*, e que morava em Paris. Descreveu a vida que levava por lá, suas dívidas, sua amizade com Cocteau, o balé russo.

Depois, Paul e Joachim voltaram ao hotel, devagar, de braços dados. Na maior parte do caminho, falaram sobre Nicolas, que com suas histórias os tinha divertido e comovido ao mesmo tempo.

Subiram para o quarto. Paul se despiu rapidamente e deitou-se. Joachim, todavia, não se apressou e fez uma elaborada toalete, que culminou com a colocação de uma rede no cabelo para assentá-lo. Paul achou aquilo muito pouco inglês.

Finalmente, Joachim deu tudo por terminado. Tomando a mão de Paul na sua, sentou-se na beirada da cama dele e olhou-o com seus grandes olhos atentos, que pareciam divertidos por trás da sua escuridão, como a de um teatro. Depois, segurando as duas mãos de Paul, deu-lhe um beijo de boa-noite.

—Acho que foi uma boa coisa termos vindo juntos, Paul. Você não acha? Espero que a gente goste da viagem.

Foi então para a sua própria cama, e os dois dormiram.

Joachim combinara com Kurt que ele os encontraria na rua, às nove da manhã seguinte, defronte da porta do hotel. Exatamente às nove horas, estavam na calçada, ao lado do porteiro, que parecia um tanto contrariado com a presença deles. Tirava um pouco da sua dignidade. Mas nada podia fazer senão lançar-lhes olhares indignados de tempos em tempos. O sol era de novo muito forte. Grande parte da rua estava na sombra da catedral, exceto numa estreita faixa de poucas jardas de largura em frente ao hotel, onde o tráfego coruscava.

Quando os sinos da catedral deram nove e meia, Joachim perguntou a Paul se ele se importaria de esperar mais um pouco enquanto ele entrava no hotel para telefonar a Kurt.

Paul esperou mais meia hora na rua. Às dez horas, Joachim emergiu do hotel e disse haver procurado em vão por um número com o nome Groote. Paul não expressou o que sentia por ter sido deixado à espera tanto tempo.

—Bem—disse Joachim—, temos de ir sem ele. Não posso imaginar o que aconteceu.

—Talvez o rapaz tenha esquecido o lugar do encontro.

—Não, não creio. O mais provável é que tenha contado em casa que nos ficou conhecendo, e os pais não permitiram que viesse.

Todo o dia ele falou de Kurt. Foram aos mesmos banhos na esperança de encontrá-lo. Mas não o viram. Estavam estirados na praia quando Joachim disse:

—Sabe, não paro de pensar nele. A cada minuto, espero que apareça e que possamos conversar como ontem.

Paul ficou por demais surpreso para responder a isso. Joachim explicou que gostaria muito de conhecer alguém por quem pudesse se apaixonar.

Antes de saírem de Colônia, Paul escreveu no seu caderno de notas:

> A noite passada tive uma ameaça de insolação. Como a cabeça me doesse, deitei-me para descansar um pouco. Uma extraordinária sensação. Mal fechei os olhos, vi outra vez, vividamente, o céu ardente daquela tarde. E eu já não me comprazia com ele. Ele me fazia mal. Detestei a ideia de ficar

mais um dia ao ar livre, como odeio ficar mareado. Agora já não concebo o sol como benfazejo, mas perverso e venenoso como uma serpente. Da forma que aparece na pior das estações do ano, quando o céu é como um cenário vazio, à espera de um ciclone. Silente, atento à voz do trovão. Imaginei um céu onde não se vissem nuvens, só um campo todo gris por igual, como um continente de cinza empilhada. E redondo, com margens mosqueadas que mostravam o lívido palor do sol. Talvez houvesse realmente algum mal elétrico no ar, que tudo corrompia. Se assim era, semelharia uma ruga na face do verão que tão depressa passara, pois não havia tempestade. Penso que sou eu mesmo que estou sendo corrompido.

Joachim esteve muito atarefado no último dia que eles passaram em Colônia. Além do trabalho para a firma do pai, fez muitas compras: três camisas, *shorts* de veludo cotelê, uma boina, meias, sapatos fortes, de couro, para a caminhada deles. Paul foi à galeria de arte e ao museu. Não comprou nenhuma roupa nova. Sabia que não podia competir com Joachim. Também não tinha dinheiro para comprar nada, só livros.

Na manhã seguinte, tomaram o trem de Colônia para Bingen, no Reno. Depois que deixaram as coisas no hotel, desceram para a estrada que acompanha o curso do rio. Já era noite. Atrás deles, vindos dos restaurantes e dos *Weinstübe* da pequena cidade, podiam ouvir as vozes de alemães que cantavam. Começavam a aparecer luzes por todo lado. Posta numa colina, Bingen parecia uma cidade recortada em papelão. Havia tinidos de copos de um restaurante, onde alguma festa estava em curso. Ao lado da estalagem, figuras se moviam de maneira misteriosa, estacando subitamente, recomeçando a andar, um homem e uma mulher, dois homens, um homem, uma mulher, sozinha, depois não mais sozinha, contemplando para além do Reno as montanhas do outro lado. Paul sentia no ar o fim do verão de 1929. E teve frio.

—Veja, Paul.

Movido pela ideia fixa de Joachim, Paul olhou o garoto de pé ao lado de Joachim. Ao contrário do outro, da véspera, esse vestia um costume bávaro de *Wandervogel*: *Lederhosen*, camisa bordada de gola aberta, paletó verde como o que os caçadores usam. Por cima da camisa, via-se um quadrado de couro com veados bordados preso a suspensórios também de couro.

Paul disse:

—Não me parece confiável.

—Você não gosta dele?
—Não.
Joachim pareceu contente. O rapaz se virou, e Paul teve de admitir:
—Bonito ele é.
—Você quer um cigarro, Paul?
—Sim, por favor.
Joachim deu um cigarro a Paul. Depois ofereceu um ao garoto, que o aceitou mais graciosamente do que gratamente.
Joachim se pôs a conversar com ele. Chamava-se Heinrich. Joachim disse:
—Vamos comer alguma coisa agora. Você gostaria de vir conosco?
—*Gern*. Com prazer.
Foram, os três, colina acima, através da aldeia, até um restaurante com mesas do lado de fora, que davam para a vista sensual e já incerta àquela hora do rio e das montanhas.

Para Paul, a abertura e as jogadas de Joachim eram agora tão familiares como as de uma partida de xadrez. Tinham um fascínio que o excitava, como se Joachim estivesse produzindo aquele *show* por sua intenção. Paul seria o espectador ideal que Joachim trouxera consigo para ver a performance.

A noite era ainda suficientemente cálida para que fosse agradável comer fora. Paul jantou em silêncio, observando Heinrich e vendo Joachim observar Heinrich. O rapaz tinha cabelos compridos, que iam para trás a partir das têmporas e caíam em ondas sobre as orelhas, como se uma leve brisa os soprasse. Tinha a pele alva e lisa como alabastro, como se jamais tivesse sido exposta ao sol ou como se o sol não a curtisse. Seu rosto refletia uma avidez sensual, uma expectativa fixa que poderia ser poética se não houvesse nela um grão de futilidade. A boca era carnuda. Uma espécie de impertinência nas narinas era reforçada pelos olhos de foco muito estreito, tão juntos um do outro quanto os de um pequeno gato montês. Esses olhos com seu olhar cruel é que tinham repelido Paul, no primeiro momento.

—De onde vem?—perguntou Joachim.
—Da Baviera.

Disse o nome de uma aldeia e falou das inúmeras vezes que estivera em Munique. Respondia prontamente a todas as perguntas de Joachim com naturalidade e doçura, como se aqueles lábios fossem uma pequenina trompa de caça soprando em surdina uma toada escondida. E, no entanto, havia uma ligeira hesitação, ingenuamente sutil, como se ele considerasse que resposta seria mais indicada para cada pergunta feita.

Quando Heinrich falava, Paul vigiava o rosto dele, e imaginava uma fotografia na qual, por debaixo da aparência superficial, se pudesse ver uma segunda mais verdadeira, porém dificilmente discernível. Essa imagem fantasma por trás de Heinrich era, de certo modo, um pouco mais velha e mais árida: a de um astuto camponês de aldeia. Paul observou que, enquanto Heinrich falava, e até acabar o que dizia, ele tirava os olhos de Joachim e os punha a distância, como se estivesse a contemplar o próprio sonho. Depois, imediatamente, olhava de volta para Joachim, excluindo Paul.

Joachim perguntou:
—O que está fazendo aqui, no Reno?
—Perambulando.
—Ah, perambulando! E quando saiu da Baviera? Você trabalhava lá?
—Sim, eu estava empregado numa loja que vende toda a quinquilharia de que os camponeses precisam—disse, deixando perceber uma leve aversão por aqueles humildes fregueses.—Minha mãe muito querida tem saúde delicada, e eu trabalhava a fim de ganhar dinheiro para sustentá-la... Minha mãe, vejam, é mais cara para mim que qualquer pessoa no mundo.

Disse isso como se, verdadeiro ou falso, ele o quisesse crer. Fez uma pausa, lançou um olhar a Joachim, e em seguida continuou com um pequeno riso.

—Vi que só conseguia ganhar pouco dinheiro. Vocês sabem como são ínfimos os salários nas aldeias. Eu fazia o bastante para viver, mas não para sustentar minha mãe. *Mutti* estava doente, e embora eu trabalhasse duro, não ganhava o bastante. Então ela melhorou e já podia se virar sem mim. Eu detestava o meu serviço. Pensei: não ajudo *Mutti*, sou apenas um peso para ela, e vivo infeliz. Vesti minhas *Lederhosen* e me pus a caminho. Consegui chegar até aqui, como veem.

—Quanto tempo teve de andar?

Ele riu e deu de ombros com um movimento que fez seu cabelo cobrir-lhe o rosto. Depois lançou a cabeça para trás, com um bonito movimento de quem está acostumado a viver a céu aberto. Os cabelos caíram de volta no lugar.

—Não sei dizer quanto tempo. Dez ou doze semanas.
—E isso é tudo o que trouxe?—perguntou Joachim, tocando com a mão a sacola que ele tinha do lado.
—Sim, sim, isso é tudo o que tenho—disse, abrindo a sacola e rindo.—Vejam, tudo o que tenho é isso aí.

Tirou uma camisa, um pente, algum material para fazer a barba e um pequeno caderno de capa de couro. Abriu-o e disse:

—Tenho aqui um poema que fiz para minha mãe. Querem que eu o leia? Pôs o caderno aberto diante de Joachim. Joachim passou o braço pelo seu ombro. Heinrich leu o poema lentamente, com voz sentimental.

Joachim disse:

—Meu amigo Paul também faz versos.

Paul teve de fazer um esforço para não sair correndo e não voltar mais.

Heinrich sorriu para Paul com interesse. Depois interrogou com o olhar de Paul para Joachim. Joachim tocou-lhe o ombro outra vez.

Depois do jantar, Paul os deixou a sós. Viu que em Joachim os mecanismos da autopersuasão começavam a funcionar, e que logo ele acabaria por amar Heinrich. Previu que, se continuasse com eles, Joachim e Heinrich logo se aborreceriam com sua presença, observando, ouvindo, invejando. Paul foi até um café na margem do Reno e tomou um sorvete. Depois leu uma seleta de Hölderlin que carregava no bolso do paletó. Ernst lhe oferecera o volumezinho, admiravelmente impresso, como presente de despedida.

Mais tarde, voltou à estalagem em que estavam hospedados. Ia entrar no quarto, quando viu um bilhete pregado acima da maçaneta. Era de Joachim. Dizia que alugara um quarto do outro lado do corredor para Paul e que estava agora dividindo o seu com Heinrich.

Paul saiu de novo para a estrada e se pôs a andar através dos vinhedos, afastando-se da aldeia. Logo chegou ao campo aberto. Enquanto caminhava, no escuro, era presa das mais diversas e conflitantes emoções: mágoa, vergonha, autocomiseração, perdão—como variações de um tema em música. Às vezes pensava, com raiva, que Joachim tivera a intenção deliberada de insultá-lo e feri-lo, fazendo com que fosse dormir sozinho em outro quarto. Às vezes a decisão lhe parecia sensata, se bem que desatenciosa. No seu desejo de partilhar um quarto com Heinrich, não havia intenção de ofender Paul. Afinal, pensou, nada do nosso relacionamento, no relacionamento entre mim e ele, fica traído por esse fato novo. Pois, qual é a natureza dessa relação? Sou um amigo com quem ele pode falar de coisas sobre as quais não pode falar com rapazes como Kurt e Heinrich. E se Joaquim o tinha melindrado, cumpria relevar e esquecer. Estavam em férias.

Do campo que alcançara, no topo de uma colina, via as luzes de uma aldeia na outra margem do Reno. Eram como um colar de contas ao longo da estrada de ferro. O vento era frio. De súbito, lembrou-se de como ficara furioso por ter de dividir um quarto com Ernst, em Altamunde. Estou sendo absurdo, pensou. Tenho agora o quarto que tanto desejava. Sob esse aspecto, gostava de estar só agora, de poder ler e escrever em paz. Para ser poeta, tenho de ser só, pensou. Talvez Joachim, com todos os seus dons, não quisesse ser um artista devido à sua incapacidade de ficar sozinho. Sua ideia de viver consistia em privar com estátuas de carne e osso, não em fabricar outras, mortas, de mármore.

E logo Paul começou a ter pena de Joachim, condenado a correr sem trégua atrás de algum Heinrich ou Kurt.

Na manhã seguinte, depois do café, Paul chamou Joachim à parte e disse:

—Joachim, tenho, naturalmente, de ir embora.

Joachim o encarou:

—Por quê? O que está querendo dizer?

—Bem, você agora já tem outra companhia.

—Espero que não esteja com ciúmes de Heinrich!

—Não, mas vocês dois devem preferir ficar sozinhos.

—Mas por que diabo?

Era tão óbvio que jamais ocorrera a Joachim que Paul pudesse querer deixá-lo, que Paul ficou surpreso.

—Pois bem, eu fico, e vamos ver o que acontece.

—Bom.—Joachim parecia encantado. E em seguida explodia, incapaz de conter-se.—Oh, eu preciso contar-lhe que maravilha foi a noite passada! Heinrich me contou tudo sobre as suas aventuras durante a viagem para cá. Acho que ele é o garoto mais interessante que já conheci. Você também não o julga incrível? Eu não lhe disse que queria encontrar nesta viagem alguém com quem pudesse ficar a vida inteira?

—Como foi que ele se sustentou durante todo esse tempo, desde que saiu da Baviera?

—Não sei. Não quero perguntar-lhe isso, por enquanto. Talvez ele tivesse algumas economias do salário da loja. Mas vou descobrir. Penso que tudo o que me diz é verdade.

Naquela manhã, atravessaram uma pequena floresta no alto das colinas, para abreviar caminho, evitando uma curva do Reno. Fazia sol. A luz brilhante, por entre sombras de folhas, mosqueava o caminho ou juntava-se em grandes poças na relva onde havia falhas na copa das árvores. A manhã dava uma impressão de outono precoce como contrapartida da primavera, que viera cedo.

Joachim se dirigia a Heinrich em alemão, interrompendo por vezes o fio da conversa a fim de traduzir para Paul alguma observação do rapaz. Paul não podia deixar de sentir a alegria contagiante daquele encontro. Começou a gostar de Heinrich.

Tinham chegado à orla da floresta. Para além de uma cortina de folhagem, via-se um pequeno vale e, para além dele, na encosta, parreirais em terraços, projetados em silhueta contra a luz. Joachim tirou uma fotografia do vale ensolarado, com os terraços de pedra alinhados ao fundo, as vinhas e o ripado em que se apoiavam. Depois disse a Paul:

—Quero tirar uma fotografia de você com Heinrich.

Fez com que eles se sentassem na relva. Armou a pose: Heinrich com o braço direito em torno dos ombros de Paul e a mão esquerda no joelho esquerdo de Paul, e Paul com o braço esquerdo em volta da cintura de Heinrich. Heinrich era afetuoso, e Paul pôde apenas rir da situação (tão artificial que se enquadrava admiravelmente na expressão alemã — *konnte nur lachen!*). Como inglês, Paul se sentia lisonjeado com a atenção daqueles dois jovens alemães. Depois de mais uma hora de marcha, ao completarem seu atalho pelas colinas, viram embaixo que o rio se alargava, vencida a curva. Havia uma fila de barcaças esperando para entrar no estreito canal de águas profundas. Os três começaram a correr colina abaixo na direção dessas barcaças. Foi uma corrida desabalada. Ao alcançarem a margem do rio, seguiram por um caminho que encontraram e onde Joachim e Heinrich começaram a cantar. Já então Paul esquecera completamente o seu melindre. Em vez disso, via quase como um privilégio o fato de partilhar com Joachim e Heinrich as primícias da amizade com eles. Era possuído por um sentimento de celebração.

Ao meio-dia, deixaram a senda à beira-rio e desceram até a margem rochosa para tomarem banho. Heinrich disse que, como era oriundo das montanhas, nunca aprendera a nadar, de modo que apenas entrou na água até a altura dos joelhos e ficou vendo Joachim e Paul nadarem. Joachim mostrou-se deliciado com o fato de Heinrich não saber nadar, em parte porque tudo o que o outro fazia ou não fazia o deliciava, mas também por antegozar o prazer de ensinar-lhe nos próximos meses.

Joachim e Paul nadaram juntos a favor da corrente. Depois Joachim inverteu a direção, subindo o rio, e Paul caminhou de volta pela margem até onde estava Heinrich. Esperou que Joachim voltasse e estivesse emparelhado com ele para ajudá-lo a sair da água. E mal pisara em terra, Joachim foi dizendo:

—Eu não anunciei antes de vir que gostaria que algo de relevante me acontecesse, uma *grande passion*? Pois bem, agora você pode ver, está de fato acontecendo.

Paul não fez qualquer comentário.

—Você não acredita?

—Não compreendo que você possa apaixonar-se por alguém porque disse que ia apaixonar-se.

—Mas eu o amo de verdade. Já sei disso.
Ainda no vau do rio, Heinrich estava ocupado em lavar a camisa. Aquilo encantou Joachim mais do que qualquer coisa que o vira fazer antes. Subiu em umas pedras e tirou uma foto do rapaz lavando roupa. Heinrich ficou contente e disse que ia mandar uma cópia da foto para sua mãe.

Sem dúvida, era um rapaz bonito. Suas pernas pareciam polidas como a superfície de alguma madeira rara, de cor clara, em que alguém tivesse passado uma fina camada de verniz. Quando acabou de lavar a camisa—depois de Joachim tirar uma segunda fotografia—, veio andando pela água e começou a subir a barranca, pisando nas arestas mais estreitas das rochas. Tinha as mãos para cima e os braços abertos a fim de equilibrar-se, e seu corpo balançava para um lado e para o outro. Nessa curta escalada, apresentou uma variada sequência de mudanças, todas elas de grande beleza.

Paul tinha os olhos na superfície do músculo que, subindo das coxas, através do ventre e do torso, ia até a raiz dos braços. A direção, o impulso do corpo do rapaz eram simples, mas complexos—um simples gesto da eloquente mão estendida de uma estátua.

—Ele parece tão contente consigo mesmo—disse Joachim—que se pavoneia até.

E guardou a câmera.

—Penso que vou nadar por mais tempo agora—disse.—Você vem, Paul?

Cansado, ele respondeu:

—Não, vou ficar aqui, tomando sol.

—Bem. Não me demoro muito.

Joachim caminhou até a água e, com longas braçadas tranquilas, que pareciam levantá-lo acima da superfície, nadou até o meio da corrente.

Heinrich desceu da rocha onde tinha estado de pé e sentou-se junto de Paul. Ficou olhando para ele sem falar. Depois disse, com grande deliberação, num tom de voz infantil:

—*You... "spik"... English?*

—Sim, eu sou inglês.

Heinrich deu uma risada. Depois puxou-o mais perto, abraçando-o, mais, ao que parecia, para fazer-se compreender melhor (com os lábios contra o ouvido de Paul) do que por qualquer outro motivo. Com a mão que tinha livre, apontou primeiro para si mesmo, depois para Paul, e perguntou:

—Eu aprendo... com você... a falar inglês?

Paul assentiu com um sorriso.

Heinrich riu de novo. Depois, intempestivamente, deu

um beijo em Paul. E depois, também intempestivamente, se afastou. E disse com ar grave, em alemão, segurando-o pelo braço:

—Fico muito feliz por estarmos os três aqui, você, Joachim e eu. Você não vai embora por que eu estou aqui, não é?

—Não.

—Isso me alegra. Então ficamos todos felizes. Joachim e eu gostamos muito de você.

Diariamente, pela manhã, enquanto andavam, Joachim e Paul conversavam em inglês um com o outro. Joachim relatava a Paul as observações—para ele maravilhosas—de Heinrich ou as histórias que o rapaz lhe contara na noite anterior. Na terceira ou quarta manhã, disse a Paul:—Li alguns poemas no meu tempo de escola—*O sino*, de Schiller; "A noiva de Corinto", de Goethe—, e gostei deles. Mas nunca entendi o motivo de compor versos. Por que você é poeta?

Paul sentia-se completamente incapaz de explicar isso, mas pensando que seria um insulto a Joachim não tentar, pelo menos, uma resposta, disse:

—Procuro traduzir em imagens, com o auxílio de palavras, aquilo que a experiência me faz sentir, fazer poemas que vivam mais que a própria experiência.

—Como? Como é isso?—perguntou Joachim, com ar intrigado.—Certamente, é viver o que você é enquanto faz alguma coisa. Estamos vivendo agora, nesta caminhada ao longo do Reno, que é uma experiência de vida. Não basta? Que façamos isso neste momento? Amanhã iremos experimentar alguma coisa diferente.

—Bem, o ponto é fazer viva a experiência para mais alguém, que poderá, então, senti-la. Alguém que talvez ainda nem tenha nascido.

—Mas por quê? Por quê?

—Não sei por quê. Apenas sei que desejo fazê-lo.

—Se, enquanto faço alguma coisa agradável, me ponho a pensar num outro sentido que aquilo tenha, diverso do que acho que tem naquele momento, então não estou vivendo naquele momento; estou em algum outro lugar. Com metade da minha mente estou, por antecipação, alhures ou em alguma espécie de futuro. Quero ser em plenitude o que sou, aqui e agora. Ademais, sou eu que estou aqui no meu próprio mundo, e não alguma outra pessoa com a qual deseje partilhar o que só eu posso ser.

—Nesse caso, você está vivendo só para você e só para o momento.

—Bem, o que mais poderia fazer, se quero ser autêntico? Não posso viver a minha vida para alguma pessoa ou alguma coisa que só venha a existir depois que eu morrer.

—Mas você deve viver para algo mais que o momento.
—Bem, suponho que já faça isso, de certo modo—disse Joachim.—Vivo por uma grande quantidade de momentos, que é a quanto montam, somados, os dias que passamos no Reno. São mais que um momento. Mas só posso vivê-los para mim mesmo, não para outra pessoa que hoje vive e, muito menos, para uma outra que ainda vai nascer. O que quero é viver intensamente cada um desses momentos enquanto eu, Joachim, me encontro aqui.
—E o que entende por "viver"?
—Bem, entendo que, com toda a minha mente e todo o meu corpo, com cada átomo que é o meu ser, ou isso a que chamo o meu ser, eu possua o que é exterior a mim, e o incorpore como experiência à minha vida. Não posso fazer isso senão no presente, não posso fazê-lo no passado, que já escoou, ou no futuro, que ainda não chegou. Gosto de tirar fotografias, em parte parque numa foto o passado é o passado e não finge ser o futuro. Nem passa a ser a vida de alguém que veja a foto. Ela pertence ao passado e permanece exterior à pessoa que a contempla.

Paul começou a pensar que tudo aquilo que importava para ele estava em xeque, seu trabalho, sua vida. Sentia uma espécie de sufocação. Lembrou-se do quinteto de Mozart que escutara na casa de Castor Alerich. Disse com uma paixão que deixou Joachim de boca aberta, entre assombrado e divertido:

—Quando você ouve, digamos, um quarteto de Mozart, de Beethoven, ou de Schubert, existe algo no arranjo dos sons produzidos pelos instrumentos que é especificamente de cada compositor. Cada compositor é unicamente ele mesmo na música, e, por mais que o tentasse, não poderia ser outro qualquer. Há uma voz que é dele e só dele e que fica e que, depois de cem anos, é ainda música de Mozart, de Beethoven, de Schubert.

—Talvez—disse Joachim—, mas a mim não importa falar por outros, se para isso tiver de sacrificar minha própria capacidade de viver o que quer que seja que eu queira experimentar mais do que tudo no mundo. Penso que as pessoas que vivem vidas desencarnadas depois da morte talvez tenham vivido desencarnadas em vida. Sacrificaram-se em nome do sonho da sua imortalidade. Eu só desejaria existir como Beethoven, depois da minha morte, se estivesse preparado para ser Beethoven durante a vida dele. E eu DETESTARIA ser Beethoven, depois de tudo o que tenho ouvido falar sobre ele.—Riu, mas carregara o cenho ao dar ênfase àquele DETESTARIA.

Paul disse:

—Bem, espero estar preparado para ser o que se pedir de mim que seja, se for esse o preço da grandeza na minha poesia.

Joachim arregalou os olhos para ele com total incredulidade.

—Por que, então, você está aqui conosco?

Depois deu uma risada e lançou-se em desabalada corrida colina abaixo para reunir-se a Heinrich, que estava à beira do rio, tirando a roupa. Já era meio-dia, hora em que, com muita paparicagem, Joachim dava a Heinrich sua aula de natação. Quando isso terminava, faziam um piquenique com o que levavam do hotel onde pernoitassem no dia anterior. Comiam pouco durante o dia. Assim, a refeição da noite—jantavam bem e tomavam vinho do Reno—constituía o clímax do dia. Dormiam cedo por estarem cansados do exercício físico ao ar livre. O tempo se manteve imaculado durante toda aquela semana. Era como se os dias se estendessem, perfeitos, até o horizonte, e se prolongassem, pulsando, para além dele, num ritmo tranquilo, mundo afora. De manhã, quando acordavam, sempre numa nova estalagem de aldeia, havia no ar o mesmo frescor de fim de verão e, por cima do rio, um véu de névoa fina. Mas essa cerração se evaporava rapidamente, e o sol enfiava uma cunha ardente nas camadas superiores das lanosas nuvens. Quando começavam a marcha, seus raios caíam em diagonal sobre o Reno, lançando pontas de luz refletida nos recessos das barrancas rochosas das margens. Quando Joachim e Paul davam por encerrada sua conversa matinal em inglês, Joachim e Heinrich se punham a cantar, e cantavam até que era chegada a hora do banho de rio. E então, ao meio-dia, justamente quando começava a ficar quente demais para permanecerem deitados ao sol, o céu se velava de nuvens no alto e suas sombras eram como um número infinito de asas de mariposas.

No sexto dia da excursão, eles galgaram a colina em cujo topo se encontra a famosa estátua da Germânia. Essa gigantesca figura em bronze de uma donzela robusta em armadura, ocupada permanentemente em olhar por cima do Reno, com expressão furibunda, na direção da França, era um ponto de referência dos mais conspícuos. Havia grupos de turistas alemães junto ao monumento. Ouviam, com expressão reverente, as explicações que o guia lhes dava de como o imperador, a estátua e até a montanha tinham escapado de ir pelos ares durante a cerimônia de inauguração: um terrorista havia posto uma bomba nas proximidades. Por sorte, ela não explodiu.

Heinrich estava muito calado naquela manhã, comovido, ao que parecia, pelo que ouvira do guia. Desceram para o rio de ânimo mudado, em parte pela seriedade do rapaz, em parte porque o cenário por onde agora se moviam parecia, ele também, alterado. Vinham caminhando de um lado e do outro do rio por entre colinas escarpadas, cortadas em terraços e cobertas de vinhas. Os capões de mato eram poucos e ralos, pareciam de longe pouco mais que musgo verde contra a rocha. Perto dali, havia o rochedo conhecido como Lorelei, habitado pelas *Rheinmädchen*, a loura horda da poesia e da canção alemãs. Mas agora se acercavam de uma paisagem inteiramente diversa, onde, para o lado do oriente, as colinas se afastavam em direção ao interior e o terreno era apenas ondulado.

Desceram da Germânia para o rio. Quando alcançaram a margem, Heinrich começou a falar, com veemência, mas com dificuldade para articular as palavras:

—Eu sou comunista—disse.—E toda essa baboseira patriótica—apontava para cima, na direção do monumento—é tolice, disparate, sentimentalismo, coisa velha, superada, que tem de ser posta fora!—Falava com grande veemência e tinha um acento de ódio na voz.

—Um comunista de aldeia. E na Baviera!—exclamou Joachim.—Que coisa mais engraçada!

Mas Paul ficara comovido. Não imaginara que Heinrich fosse capaz de falar com sinceridade—e com aparente indiferença pelo efeito que pudesse produzir nos companheiros— sobre qualquer assunto que fosse. Ver a Germânia de bronze, ouvir o discurso patriótico do guia—isso tudo tinha—acendido nele um conflito que resultara naquela explosão.

Mas Joachim ficara irritado com a ideia de que Heinrich pudesse ter opiniões sérias. Rindo, com algum desdém, ele o ergueu no ar e o deixou cair na relva.

—Você, comunista?—exclamou.—O que nos vai dizer que é, da próxima vez? E quem lhe disse que você é comunista?

Heinrich estava ainda encolhido na terra, mas Paul interceptou o olhar ressentido e furioso que ele lançou a Joachim. Foi o único sinal que viu durante toda a viagem de que Heinrich tinha personalidade, independência e vontade própria—embora comprimida, recalcada, mas rebelde. Mas depois Heinrich riu com aquele seu jeito infantil e irresponsável, que tanto cativava Joachim. Ele se ergueu, espanou folhas e terra da roupa e disse:

—Alguém veio ter à nossa aldeia e fez uma pregação aos camponeses sobre comunismo. Disse que se nos tornássemos comunistas ficaríamos ricos, não haveria mais guerras, o governo cuidaria de minha mãe, e todas as maravilhas aconteceriam.—Observava Joachim atentamente enquanto falava, com os olhos apertados. Concluiu: — Suponho que tudo o que disse tenha sido bobagem, mas eu, idiotamente, acreditei nele. — A expressão de encantamento se refletia outra vez no rosto de Joachim. E as rodas do mecanismo daquele verão recomeçaram a girar.

Joachim e Heinrich se despiram para o mergulho do meio-dia. Ao tirar a camisa, Joachim exclamou:

— Um orador comunista na sua aldeia bávara! Que coisa mais extravagante! Eu pensava que o grande orador nacionalista era aquele sujeito de Munique, o qual, segundo os meus amigos, tem uma eloquência tão hipnótica que as pessoas vão ouvi-lo como se vai ao teatro. Dizem que quando fala convence, e de maneira absoluta. Você acredita em tudo o que ele diz. Mas logo que você sai, percebe que era tudo inconsistente e que tinha dado ouvidos a um louco.

— Sim, foi esse mesmo que eu ouvi — disse Heinrich. — Todos ficaram enfeitiçados por ele na nossa aldeia, inclusive eu. Agora vejo que fui um tolo. Mas pensei que se tratava de um comunista.

Joachim virou-lhe as costas, dando de ombros, e Paul viu que Heinrich lhe lançava, agora, que ele não o podia ver, o mesmo olhar rancoroso de antes, quando fora derrubado na relva.

De certo modo, esse olhar, tão visível para Paul, mas ignorado por Joachim, teve sobre Paul o efeito de mostrar Joachim como insensível e obtuso. Pela primeira vez, Paul viu com olho crítico os trajes que ele comprara em Colônia para aquela excursão: *shorts* de veludo cotelê, camisa de flanela cáqui, boina, sapatos de couro claro, de sola grossa. Paul tinha horror de boinas — a não ser na cabeça de franceses. Para ele, não havia cobertura pior para a cabeça. Agora notava como aquela boina, posta num ângulo oblíquo, dava a Joachim, nem que fosse só naquele momento, um toque de autossuficiência grosseira, reiterado, abaixo da linha dos *shorts*, pelos joelhos nus. Quanto a Paul, vestia calças de flanela cinza, do tipo *Oxford bags*, mantidas no lugar por uma fita; e uma camisa barata, listrada de verde. Mas pensava em Joachim, e não na sua própria aparência desleixada. Percebia que o quase desdém que sentia pelo aspecto de Joachim era a expressão física, momentânea, de um sentimento muito mais difícil de definir com relação a Joachim e Heinrich. Tudo o que Joachim concluíra da confusa declaração de Heinrich sobre política fora que ele era estúpido. O que ele não via era que, por um momento em que baixara sua guarda, Heinrich se mostrara sério. Para Joachim, aquilo era simplesmente o lampejo de uma realidade que ele recusava aceitar em relação a Heinrich, e contra a qual reagira derrubando o rapaz. Se ele ama Heinrich, pensou Paul, deve amar o que é real a respeito dele, mesmo que isso lhe pareça inaceitável.

Notou quão grande era o contraste entre o perfil sarcástico de Joachim e a impressão generosa, inteligente e simpática que se tinha dele quando visto de frente. De lado, era o asteca, com a boca zombeteira, o nariz arrogante, o olhar duro: cruel, obtuso, obstinado, preguiçoso, voluntarioso, desleixado.

Paul podia entender a aversão que lera em Heinrich. Paul se habituara a tratar Heinrich de um modo meio brincalhão, meio afetuoso, acariciando-o como a um gato, não a sério. Naquela noite, depois da visita à estátua da Germânia, Paul pensou que Joachim começava a dar sinais de desaprovação para com essa sua atitude em relação a Heinrich. Ou podia ser que Paul se sentisse culpado por haver sido testemunha daquele olhar de rancor que Heinrich dirigira a Joachim. O certo é que sentia ter chegado o momento de deixá-los. E quanto mais depressa o fizesse, melhor. Durante a primeira de suas conversas matinais, disse a Joachim que ia embora. De início, Joachim não quis nem ouvir falar daquilo. Depois disse:

—Espero que você não sinta que eu o deixei na mão, por assim dizer, com a nossa excursão.—Paul disse, e falava de coração, que aquilo não lhe passara pela cabeça, mas que pensava honestamente que Joachim e Heinrich deviam ficar sozinhos nos últimos dias da viagem. Joachim continuou protestando, mas Paul podia ver que ele concordava.

No dia seguinte, atravessaram o Reno de *ferry* e chegaram a Boppard. Quando estavam ainda em Colônia, Joachim providenciara, com seu senso prático, que a bagagem deles fosse despachada para essa cidade, onde decidiriam sobre a segunda parte da viagem. Joachim e Heinrich foram para o hotel, onde as malas de Joachim e de Paul estavam à espera. E Paul foi dar uma volta por Boppard antes de reunir-se a eles. A bagagem de Paul foi mandada para a estação de trens, e a de Joachim ficou no hotel (Heinrich, naturalmente, não tinha bagagem). Joachim e Heinrich decidiram pernoitar em Boppard e, no dia seguinte, deixando a bagagem de Joachim para ser despachada de novo, continuar a viagem, descendo o Mosel.

Antes que Paul pegasse o trem, foram todos para a outra margem do Reno, onde havia um lugar para banhos com uma gangorra. Depois de nadarem, Heinrich se pôs de pé no meio da gangorra, com Paul e Joachim nas pontas. Depois, Paul saiu, e Joachim começou a balançar a tábua em que Heinrich se apoiava. O rapaz ria a bandeiras despregadas, tentando equilibrar-se. Fincava os pés na tábua, para controlar o balanço.

O esforço fazia-o enrijar os músculos das coxas. Eles brilhavam como mogno. Oscilando precariamente, ele batia com os braços no ar, primeiro numa direção, depois em outra. O cabelo lhe caía no rosto, cobrindo os olhos, e dando-lhe uma aparência selvagem. Então, com uma agilidade quase assustadora e com uma espécie de uivo, ele saltou da gangorra para o chão. O uivo era tanto de fúria quanto de riso, pensou Paul.

Foi, em seguida, até a estação e comprou uma passagem no noturno. Também comprou uma faca muito elaborada para *camping*, com várias lâminas — um presente de despedida para Heinrich. Então, voltou ao hotel para reunir-se a Joachim e Heinrich. Encontrou-os às gargalhadas. Haviam escandalizado o *staff* do hotel e alguns dos hóspedes por estarem de *shorts* e camisa aberta. Agora, Joachim vestia um terno. Emprestara outro a Heinrich. Era quase grotescamente folgado para ele, mas deu uma ideia a Paul de como o rapaz ficava completamente transformado com um traje de passeio: parecia um camponês endomingado. E, como jovem provinciano que era, besuntara o cabelo de brilhantina.

Paul deu a faca a Heinrich e teve a impressão de que o rapaz gostou do presente. Disse que quando não tivesse mais de mandar todo o seu dinheiro para a mãe, compraria para Paul um presente ainda mais caro que aquele. Jantaram juntos, tomaram vinho e brindaram. Os dois desejaram a Paul boa viagem e um feliz retorno para a Inglaterra. Joachim e Heinrich foram calorosos com Paul, tratando-o com a espécie de ternura que duas pessoas demonstram para com uma terceira da qual sinceramente gostam, mas cuja presença as impede de se lançarem nos braços uma da outra. Continuariam sem Paul a excursão que Joachim combinara fazer com ele em Hamburgo. Mas disseram-lhe que logo se veriam, todos eles, em Londres.

Paul não podia imaginar Joachim e Heinrich em Londres. Foram com ele até a estação, Heinrich correndo à frente para garantir-lhe um bom lugar. Logo que ele se afastou, Joachim perguntou:

—Agora você acredita que eu amo Heinrich?

Paul respondeu que estava seguro disso.

Heinrich anunciou que encontrara um compartimento vago. Paul se despediu deles com beijos e embarcou. O trem partiu.

Acompanhava o curso do Reno na maior parte do trajeto, até Colônia. Paul ficou olhando a paisagem pela janela. Viu as luzes das aldeias por onde tinham passado a pé e das poucas em que haviam passado a noite como um filme rodado ao contrário. Em muito pouco tempo, e a grande velocidade, o trem passou a estação Bingen. Em Colônia, ele fez baldeação, mudando para o expresso de Hamburgo. Em Hamburgo, recolheu suas coisas, pagou o quarto e pegou o trem para o porto. Agora, tudo era monocórdio. Ele estava sozinho no compartimento e não baixou as cortinas. Estava fascinado pela noite, pelas luzes dos depósitos de carga e das estações que, ocasionalmente, riscavam o teto do compartimento e depois sumiam.

O ritmo do trem o excitava. Contra a sua batida repetida, podia ouvir distintamente as vozes de Heinrich e Joachim, cantando suas canções do meio-dia. Na maior parte, só se lembrava das melodias, mas um verso vazio e sentimental de uma canção vazia e sentimental não lhe saía da cabeça: *"Es war so wunder... wunderschön"*.

Londres e Oxford, para onde estava sendo agora arremessado, pareciam representar um vazio indizível e cinzento, um nevoeiro permanente. O verão que estava deixando para trás significava mais que felicidade. Era uma revelação. Por um momento pensou que fora insano deixar Joachim e Heinrich. Deveria ter ficado, a descer o Reno com eles para sempre. Seu único objetivo na vida era agora voltar para a Alemanha o mais depressa possível. Escreveria isso no seu caderno de notas.

Caiu numa espécie de modorra, lembrando-se dos lugares que tinha visto, andando a pé, ao longo do rio, dos lugares onde tinha nadado. O próprio rio se tornava uma corrente de luz que cobria a terra e o céu. Via radiantes discos de espuma flutuando e subindo para perder-se no espaço. O sol daquele verão, o sol! O sol! Bêbado de sol, adormeceu.

HERBERT LIST,
RETRATO DE FRANZ
BUECHNER,
ALEMANHA, 1929
©HERBERT LIST/
MAGNUM PHOTOS/
FOTOARENA

HERBERT LIST,
LAGO DOS QUATRO
CANTÕES, SUÍÇA, 1936
©HERBERT LIST/
MAGNUM PHOTOS/
FOTOARENA

HERBERT LIST,
SEM TÍTULO, SEM DATA
©HERBERT LIST/
MAGNUM PHOTOS/
FOTOARENA

HERBERT LIST,
ÀS MARGENS DO MAR
BÁLTICO, 1933
©HERBERT LIST/
MAGNUM PHOTOS/
FOTOARENA

HERBERT LIST,
ÀS MARGENS DO MAR
BÁLTICO, 1935
©HERBERT LIST/
MAGNUM PHOTOS/
FOTOARENA

HERBERT LIST,
FALO ARCAICO, DELOS,
ILHAS CÍCLADAS, 1937
©HERBERT LIST/
MAGNUM PHOTOS/
FOTOARENA

segunda parte

rumo à escuridão

1986

Paul não voltou a Hamburgo até novembro de 1932. Até então, havia publicado um volume de versos e outro de contos. Foram vendidos cerca de mil exemplares do livro de poemas e dois mil do livro de contos. Os poemas foram muito bem recebidos; os contos, mal. Ele começou a ganhar dinheiro—pouco, mas regularmente—fazendo crítica literária ou escrevendo artigos esporádicos. Na primavera de 1932, conseguia receber entre quatro e cinco libras por semana. Isso lhe permitia retornar a Hamburgo.

Essas quatro ou cinco libras semanais equivaliam a oitenta ou cem marcos. O aluguel do quarto na pensão Alster, no fim do lago, perto do centro comercial, era de vinte marcos por semana. Incluía café da manhã e almoço. Um jantar prix fixe num restaurante barato custava um marco; num restaurante melhor, um e cinquenta a dois marcos.

1932

A pensão Alster era uma espécie de cortiço: dezenas de quartos abrindo para um mesmo corredor, que ia de ponta a ponta da casa — como intestinos. No centro, uma sala de visitas, debilmente iluminada por lâmpadas com abajures amarelos, e mobiliada com dois gordos sofás cobertos de chitão e poltronas igualmente avantajadas. Nas paredes, aquarelas sépia representavam ninfas e sílfides. Havia ainda uma estátua de Hermes rodeada por damas com grandes roupagens, cavaleiros de armadura, e Frederico, o Grande. Havia também uma fotografia emoldurada da imensa estátua de granito de Bismarck no parque de Hamburgo. No inverno, essas entranhas da pensão, aquecidas pelo volumoso forno de ferro fundido, cheiravam como o interior de uma caixa de papelão dessas grandes de embalagem.

O quarto de Paul tinha cama, cadeira, mesa e guarda-roupa (em cima do qual ele pôs a mala), tudo em pinho manchado, com muitos nós. O tampo da mesa, formado por duas tábuas de pinho coladas uma à outra, pareceu a Paul um deque de navio pronto para o combate. Combate com pena, papel e máquina de escrever.

O que lhe dava uma certa claustrofobia não era o quarto, mas o tempo lá fora. Esse tinha, de fato, penetrado no aposento sob a forma de manchas de umidade nas paredes e no teto.

Do caderno de notas, novembro de 1932:

> Tem chovido desde que cheguei aqui faz uma semana. O país é todo plano entre Hamburgo e o Báltico, de modo que as tormentas do norte chegam à cidade com toda a força. Agora, em começo de novembro, lufadas de chuva, por vezes torrenciais, bombardeiam as ruas. A chuva açoita as casas e embebe as paredes, como se pedra e concreto fossem papel. E a ventania varre as avenidas de ponta a ponta. O lago se eriça todo em milhares de esguichos d'água que encontram as pontas de granizo e chuva que descem do alto, como dentes que rilhassem nas bocas do céu e da terra. A tempestade parece um gigante que se apossou da cidade cujos habitantes fugiram. Os sons do tráfego se reduzem a um surdo murmúrio.

Naturalmente, voltando a Hamburgo no mês de novembro, Paul não podia esperar que o tempo fosse como o de julho. Mas também não previra nada como a ferocidade desse inverno, escuro e prolongado. Aquilo era a tal ponto o oposto daquele brilhante verão de 1929 que, talvez em consequência do choque, por mais de uma semana ele não teve ânimo de retomar os fios da vida que dividira com seus amigos alemães daqueles tempos. Certo de que estariam todos lá, não escrevera a nenhum deles anunciando sua chegada.

Às vezes, deitado na cama, com a tempestade batendo no telhado e nas janelas, tinha uma visão de Joachim, Willy ou Ernst banhados de sol — nas piscinas e banhos, em canoas, lagos, rios e praias, ou comendo e bebendo em mesas ao ar livre. Lembrava-se de cenas em todos os lugares onde tinham estado durante o verão. Não tinha nenhum desejo de revê-los agora em interiores abafados e malcheirosos.

Via-se ocupado permanentemente em bater com a cabeça contra as paredes do quarto, gritando para o tempo inclemente: PARE COM ISSO!

Quase sempre, para economizar dinheiro, almoçava na pensão com os outros hóspedes, na comprida mesa comum da sala de jantar, coberta por uma toalha grossa, verde, que pendia dos lados em triângulos terminados em pompons e borlas. *Herr* Macker, um bancário pálido, de óculos de aro de aço, terno preto, colarinho branco, com o cabelo como um gorro de feltro marrom, era pelo menos cinco anos mais velho que ele. Paul fingia saber menos alemão do que de fato sabia àquela altura, a fim de não ficar obrigado a conversar durante o almoço, quase sempre sobre o tempo abominável que fazia. Era inevitável que esse silêncio levasse o doutor Schulz, com seu bigode de escovinha, seus cabelos grisalhos, a passar uma hora inteira convencendo-o, num inglês atroz (que às vezes Paul ajudava com o seu alemão; consideravelmente melhor), de que a única maneira de aprender alemão era arranjar uma *Braut* alemã. *Fräulein* Weber, que usava invariavelmente um vestido de malha de lã cor de amora — e que, ao que dizia, fora governanta de uma família proprietária de terras no Peebleshire — contava-lhe, no seu inglês da Escócia, os enredos do ciclo do *Anel* de Wagner — muito difíceis de acompanhar, achava Paul. À noite, quase sempre ele saía, muitas vezes para jantar sozinho num restaurante qualquer, ouvindo as conversas nas mesas vizinhas, matéria para o seu caderno de notas.

No verão de 1929, Paul jamais fora à cidade sozinho — estava sempre com Ernst, Joachim ou Willy —, mas agora fazia questão de explorar Hamburgo por conta própria, quando o tempo permitia, isto é, entre um temporal e outro. Jamais usava os transportes coletivos. Preferia andar a pé, muito depressa e em longas passadas. Por vezes, corria para espantar o frio. Ia sempre de cabeça descoberta, mas usava um sobretudo abotoado do pescoço até os joelhos, um casacão parecido ao dos hussardos, que sua avó lhe dera, e que era quase novo, embora datasse de 1916, quando ela o havia adquirido para o filho favorito, Edgar Schoner, que estava de licença em Londres, vindo do *front* ocidental. O tenente Schoner morreu um mês depois, na França. Usara o casacão apenas duas vezes. A senhora Schoner o guardara depois disso num armário juntamente com as outras coisas dele, que lhe doía ver pela casa, até o dia em que Paul lhe contou que ia passar o inverno na Alemanha. Então, por alguma ilógica associação de ideias, ela pensou que seu neto favorito deveria usar na Alemanha o sobretudo que seu filho favorito usara em Londres (duas vezes) e depois morrera, sem estar com ele no corpo, na França.

Uma tarde, Paul foi até a área de Sankt Pauli, para ver o local durante o dia e tirar fotografias. A convivência com Joachim e a familiaridade com o cinema russo lhe haviam dado uma ideia de como fazer fotografias em preto e branco, que ele queria agora pôr à prova com sua câmera Voigtländer. Na verdade, não viu nada digno de ser fotografado nessa primeira visita. Mas voltou com uma memória de Sankt Pauli não como o jardim das delícias brilhantemente iluminado de suas noites por lá, com Joachim, Willy e Ernst, mas como um lugar desolado, de ruas cinzentas e molhadas, e cais em que rapazes (que não tinham absolutamente nada que fazer) se deixavam ficar de pé, contemplando docas desmanteladas. Matéria para o caderno de notas: de como os operários sem trabalho, com seus gorros de pano, ficavam debruçados nos parapeitos olhando a baía dias sem conta ou estirados em bancos, dormindo ou não. De como gastavam os poucos *groschen* que tinham em cigarros. Elevar a mão até a boca, inalar e expelir fumaça eram, afinal, uma espécie de ocupação, sonolenta, drogada. Não conheciam outra maneira de passar o tempo, diferentemente de Paul, que lia e escrevia. A falta de relação entre a sua atividade e a inatividade deles parecia-lhe uma lacuna entre fios que deviam ser unidos ponta a ponta, alimentando ação com imaginação. Sem tal conexão, a ociosidade deles esvaziava o que a sua imaginação produzia. Aqueles trabalhadores-sem-trabalho haviam sido criados por Deus, unicamente para prover os patrões de mão de obra. E agora esses patrões não tinham o que fazer com os corpos deles. Eram como máquinas abandonadas. Só que, à diferença de máquinas, eles pensavam, tinham sentimentos e passavam fome.

Depois de uma semana, Paul telefonou a Willy, que já não vivia com Joachim, mas em um minúsculo apartamento alugado. Encontrou o nome dele na lista telefônica. Willy ficou surpreso, encantado e comicamente indignado ao ouvir a voz de Paul.

—Paul, por que não nos avisou que vinha a Hamburgo? Eu teria ido à estação! Por que não escreveu? Seus amigos teriam dado uma festa em sua honra... etc. etc.—Paul achou que não devia convidar Willy para vir ao seu quarto na pensão Alster, de modo que se encontraram no café Europa, no centro da cidade, defronte do lado comercial do lago.

Do seu lugar na mesa de mármore em que estavam servidos o café, os bolos e o creme, Paul estudou o rosto de Willy. As rugas da testa e as da boca eram pálidas como os veios em uma folha outonal. Paul lembrava-se do seu primeiro encontro com Joachim e Willy, quando Ernst o levara ao *Schwimmbad*. Naquele dia luminoso, quando ele e Ernst se aproximaram, Willy estava lançando uma bola de borracha de muitas cores para Joachim, que a esperava de mãos estendidas e olhos voltados para o céu, como um santo num tríptico renascentista... Depois, fora aquela festa no estúdio de Joachim... a conversa com o comandante Fedi, derrubado com seu zepelim sobre o Báltico em 1916... depois a dança com Irmi (mais tarde, Irmi em Altamunde!)... Paul ficou rememorando todas essas coisas e convertendo as memórias em fantasias, até ser trazido de volta à realidade do presente e do café pela expressão de Willy, que também escrutinava, do seu lugar, no outro lado da mesa, o rosto de novembro de Paul, três anos depois.

Willy sorriu-lhe e disse:
—Você sabe que ficou famoso em Hamburgo?
—Famoso? Mas famoso a que título?—perguntou Paul, corando, mas antegozando o que viria a seguir.—Meus poemas ou meus contos?—Willy riu, dessa vez, abertamente.
—Oh, não, não pela sua obra! Lamento, mas esses escritos não foram muito além de Ernst Stockmann em Hamburgo. Por motivo muito diverso...
—Qual?
—Como o misterioso poeta inglês que fez uma excursão a pé pelo Reno com Joachim Lenz, quando Joachim ficou conhecendo Heinrich. Diga-me, o que foi que realmente aconteceu?—Paul descreveu aquela primeira tarde da excursão, em Bingen, quando viram Heinrich, que olhava o rio, e Joachim lhe ofereceu um cigarro, e eles foram cear em um restaurante no alto da pequenina cidade, e Heinrich lhes falou

de sua mãe. Não mencionou o bilhete que encontrara na porta do quarto deles — dele e de Joachim.

— Ah, foi assim então que a coisa aconteceu! Tão simples. E o que foi que você pensou na ocasião? Gostou de Heinrich?

Agora as cenas se superpuseram, como imagens projetadas numa tela que atravessasse o interior dourado do café.

— Não quando o vi pela primeira vez. Não em Bingen. Mais tarde ele me interessou.

— Interessou?

— Bem, descobri que ele era mais complicado do que eu havia pensado de início. Vi que, debaixo do seu encanto, Heinrich era uma pessoa revoltada.

— Você achou que ele servia para Joachim?

— Não penso que Joachim quisesse alguém que servisse para ele. Ele mesmo me disse em Colônia, antes de conhecer Heinrich, que desejava uma pessoa por quem pudesse apaixonar-se, e que essa pessoa bem poderia ser má — má em si mesma e má para ele. Você era bom para ele, acho eu. Você lhe convinha, Willy.

— Eu não estava realmente pensando em nós — ele e eu. Estava pensando no quanto Joachim é inteligente, e de como ele precisa de um amigo que o ajude a desenvolver os seus dotes. Todo mundo precisa conhecer as fotografias dele. Joachim deveria ser famoso em toda a Alemanha.

— Duvido que Heinrich possa ajudá-lo nesse sentido.

— Por que não?

— Heinrich é incapaz de apreciar a arte.

— Oh, mas isso é de se lamentar muito, Paul! Joachim precisa ser admirado. Ele é um gênio!

A palavra "gênio" deixou Paul aborrecido. Ele pensou que conhecia um poeta inglês, Simon Wilmot, que era um gênio. Um gênio bastava. Mudou de assunto, pedindo mais café. Depois perguntou a Willy o que tinha feito nos últimos dois anos.

— Bem, no verão de 1929, quando você estava com Joachim e conheceu Heinrich, naquela célebre viagem pelo Reno, eu fui a uma pequena aldeia do Tirol austríaco chamada Medes. Estudei lá todo o verão para os meus exames. Penso que lhe contei na época que estava estudando para ser professor.

— Sentiu-se muito só em Medes?

— Nas primeiras semanas, sim, talvez, um pouco só — sentia muita falta de Joachim —, mas depois conheci o povo da aldeia. O engraçado da história é que eu andava sempre carregando muitos livros, e lia ao sol às vezes, e não nadava muito. Levava tudo tão a sério! Isso me deu uma reputação local de sábio. Achavam que eu sabia coisas que, de fato, ignorava! As pessoas vinham ter comigo, principalmente os jovens, os garotos, mas não só os garotos, também muitas moças, com seus problemas. Viviam perguntando coisas tolas —bem, nem sempre tão tolas.

—E você se sentiu feliz?

—Sim, foi maravilhoso. Eu gostaria de viver numa aldeia como aquela, admirado e consultado pelos camponeses, famoso, como Ernst me diz que você ficou aqui em Hamburgo, Paul. Além disso, é tão tranquilo em Medes, que a gente não precisa se preocupar com coisa alguma.

—E você conheceu alguém em Medes?

—Bem, conheci montes de pessoas, como já lhe disse. Quem mais poderia conhecer?

—Quero dizer, uma pessoa especial, que significasse tanto para você quanto Joachim.

Willy pôs seus óculos de aro de ouro (Paul nunca o vira de óculos nos velhos tempos) e encarou-o fixamente por cima da mesa, como se quisesse descobrir em que Paul havia mudado naqueles três anos de ausência. As lentes aumentavam um pouco os cândidos olhos azuis de Willy, nas suas almofadas de carne cor-de-rosa. Pareciam haver adquirido a absoluta inocência de algum benevolente professor, de alguém cuja satisfação consistisse inteiramente em melhorar a vida dos outros. Sua sexualidade borbulhante e despreocupada de dois anos atrás evaporara de todo. Paul sentiu certo desalento em face daquela nova personalidade de mingau de aveia, mas já no momento seguinte sentiu-se tocado pela bondade fundamental de Willy, por sua simplicidade, tal como a via.

—Não, não conheci ninguém que fosse para mim como Joachim. E nada disso é necessário, sabe? Aprendi isso na aldeia. Eu costumava pensar que não poderia viver sem Joachim. Mas descobri que é possível ser feliz sozinho. Não é preciso ter alguém.

—Talvez não seja, por um mês ou dois. Mas, e para sempre?

Ele deu de ombros. Não parecia interessado.

—Talvez para outras pessoas. Não para mim. Não sei.—Esteve a ponto de dizer mais alguma coisa, mas mudou de ideia.

Paul lhe perguntou se vira Ernst recentemente.

—Oh, sim, eu o encontro amiúde. Gosto muito de Ernst agora. Penso que ele está mais estimável do que era três anos atrás. Quando você estava aqui, nós todos éramos contra Ernst, o que talvez fosse injusto e o levasse a agir de maneira estranha em nossa companhia. Ele ficava inibido, e achava que tinha de representar um papel.—Fez uma pausa e depois perguntou:—Você soube... deve ter ouvido... que Hanny morreu?

A primeira reação de Paul a essa notícia foi de ter sido desconsiderado: Ernst não lhe mandara contar que perdera a mãe. Disse com uma voz artificial, indiferente:

—Ernst sofreu muito?

—Durante um mês e meio ele ficou trancado naquele casarão do Alster. Não queria ver ninguém. Depois, quando emergiu, estava mudado. Assumira a direção dos negócios da família, e esse foi o motivo de não ver ninguém. Havia muito que organizar, seu pai ficara senil, incapaz de trabalhar. Mas por fim ele deu uma festa para os velhos amigos em casa, e parecia mais à vontade, mais amável, mais aberto do que antes. E nessa festa, para a qual convidou muita gente—havia pessoas que eu nunca tinha visto—, a maior surpresa para Joachim e para mim foi a fartura de comida e bebida. Todos nós ficamos de porre—a começar por Ernst, que estava muito alegre. Ele fez também uma coisa que jamais teria feito antes: convidou um jovem amigo que toca violino num bar recém-aberto em Sankt Pauli (você precisa ir lá), um violinista lituano chamado Janos Soloweitschik. Ernst jamais faria isso com Hanny viva, você sabe. E ultimamente tem sido muito generoso, realmente muito generoso. Ele me deu algum dinheiro para ajudar a pagar os professores, a fim de me fazer professor de inglês. Você dirá que meu conhecimento da língua não é suficiente para alguém que pretende ensiná-la.—Recuperara sua antiga maneira brincalhona e tagarela, mas agora já se erguia da mesa.—Bem, tenho de deixá-lo—disse—, tenho de aprender a ensinar inglês.

Paul ficou um pouco mais para pagar a conta. Enquanto fazia isso, viu que Willy vinha de volta, parecendo angustiado.

—Afinal de contas, é um pouco cedo para a minha aula—disse, sentando-se outra vez.—Paul, tem uma coisa que eu não lhe contei.

—O que foi?

—Não lhe disse a verdade. Pensei que você ficaria perturbado com a notícia. Pensei que não gostaria de ouvi-la. Isso me deixou nervoso.

—E que notícia é essa?

—Tenho uma noiva, Paul. Uma *Braut*. Chama-se Gertrud. Vamos nos casar.

Toda a memória do passado foi instantaneamente apagada. As imagens na mente de Paul, de Willy, naquela primeira festa no estúdio de Joachim, de Willy jogando bola com Joachim no *Schwimmbad*, desvaneceram-se. Paul olhou do outro lado da mesa para Willy, que agora lhe sorria, um tanto apreensivo, com uma expressão quase de menina. Paul perguntou:

—Os cabelos dela são louros, ela usa tranças, e tem olhos azuis?

Willy riu gostosamente.

—Sim, sim, mas as tranças são enroladas num coque na nuca, de maneira que você não vê muito bem que são tranças.

—E os olhos são azuis como os seus?

—Sim, são! Como você é esperto, Paul! Como sabe disso?

—Ela usa óculos como você hoje em dia?

—Ela tem óculos, mas não os usa mais do que o necessário. É um pouco vaidosa, penso, mas não tanto quanto eu! Eu não gosto de ver óculos escondendo os olhos de Gertrud, e ela sabe disso. De modo que quase não os usa.

—Como você a conheceu?

—Conheci em Medes, embora ela não seja de lá. Estava de férias, com uns amigos de Viena. Ela é boa e gentil, Paul. E faz maravilhas para o partido.

—O Partido Comunista?

—Oh, não! Não em Viena. É ridículo. O Partido Nazista—disse, rindo às gargalhadas.

Paul se sentiu como se estivesse dentro de um elevador e o elevador despencasse do último andar de um prédio e caísse no poço, ou, além, atravessando as fundações de concreto, afundando-se, com ele, nas entranhas da Terra. Disse, numa voz abafada:

—Então, você é nazista?

—Oh, não, nada disso. Eu disse a Gertrud que jamais poderia ser.

—Por que não?

—Eu não aprovo a política deles e não posso concordar com o que dizem dos judeus. Conhecendo Ernst tão bem, não posso concordar. Mas em Medes pude ver que o Partido faz um maravilhoso trabalho junto aos jovens, sobretudo os sem trabalho. Dá esperança, quando ninguém mais dá, especialmente os velhos, como o chanceler Brüning ou esse marechal decrépito e senil, o presidente Hindenburg. Você sabe o que dizem de Hindenburg?

—Não.

—Dizem que uma secretária dele recomendou a um visitante, que tinha na mão uns sanduíches, que não deixasse para trás o papel de embrulho ou o presidente seria capaz de assiná-lo. —E riu mais forte ainda do que antes, mostrando os dentes brancos por entre os lábios rosados como pétalas.

—Oh. Você já viu algum dos líderes nazistas? Já ouviu algum deles falar?

—Oh, sim. Em Hamburgo, ouvi Goebbels uma vez. Fui por simples curiosidade, só para ver como ele era. Não assimilei o que disse. Mas vi que se tratava de um aleijado. Que ele estava com dor, sempre. Você pode ver no rosto dele, crispado, o esforço que faz para dominar a dor com sua fé. Havia uma tal luz no rosto dele quando falava do futuro da Alemanha, um sorriso tão radiante. Fosse o que fosse que estivesse dizendo, tolices talvez, o seu sorriso era o de um santo, *ein Heiliger*.

Paul se levantou abruptamente.

—Tenho de dar alguns telefonemas—disse. E deixou Willy só na mesa. Sentia uma fúria cega. Odiava os nazistas como qualquer pessoa sensata odiava os nazistas. Mas não sabia bem por quê. Talvez Willy estivesse certo, mas não podia acreditar que estivesse. O que ele vira era a estupidez de Willy agravando a sua própria ignorância, dele, Paul.

Quando chegou à pensão Alster, naquela noite, encontrou uma carta. Registrada e expressa, era de William Bradshaw. Escrito nas costas do envelope, na letra miúda e perfeitamente legível de William, seu nome e endereço em Berlim, onde agora morava. Isso, a grande quantidade de selos na frente, bem como o carimbo e o número do registro, tudo fez Paul imaginá-lo entregando a carta no balcão dos correios de Berlim e pedindo ao funcionário, como certamente tinha feito, que "mandasse brasa".

William escrevia:

> Meu romance faz lentos progressos. Entrementes, ganho dinheiro me prostituindo para a indústria cinematográfica. Não se admire se, na esteira desta, aparecermos por aí sem aviso, Otto e eu. Devido ao meu trabalho para um filme de Georg Fischl, não posso marcar a data. Tudo acontece por aqui, quando acontece, de surpresa. Não contei isso ainda a Fischl, mas pretendo escrever uma cena particularmente nauseante a ser rodada em Hamburgo. Otto deseja ir comigo, pois seu pai foi, em certa época, piloto em Cuxhaven, antes que ele nascesse. Logo que haja uma estiada, corremos para o norte. Otto está passando por um período muito interessante de volta às origens.

Otto, como Paul sabia, era Karl numa história de Bradshaw sobre Berlim.

Essa carta deu a Paul a agradável sensação de pertencer a uma família, além da sua e da família de William. O que escreviam era o sangue e o espírito da amizade que tinham. Cada qual escrevia segundo suas circunstâncias, sua vida própria, mas eram todos membros de um mesmo corpo de literatura, comum a eles todos. Paul rejubilava-se com o sucesso dos outros e, quando se sentia desencorajado, se sua própria obra recebia críticas, ou quando lia ataques às obras dos outros ou a eles todos como um "grupo", sentia que os críticos eram imbecis e aqueles amigos, espíritos de luz lutando contra as forças do obscurantismo.

O resultado imediato da leitura da carta de William Bradshaw foi que um nome emergiu na cabeça de Paul, o de alguém em quem não pensava havia três anos, desde aquela ocasião em que, com Joachim, Willy e Ernst, passara a maior parte de uma noite em Sankt Pauli. O nome era "Lothar", o garoto que, ao fim da noite, os acompanhara parte do caminho, no último trem de Freiheit, que os levara à estação vizinha da mansão Stockmann. No *Lokal* chamado As Três Estrelas, Lothar contara a Paul que trabalhava num parque de diversões em que exibiam filmes pornográficos. Convidara Paul para ir vê-los. Paul agora desejava vivamente ver o próprio Lothar, de cujas feições se lembrava com clareza. Metendo a carta de William entre as páginas do caderno, vestiu seu imenso sobretudo, saiu para a rua e correu até Sankt Pauli.

À noite, debaixo de chuva, com as luzes amarelas, vermelhas e azuis que manchavam o chão e os capôs dos carros, com as largas vitrines de vidro plano nas quais havia cartazes escandalosos e fotografias para aliciar fregueses, Paul sentiu como se suas mãos estivessem nas alavancas de uma máquina que fabricava felicidade. O parque de diversões não foi difícil de encontrar. Ocupava uma grande extensão de uma das calçadas da Freiheit. E mal havia atravessado sua entrada, ruidosa e cintilante, avistou Lothar. Tinha as mãos na alavanca de uma dessas máquinas de experimentar a força dos músculos. Lothar o reconheceu imediatamente, exclamando *"Ach, du, Paul, der Engländer"*, e apertando sua mão logo que ele se aproximou.

Deixou-o, depois, para ir instruir um cliente calvo, de peito estufado e cabelos que saíam pela gola de um jérsei vermelhão com listas, no uso da máquina de testar força. Lothar, olhando todo o tempo para Paul, e nem uma só vez para o cliente, apertou os cabos na máquina, de um lado e do outro, puxando-os e espremendo-os, enquanto suas feições também se fechavam como as mãos. Naqueles três anos, o rosto dele ficara mais ossudo, mais quadrado, como uma cabeça romana esculpida em pedra na qual olhos de outra matéria mineral—ônix ou cristal—houvessem sido enfiados. Com o rosto, as mãos, todo o corpo, cada vez mais tensos, na luta com a máquina, Lothar continuou de olhos fixos em Paul, com uma expressão em que a agonia do esforço e um sorriso radiante pareciam fundir-se. Acima da máquina, uma agulha saltava num disco, 20-30-40-50-60-70-80-90 e, depois, subitamente, virava na direção oposta e voltava a zero. Lothar ofegou, saltou para longe da máquina com um grito e deixou que o freguês da camisa listrada experimentasse a sua força.

—Você se lembra?—perguntou Paul, falando daquela noite, fazia três anos, em que ele, Ernst, Willy e Joachim o tinham conhecido no As Três Estrelas. Lothar disse:

—*Ach so!*—vira *Herr Doktor* diversas vezes desde então, e estivera em sua bela casa do lago. Paul lembrou a Lothar sua promessa de mostrar-lhe os *peep-shows*. Lothar riu.

Afastando-se da máquina e olhando, circunspecto, em redor, como para escapar à curiosidade de algum olheiro, ele chamou Paul para uma sala lateral, onde estavam as máquinas com seus binóculos. De pé lá dentro, metido no seu sobretudo de 1916, Paul sentiu como se estivesse espiando por um periscópio acima de uma trincheira, vendo uma terra de ninguém. Mas em vez de avistar sentinelas inimigas, alemãs, em trincheiras, o que ele via era o que todos os soldados e marinheiros, de um lado como de outro, gostariam de ver: figuras obscenas. Manchadas e escurecidas, com marcas branquicentas nas margens, eram grosseiras variantes da *Enciclopédia de arte pornográfica*, magnificamente impressa e encadernada, que Ernst havia mostrado a Paul três anos antes. Em vez de cobrir toda a história e a geografia do homem para a sua rica safra, aquelas fotografias do parque eram exclusivamente alemãs—patrióticas, talvez, na seleção. Aqueles nus pareciam de banqueiros alemães, oficiais prussianos e senhoritas berlinenses, cujos corpos, longe de serem excitantes para Paul, pareciam fôrmas das roupas das quais eles se tinham livrado.

Enquanto olhava pelos binóculos, Paul podia ver, literalmente, com o rabo do olho, a figura de Lothar, de pé, como um centurião romano, de guarda a seu lado. Logo que Paul se afastou das máquinas, Lothar foi atender outro freguês

que queria experimentar a força. Paul foi até lá e deixou na mão de Lothar o pagamento pelo *show*, dizendo, ao fazê-lo:
—Lothar, eu gostaria de tirar o seu retrato.
—Mas onde?—perguntou Lothar, com os olhos derretidos de prazer.
—Venha ao meu quarto, número 17, na pensão Alster— disse Paul, contente por ter encontrado um amigo que pudesse convidar.
—Mas meu trabalho aqui no parque só termina à meia-noite.
—Pois venha à meia-noite. Suba até o último andar do edifício e bata discretamente na porta da frente. Às 00h15 eu estarei do lado de dentro, à sua espera. Aqui tem dinheiro para o táxi.

Precedendo Lothar, o próprio Paul tomou um táxi para voltar para casa. Uma vez no quarto, fixou sua câmera Voigtländer Reflex no tripé. Mudou cama, mesa e cadeira de lugar, de modo a poder tirar a fotografia com todo o recuo que o espaço permitia, pondo experimentalmente a cadeira (representando Lothar) em cima da mesa, de modo a poder focalizá-la da porta.
Enquanto fazia esses preparativos, e depois de dá-los por encerrados, pensava febrilmente em Lothar. Paul o convidara apenas com o propósito de fotografá-lo e, obviamente, Lothar ficara encantado com a ideia de ser fotografado. Mas sem dúvida estaria pensando também que o convite tinha alguma coisa a ver com sexo. A ideia de que Lothar pudesse pensar que a base do relacionamento entre os dois era um arranjo comercial—a venda, por ele, do seu corpo—era repulsiva para Paul, embora reconhecesse que havia hipocrisia nessa repugnância. No entanto, dizia consigo mesmo, estava sendo perfeitamente sincero em não querer que Lothar imaginasse haver sido trazido apenas para fazer sexo.
Paul se lembrou, nesse momento, da expressão dos olhos de Lothar, três anos antes, no As Três Estrelas, quando Ernst alisou seu paletó. Ele não protestara, mas ficara olhando para o fundo da sala com uma expressão de sobranceiro alheamento. Paul jamais esquecera essa expressão. E quando fora ao parque de diversões agora e Lothar dissera *"Du, der Engländer"*, aquilo seguramente fora um cumprimento de amigo.
Tais pensamentos se originavam em parte no aspecto físico de Lothar. Seria absurdo, naturalmente, considerá-lo um "inocente", como com certeza era o caso de Marston; todavia, pensou Paul, ele tinha aquela beleza e nobreza de carnes,

com o intenso brilho dos olhos, a qualidade da inocência. A essa altura, recordou o que Wilmot havia dito a propósito de Marston: "Você quer ser rejeitado porque tem medo de relações físicas".

Dez minutos depois da meia-noite foi esperar no corredor. Mais vinte minutos e alguém bateu de leve. Paul abriu. Lothar entrou.

Paul o apanhou pelo ombro e o impeliu para o quarto, número 17, três portas mais adiante. Logo que estavam dentro, trancou a porta a chave e foi dizendo:

—Dispa-se!—Com sorridente alacridade, Lothar obedeceu.—Agora fique de pé em cima da mesa.—Ajeitando a câmera no seu tripé junto da cama, e olhando através do orifício para a objetiva de vidro esmerilhado, ele focalizou a imagem de Lothar, de pé sobre a mesa. No visor, ele aparecia de cabeça para baixo e invertido. Era como o reflexo de uma estátua de mármore num lago. Paul corrigiu mentalmente a imagem e viu Lothar de pé e direito, tendo o tampo da mesa como pedestal. A musculatura aparecia como camadas de nuvens cor de pérola, horizontais na altura dos ombros, circulares no peito, ventre, nádegas e coxas. Acima do pescoço, seu corpo era rematado e coroado pelo elmo da cabeleira, logo abaixo da qual, em perfil, vinham o olho, como uma vírgula, o L do nariz grego e a curva dos lábios.

Paul tirou a fotografia do mesmo ângulo de onde Joachim havia tirado a do moço nu de pé junto do lago, aquela foto que havia obsedado Paul desde que a vira pela primeira vez no estúdio de Joachim e que havia chamado "O templo". Usou o filme todo—doze exposições—e todos os seus *flashes*. Na caixa-preta da câmera, ele havia capturado a imagem de Lothar exatamente como ela era uma hora depois de vê-lo de pé ao lado da máquina de testar a força, e essa imagem perduraria, independente do que ele ou Lothar fizessem pelo resto de suas vidas, como o momento de visão, heroico, recuando sempre no passado.

Não obstante, era evidente que, tivesse Lothar vindo por qualquer coisa mais, viera por dinheiro. E agora Paul pensou que a coisa que mais gostaria de fazer era pagar o preço (vinte marcos) e dizer: "Eis aqui o dinheiro, mas não exijo nada em troca. Quer a gente faça ou não faça alguma coisa, eu o dou a você porque somos amigos, e o que quer que venhamos a fazer juntos no futuro será por sermos amigos. Se precisar de dinheiro e eu estiver em condições de dá-lo a você, muito bem, mas uma coisa não tem qualquer relação com a outra". Assim pensando, Paul experimentava uma sensação de liberdade que o excitava. A isso sucedeu a conscientização da sua hipocrisia.

Antes de vestir-se, Lothar perguntou:
—Isso é tudo?
—Sim, por hoje é—disse Paul, e lhe deu vinte marcos.
—Podemos nos ver de novo amanhã?
—*Du bist mein englischer Freund*—disse Lothar.

Escrito por Paul enquanto esperava Joachim Lenz no restaurante vegetariano, em Hamburgo, a 11 de novembro (Dia do Armistício), numa folha de papel que pretendia colar posteriormente no seu caderno de notas:

> O amigo que você sabe que vai chegar atrasado chega sempre ainda mais atrasado do que você prevê. Ele saca a descoberto no crédito de tempo que você lhe concedeu. E, todavia, justamente quando a sua paciência acabou, e você está prestes a deixar o lugar combinado para o encontro, ele aparece—e seu sentimento de alegria e alívio ao vê-lo reequilibra a conta quando se abraçam.

Joachim chegou quarenta e seis minutos depois de Paul ter escrito isso. O que deu tempo a Paul para lembrar-se que esperara por ele um dia, três anos antes, do lado de fora do hotel em Colônia onde Joachim entrara para tentar obter o endereço de Kurt Groote, o rapaz que haviam conhecido no *Schwimmbad*.

Joachim apertou a mão de Paul entre as suas com tal calor que o intervalo de espera (não uma hora, mas três anos, entre setembro de 1929 e novembro de 1932) pareceu transposto num instante.

—Paul! Você está um pouco mais pálido, mas isso se deve ao inverno, certamente.—E, olhando para ele atentamente:—Talvez esteja também com o rosto mais cheio. Anda comendo tanto assim?

Seu próprio rosto não parecia mudado em nada. As linhas tinham aprofundado um pouco, só isso. E a pele estava tão bronzeada quanto no verão, mas talvez isso se devesse à maquiagem.

O restaurante vegetariano, com suas mesas de madeira sem toalha, tinha uma agradável leveza e dava a impressão de estar dedicado a uma qualidade mais alta de alimentação. Joachim pediu costeletas de nozes e uma sobremesa de frutas frescas. Paul, omelete e salada.

—Estou atrasado—disse Joachim, sem, todavia, pedir

desculpas pelo fato—, por ter passado a manhã toda da maneira mais estúpida possível. E por pura imbecilidade!

—Fazendo o quê?

—Bem, temos uma eleição hoje, aqui na Alemanha, e eu sou obrigado a votar. Como não entendo nada de política, li hoje de manhã os programas de quinze partidos diferentes.

—São quinze ao todo?

—São trinta e sete, se não me engano.

—Por quê?

—Devido ao maravilhoso sistema vigente sob a República de Weimar.

—Que sistema?

—Não sei exatamente como se chama, mas o resultado é que toda pessoa que forme um partido político capaz de obter um número de votos correspondente a 1/500 avo (ou o que seja o total de lugares no Reichstag) dos votos do eleitorado nacional pode eleger um representante para o Parlamento. Acredito que haja até um partido dos amantes de cachorros *dachshund*.

—E como vai votar?

—Não vou votar.

—Por que não?

—Concluí, depois de ler os manifestos de todos os partidos, que o único que faz sentido é o do Partido Comunista.

—Nesse caso, por que não vota com os comunistas?

—Porque sou um comerciante. Votar com os comunistas será suicídio. Além disso, os comunistas não vão tolerar uma pessoa como eu, que vive para coisas que nada têm a ver com política. Eles veem tudo sob o ângulo político e classificam as pessoas em dois grupos: amigos e inimigos deles. Ora, não quero viver num mundo em que tudo o que eu faça seja julgado como pró ou contra a política. Mesmo se eu concordasse em tudo com os comunistas, com isso não concordaria.

—Eu fiz um poema sobre a nossa excursão pelo Reno —disse Paul.

—Um poema? Sobre a nossa viagem? Eu sabia que você tinha publicado um livro de contos—Ernst me contou isso—, mas não sabia que dera para fazer poemas.

Pediram café.

—Ei-lo aqui—disse Paul, tirando os versos do bolso. Passou a página datilografada a Joachim, que segurou o papel diante do rosto, e começou a ler os versos imediatamente. Paul ficou a vigiar-lhe os olhos, que se moviam de um lado para o outro à medida que ele lia as linhas—a primeira, a segunda, a terceira. Paul, que sabia o poema de cor, podia acompanhar o verso que Joachim estava lendo como se tivesse um espelho e o papel fosse transparente. As primeiras linhas eram:

> Um capricho do Tempo, árbitro supremo,
> Proclama o amor, não a morte, de amigos.
> Sob a abóbada celeste e o atlético sol
> Três nus de pé: o novo e bronzeado alemão,
> o burocrata comunista e eu, que era inglês.

Paul não queria que Joachim se distraísse. Tinha vontade de gritar para os fregueses no restaurante que calassem a boca e não fizessem tanto barulho batendo com os talheres nos pratos, quebrando nozes, estalando folhas de alface entre os dentes amarelos como a sua omelete. Ele mesmo era um modelo de silêncio e atenção.

Sabia que as duas primeiras linhas do poema eram obscuras. Estava quase certo de que Joachim lhe faria perguntas a respeito delas. Mas embora os olhos dele parecessem hesitar antes de passar ao terceiro verso (e, de novo, em diversos outros lugares), Joachim leu o poema inteiro até o fim. Depois ergueu os olhos e fitou com seriedade os olhos de Paul sem dizer palavra. Pegou do texto outra vez e o releu, mais rapidamente agora. Depois recitou em voz alta os dois primeiros versos:

—"Um capricho do Tempo, árbitro supremo,/ Proclama o amor, não a morte, de amigos." Não compreendo.

Tremendo, muito vermelho, Paul explicou, com um esforço inaudito.

—O poema é sobre o verão de 1929, quando você e eu e, depois, Heinrich fizemos nossa excursão a pé, Reno abaixo, com o sol a luzir todo o tempo. Doze anos antes, não teríamos podido fazer isso, porque em 1918 jovens alemães e jovens ingleses se matavam uns aos outros na guerra. No poema eu digo:

> Se, no entanto, voltarmos a rodada esfera doze anos,
> Dois pegam em armas, aprumam-se soldados.

—Depois disso, o poema profetiza que, dentro de outros dez anos, em 1939, haverá uma nova guerra, que será uma revolução mundial:

> Ou, ao contrário, rolarmos para a frente outros dez,
> O terceiro—o burocrata com olhos de mundo machucados—
> Constrói com rubras mãos seu paraíso: com nossos
> olhos ergue o necessário andaime para a paz.

—O "capricho do Tempo" no poema não é, a rigor, um capricho, é a história do homem, "o árbitro supremo", que pode, isso sim, parecer caprichoso, decidindo que em 1917 jovens alemães como você e jovens ingleses como eu deviam se ocupar matando uns aos outros; enquanto que, em 1929, ele nos permitia sermos amigos. Talvez em 1929 nós nos amássemos mais ainda por sentirmos, inconscientemente, que, ao fazê-lo, éramos os corpos ressuscitados, os fantasmas em carne e osso dos que morreram em 1917 ou serão mortos em 1939.—Joachim o olhava do outro lado da mesa, com aquele arregalar de olhos de que Paul se lembrava do tempo em que discutiam poesia em 1929, do dia em que Joachim derrubou Heinrich por terra. Paul sentiu-se compelido a continuar. Disse, numa voz de conferencista que parecia encher o restaurante:

—Um poeta inglês, que serviu como oficial na França durante a Grande Guerra (seu nome era Wilfred Owen, e ele foi morto em 1918), escreveu um poema intitulado "Strange Meeting", no qual uma conversação entre um soldado inglês e um soldado alemão—cada um dos quais matou o outro—ocorre poucos minutos depois de estarem ambos mortos. Falam sobre a vida que cada um deles poderia ter tido, que a guerra os impediu de ter, do amor que deveria ter existido entre eles e se fez o ódio, das guerras futuras que resultariam de uma tal pressão cumulativa de rancores. O poema termina com o verso: "Eu sou o inimigo que você matou, meu amigo". O que reúne a ideia de serem eles dois inimigos, conscritos pela carnificina mecanizada, e a de serem amigos, que amam um ao outro se tivesse havido paz. E não só amando, mas, quem sabe, fazendo amor um com o outro.

A voz de Paul, que suava, procurando explicar sua poesia a Joachim, parecia ter o efeito de ir silenciando, com seu inglês penetrante, o alemão falado nas mesas vizinhas. Joachim disse:

—Você quer dizer que, daqui a dez anos, em 1939, nós, alemães, talvez estejamos matando vocês, ingleses, e o "burocratazinho" comunista, com "olhos de mundo machucados", poderá estar matando a nós ambos em nome da revolução mundial? E que em 1929 nós éramos amigos, nus debaixo do sol, nadando e nos divertindo juntos, em vez de nos matarmos um ao outro? Pegou do poema e leu: "Três nus de pé: o novo e bronzeado alemão, o burocrata comunista e eu, que era inglês". Esse sou eu, o novo alemão bronzeado, e você é "e eu, que era inglês". Mas quem é o "burocrata comunista"? Comunista—continuou ele, com o poema na mão e lendo do papel:—"Constrói com rubras mãos seu paraíso" e tem "olhos de mundo machucados". Por quê?

—Eu devia estar pensando em Heinrich, embora a referência não diga realmente respeito a ele. A questão é que o poema exige, para o que diz, um personagem que mate os outros dois numa guerra revolucionária em 1939—uma situação completamente nova—, e alguma coisa que Heinrich disse no curso da nossa viagem sugeriu isso.

—Mas, se o comunista que mata seus amigos alemão e inglês numa guerra mundial ou revolução não é Heinrich, então o poema não pode ser realmente sobre nós três durante nossa excursão pelo Reno—disse Joachim, recaindo, pensou Paul, numa espécie de incompreensão desejada.

Para Paul, tornou-se então desesperadamente importante defender sua poesia como sendo sobre Joachim, e Heinrich, e ele mesmo.

—Mas você não se lembra daquele dia em que descemos a colina, depois de ver a estátua de Germânia, de ter Heinrich dito que ele era comunista? Não se lembra de tê-lo derrubado?

Esse era um incidente sobre o qual nunca tinham falado. Joachim olhou para Paul com uma expressão dura e abanou a cabeça, lentamente.

—Não, não lembro de Heinrich ter jamais dito que era comunista. Nem que fosse um "burocrata" com "olhos de mundo machucados". Isso é coisa do seu poema. Heinrich comunista! Uma ideia absurda! E certamente eu só poderia derrubar Heinrich de brincadeira. Jamais naquela ocasião! Jamais durante nossa viagem! Mais tarde, talvez, em Hamburgo.

—Bem, então o poema não é sobre nós três. É apenas um poema—disse Paul, desistindo. Joachim devolveu-lhe o texto, como se encerrasse com o gesto o tema poesia. E disse, devagar, deliberadamente, recusando entender:

—Sobre Heinrich é que não poderia mesmo ser, pois ele não é comunista. E nunca foi.

—O que era então? O que é agora?

—É nazista—disse Joachim.

Isso interrompeu a conversação.

—E sempre foi nazista?

—Não, não sempre. Só nas últimas semanas.—A isso acrescentou, em tom de dúvida:—Penso eu. É o que ele diz, pelo menos.

—Então o que era quando nos conhecemos?

—Nada, nada. Absolutamente nada. Era ele mesmo, Heinrich, uma pessoa má, talvez, mas Heinrich, uma pessoa. E como era belo!

Para mudar de assunto, Paul perguntou:

—O que aconteceu na última semana da nossa viagem? Não "nossa", sua e de Heinrich. Quero dizer, depois da minha partida?

Joachim pareceu feliz. Exultante. Escapava para o passado. Parecia ver tudo outra vez diante dos olhos.

—Foi maravilhoso! Maravilhoso!

—Vocês prosseguiram a pé, ao longo do Mosel?

—Foi tudo como antes. O tempo continuou perfeito até o último dia. Sei que você pensou que nos devia deixar sozinhos, e isso foi muito bonito da sua parte, mas sentimos sua falta. Heinrich também sentiu, mas eu senti mais. Tinha saudades das nossas conversas toda manhã, quando estávamos a sós e SÉRIOS, quase como estamos agora. Não tão sérios, talvez.

—O que aconteceu quando acabou a viagem?

—Eu tive mais trabalho a fazer para meu pai, em Berlim. Enquanto fui lá, Heinrich foi visitar a mãe, em sua aldeia da Baviera. Eu lhe dei algum dinheiro para deixar com ela, uma vez que ele nos contou que lhe remetia seu "salário", ganho, todo ele, para sustentá-la! Recorda-se que ele nos disse isso? Esteve três dias em Munique. Não sei o que terá feito por lá, mas parece haver perdido o terno novo que eu lhe tinha dado. Pode ser que tenha vendido a roupa e dado o dinheiro à mãe como salário! Seja como for, fiquei muito contente com isso, porque, dias depois, quando fui recebê-lo na estação de Hamburgo, ele estava usando suas *Lederhosen*, camisa e suspensórios—exatamente as mesmas roupas do dia em que o conheci em Bingen. Foi tão maravilhoso vê-lo vestido daquele modo na plataforma, em meio à multidão de turistas e homens de negócios!

—E ele continuou de *Lederhosen*?

—Oh, não, eu lhe comprei pelo menos cinco ternos diferentes, para outono e inverno, primavera e verão, todos ingleses, com riscas de giz no paletó e nas calças. Ele cortou o cabelo, mudou de penteado, e passou a usar sapatos marrons de couro muito bem engraxados. Ficou tão elegante que logo se tornou um típico rapaz "bem" de Hamburgo, embora conservasse alguma coisa de provinciano. Isso o fazia parecer, aos olhos de alguns dos meus amigos, tão INOCENTE! Conservou as *Lederhosen* para festas a fantasia, que eram muito populares naquela época. Heinrich fez grande sucesso com muitos dos meus amigos e com uma porção de outras pessoas que não eram tão amigas—nunca, porém, com Ernst, que não gostava dele.

—Isso o aborreceu?

—Que Ernst não gostasse de Heinrich? Absolutamente. Fiquei até contente de haver alguém que objetasse a ele. Eu tinha muitas crises de ciúmes, àquela altura. Costumava fazer cenas TERRÍVEIS. Nós dois chorávamos. Mas, no fundo, eu não me importava realmente. Pensava que, mesmo sendo ele um mentiroso de marca maior, nisso—como em tudo o mais—estava sendo autêntico, isto é, fiel à sua verdadeira natureza. Nunca pensei em Heinrich como um sujeito BOM. Gostava dele, até, por ser velhaco, por contar todas aquelas histórias inventadas sobre a sua aldeia, como fez no primeiro dia, quando o encontramos. Era tão engraçado que eu não me importava que fosse mau.

—Você quer dizer que desejava que ele continuasse para sempre assim?

—Sim, como era quando você me disse que não gostava dele.

—Aquela foi só uma primeira impressão.

—Ele era um lince ou uma raposa, algum animal pequeno, ardiloso, falso.

Paul se mexeu, contrafeito, na cadeira.

—O que ele fazia o dia inteiro em Hamburgo?

—Bem, durante muitos meses, ficava no meu estúdio ou saía, às vezes com meus amigos, outras vezes não sei onde ia. Talvez estivesse ganhando dinheiro para mandar para a mãe! Mas, de qualquer maneira, era difícil arranjar uma colocação. Havia tanto desemprego—*Arbeitslosigkeit*. Finalmente, concluí que eu devia fazer ALGUMA COISA. Foi quando me lembrei de que conhecia um homem chamado Erich Hanussen, que era dono de uma loja que vendia coisas inglesas. Não roupas, mas artigos de decoração: tecidos, mesas, lâmpadas, cadeiras, porcelana, tudo de aspecto artesanal e pintado à mão—e tudo muito ESTÚPIDO. Sempre achei. Imaginava que aquelas coisas deviam ser feitas por velhas senhoras inglesas que moravam no campo, em *cottages*, com seus gatos. Você sabe como o povo de Hamburgo adora TUDO o que é inglês. A loja era chamada House Beautiful, e você pode imaginar as pilhérias quando Heinrich começou a trabalhar lá. Porque Hanussen ofereceu-lhe um emprego no momento em que deu com os olhos nele. "*Is the most beautiful object in House Beautiful for sale?*"

Joachim acendeu um cigarro. Estava ficando tarde, e o restaurante esvaziava gradualmente.

—Erich Hanussen é conhecido como "Erich, o Sueco". Não que ele seja sueco, mas o nome Hanussen é e soa MUITO, MUITO nórdico. Erich nasceu em Lübeck, tem cabelos louros, olhos azuis extremamente desbotados, e sardas cor de laranja. —De cigarro na mão, era como se Joachim soprasse Hanussen, com o maior pouco-caso, através dos anéis de fumaça que ia fazendo. Continuou:

—Erich tem uma casa no Báltico, não muito distante daquela em que você passou um feliz fim de semana com Ernst. Lembra-se?

—É uma das mais vívidas memórias da minha vida! Lembro cada segundo desse fim de semana. Cada segundo parecia um século.

—Pois bem, Heinrich passa quase todo fim de semana com Erich e sua família em Altamunde.

—Eles são amantes?

—Oh, não, de maneira nenhuma. Erich tem uma mulher loura, e dois filhos louros, e duas filhas louras, todos exatamente iguais entre si e iguais a ele. Erich e Heinrich não fazem sexo. Nunca. —Pareceu medir o que dissera, depois repetiu, como quem está senhor do assunto. —Nunca.

—Então por que Heinrich vai lá?

—Porque ele sabe que Hanussen representa tudo aquilo que eu ABOMINO. —Isso de novo produziu uma parada na conversação. Paul pediu um cigarro a Joachim.

—Você acredita realmente que Heinrich o odeie?

Joachim continuou no estilo que vinha adotando de não dar resposta a perguntas diretas.

—Depois que ele começou a passar finais de semana com Hanussen, Heinrich mudou de atitude comigo. Isso aconteceu muito devagarinho, é claro. Ele assumiu uma espécie de superioridade nas maneiras, ficou desdenhoso, condescendente. De começo, isso me divertiu, quando ele começou a dizer que tudo no meu estúdio, as coisas que eu tinha comprado na Bauhaus, era arte burguesa e que todos os grandes nomes que ensinaram lá—Gropius, Moholy-Nagy, Paul Klee (admirou-me que ele fosse capaz de pronunciar os nomes deles. Afinal, isso prova que não é estúpido) —eram judeus, culturalmente decadentes. Ouvi-lo usar todo esse jargão sobre decadência e burguesia era, de início, CÔMICO. Até que comecei a perceber quem lhe ensinara tudo aquilo. Isso foi quando ele começou a dizer que eu era incapaz de compreender uma nova geração de alemães de sangue puro, por ser um esteta decadente, individualista, que acreditava que arte, beleza e sua expressão individual importavam mais que a nação alemã. Depois ele se pôs a falar sobre a raça nórdica e de como todas as outras nações eram inferiores à alemã. Era como se tivesse deixado de ser a pessoa que eu sempre conhecera e se tornado uma unidade anônima da Juventude, todos envergando uniformes e se pavoneando aqui e ali sem outras opiniões que as enunciadas pelos seus líderes. Então descobri que, naqueles fins de semana, Heinrich era um dos seguidores de Erich Hanussen, que faziam exercícios militares nas florestas, aprendendo a atirar e a assassinar seus adversários políticos—comunistas, socialistas e liberais—, gente como você e eu.

—Assim mesmo, nada do que disse prova que Heinrich o odeia. Pode provar isso de Hanussen. E Heinrich está debaixo da influência de Hanussen. Mas também pode mostrar apenas que ele tem certa mágoa de você. Talvez ele tenha mágoa de você justamente porque o ama.

Joachim pareceu cansado. Perguntou num tom que indicava uma diminuição do interesse:

—Como entender uma coisa dessas?

—Ele pode não gostar que você goste dele por ser como você pensa que seja—mau. Ele pode pensar que a sua maneira de gostar dele apenas mostra que você o despreza.

—Nesse caso, ele tem raiva porque eu o amo como ele realmente é—ou foi. Ele se anulou, não é mais nada hoje, não é mais ninguém, com Hanussen. Você não está sugerindo que Heinrich não é um mentiroso?

—Ele pode muito bem ser como você acha que é. O que eu estou sugerindo é que, se ele sentir que você continua a amá-lo pelos seus defeitos, pode achar que você o está rebaixando ao nível da ideia que fez dele. Talvez haja nele uma faceta que deseja ser diferente, e ele gostasse que você o quisesse por esse lado.

Joachim respondeu com pesada ironia, que Paul viu como desalentadora:

—E ele mostra seu ressentimento por mim ficando pior do que já é, pior até do que eu jamais pensei que fosse? Deixar de ser a pessoa que eu amo para não ser coisa alguma em lugar disso, para não ser mais uma pessoa, para não ser ninguém, nada, nem mesmo um ser humano? Só uma cifra num programa político de violência?

—Você pensa mesmo assim?

—Sim, e lhe direi por quê. Na maior parte da última semana, inclusive o fim de semana, Heinrich esteve ausente do estúdio—no Báltico, suponho. Não me disse que ia para fora de Hamburgo. Por fim, decidi que tinha de descobrir o que estava acontecendo, de modo que dei uma busca nas coisas dele, que estão num armário. O que achei, e que me convenceu, afinal, que a separação era inevitável, foi um uniforme de membro das tropas de assalto—um belo uniforme, o melhor que ele tem e que reserva, suponho, para ocasiões especiais, ou o teria levado consigo.

—O que fez quando encontrou o uniforme?

—O que fiz? Bem, suponho que você me julgará um perfeito idiota. Mas o que poderia eu fazer? Digo o que fiz: cuspi nele, não uma vez só, nem duas vezes, mas cem vezes pelo menos. Cobri-o com cuspe e escarros. Quando Heinrich o encontrar, vai ficar pensando o que aconteceu com seu belo uniforme de gala. O cuspe terá secado. Penso que imaginará que uma família de lesmas deixou seu rastro nele. De qualquer maneira, eu lhe telefonei dizendo que o rompimento era inevitável.

—Ele já viu o uniforme?

—Não. Esteve fora até hoje com Hanussen. Mas hoje à noite verá, certamente, quando for ao estúdio, se for, o que tenho por certo. Só assim poderá sair sem se despedir de mim, coisa que tem verdadeiro terror de fazer. Ele sabe que hoje vou ver minha mãe e não estarei lá.

Os garçons estavam limpando as mesas dos restos do almoço e começavam a prepará-las para o jantar.

Joachim se levantou de chofre, movido por uma ideia.

—Vamos ver os dois!

—Ver quem?

—Vamos até a House Beautiful. Eu me atrasarei para o escritório, mas não faz mal. Quero que você conheça Erich Hanussen e me diga que impressão teve. Também gostará de ver Heinrich, estou certo. Não põe os olhos nele há tanto tempo. Verá que mudou. A House Beautiful fica a dez minutos daqui, a pé. Você adorará ver, se tem saudades da Inglaterra.

Saíram do restaurante vegetariano e caminharam até uma rua de lojas brilhantemente iluminadas. Do outro lado, estava a House Beautiful. Era um dos primeiros exemplos de arquitetura moderna em Hamburgo, um edifício cinzento, feito de pedra, com linhas muito puras, que pareciam traçadas a régua numa prancheta. Datava de 1912. A loja era muito clara, as paredes forradas com um material que lembrava o pau-cetim. Havia mesas e cadeiras, cortinas cor-de-rosa, almofadas bordadas, cestas de papel em palha, lâmpadas, abajures, bandejas esmaltadas à mão e pintadas com flores silvestres da Inglaterra, cofres, caixas de fósforos, cinzeiros, pequenos bustos de Shakespeare.

A primeira pessoa que Paul viu foi Heinrich, despedindo-se de uma senhora que carregava no colo um *poodle* minúsculo e embonecado. Não havia a menor dúvida de que estava transformado. Era uma outra pessoa. A onda, única, do cabelo penteado para trás desde a testa já não era o resultado dos ventos que sopram nos Alpes da Baviera (se é que jamais tinha sido), mas o efeito de xampus, *sprays* e secadores de cabelo. Ele usava um terno de linho cinza-escuro, uma camisa levemente rosada e uma gravata azul, larga como um plastrão. Logo que viu Paul, veio deslizando pelo soalho para cumprimentá-lo. Com um rápido movimento da cabeça, lançou a Joachim um olhar desdenhoso, tomou as duas mãos de Paul nas suas, exclamando num inglês que tinha um leve e muito gracioso sotaque.

—Que maravilhosa surpresa, Paul! Não nos vemos desde que lhe disse adeus na estação de Boppard, deve fazer três anos. Fico muito feliz por poder revê-lo, agora, em Hamburgo. Desculpe-me, mas tenho uma freguesa que preciso atender.—E com isso deu meia-volta e se foi, a passos rápidos.

Paul ficou tentando reconciliar a imagem daquele Heinrich decadente com a descrição feita por Joachim de um nazista das tropas de assalto fazendo exercícios militares perto de Altamunde, no litoral do Báltico. Mas não era tarefa difícil. Era tudo uma questão de roupa. Heinrich agora envergava o seu uniforme da House Beautiful. Em uniforme nazista, ele seria simplesmente uma outra pessoa. Havia nazistas de fala mansa e ar refinado. Era o que os fazia tão populares com as senhoras de idade. Quando ruminava esses pensamentos, Erich Hanussen—pois não podia ser outro— surgiu junto da divisória que, no fundo da loja, separava o *showroom* do escritório, onde as clientes podiam discutir problemas de bom gosto britânico, ou com Hanussen em pessoa ou com uma assistente dele, grisalha e autoritária, que mais parecia uma professora.

Erich Hanussen dava a impressão de ser menor do que efetivamente era (tinha estatura mediana). Sob a superfície da sua pele saudável, queimada de sol, caveira e esqueleto pareciam inclinados para a frente—enérgicos, insinuantes, agressivos, sinistros. A tez luzia como se tivesse sido altamente polida. Tendia, um tanto em excesso talvez, para o mogno. Em pontos estratégicos, havia cabelo—agarrado ao crânio em pequenos anéis banhados em prata nas pontas, saindo em cerdas rígidas como arame das narinas ou em tufos, das orelhas. A boca ora um pouco exígua demais para os dentes que continha—e que despontavam, muito brancos, entre os lábios. Os olhos eram azuis como as flores da centáurea e, como tudo nele, brilhavam. Ele parecia um anúncio ambulante de ideais agressivamente puros.

Hanussen apertou a mão de Paul um pouco estreitamente demais e exclamou:

—Muito me alegro que me tenha vindo visitar. Heinrich tem falado tanto a seu respeito que sempre desejei conhecê-lo. Entre no meu pequeno *den*, que acho ser a palavra inglesa para um recanto como o que tenho aqui. Podemos tomar café e conversar um pouco. *Fräulein Gulp, Kaffee bitte für uns!*—berrou para uma secretária. Paul olhou para Joachim, que estava do lado de fora do escritório, olhando com desdém para um canil de madeira.

Hanussen empurrou Paul para uma cadeira em frente à mesa de trabalho atrás da qual ele mesmo se instalou.

—Há quanto tempo está em Hamburgo? *Ach,* só uma semana, *ach,* mas o senhor já conhece Hamburgo de uma visita anterior segundo me disseram, e vejo que aprendeu *ex-zel-lent Cherman* com nosso caro amigo Joachim Lenz, que também foi um bom amigo de Heinrich no verão de 1929—nadando, remando, velejando—*wunderschön!* E Heinrich me contou que foram, os três, numa excursão a pé Reno abaixo, que foi quando ele o conheceu. *Ex-zel-lent!*—Houve uma pausa, então, quando *Fräulein* Gulp entrou com o café. Aquilo pareceu um sinal para que Erich Hanussen se pusesse fervoroso. Logo que ela se foi, ele limpou a garganta e disse, como se Paul fosse um novo conhecido a quem fazia a corte:

—Senhor Paul Schoner! Entendo que o senhor é um escritor talentoso, de grande valor para *Enng-land.* Alegro-me de que esteja agora aqui em *Chermany,* e espero que possamos embarcar juntos numa grande obra política, mais importante ainda que a poesia, por muito que eu respeite Rilke. Já tenho conhecido alguns *Enn-glisch,* e gosto sempre de conhecer novos *Enn-glisch,* por estar convencido de que, neste momento, nós *Chermans* e vocês *Enn-glisch* temos muitos *Interessen* em comum. Aqui em Hamburgo, eu não sou um simples comerciante. Isso é apenas uma fachada. Eu sou, na verdade, *Direktor* de um comitê para o congraçamento de alguns *Chermans,* alguns *Enn-glisch,* alguns *Skandinävier* e, até, alguns *Holländer.* O propósito disso é estabelecer laços entre membros dessas nações—principalmente, é claro, entre *Chermans* e *Enn-glisch* —que são racialmente superiores às raças inferiores. Muitos desses comitês estão surgindo hoje aqui em *Chermany.* E a primeira coisa que temos de fazer em comum é anular as imposições do Tratado de Versalhes, não—e eu digo não—para que *Chermany* seja superior a *Enng-land,* mas para que possa partilhar com ela da superioridade sobre todas as outras nações.

Paul sentia a maior aversão por Hanussen, o que era agravado pelo esforço que tinha de fazer para memorizar as frases dele a fim de repeti-las palavra por palavra para Bradshaw quando se encontrassem. Iriam rolar de tanto rir com esse discurso. O fato de que ele concordava com Hanussen sobre a injustiça do Tratado de Versalhes apenas aprofundava a sua repulsa. Era terrível ver reivindicações justas exploradas para justificar fins inconfessáveis.

Depois de algum tempo, no entanto, ficou incapaz de prestar atenção ao que o homem dizia. Por trás da fraseologia grotesca, ardia a visão apocalíptica, como uma fornalha que crestava e fazia encarquilhar as palavras de Hanussen. O que ele profetizava era a guerra final entre as forças das trevas e as da luz—entre os povos de cabelo cor de milho e os povos cor de azeitona, entre aqueles em cujas veias corria sangue ariano e os judeus. Hanussen mostrava, com visão profética, o congraçamento dos exércitos de guerreiros louros para transpor a toda velocidade as planuras da Europa Oriental em seus carros de guerra, enquanto nos céus máquinas aladas deixavam cair metal e fogo para destruir as cidades e as populações que obstruíam o seu avanço. Viu as conquistas de vastas porções do Leste, nas quais aqueles que sobrevivessem em território conquistado seriam escravos dos vencedores puro-sangue. Estes levantariam novas cidades, que seriam como fortalezas, feitas para resistir a qualquer inimigo nos próximos mil anos.

Em um ato impiedoso de purificação, os arianos lançariam às profundezas da terra—nos vales escuros e em túneis subterrâneos—todas as vidas impuras que haviam emporcalhado o sangue alemão desde a punhalada nas costas da nação por estrangeiros e traidores em 1918: judeus e bolchevistas, decadentes, expressionistas, homossexuais—tudo o que não fosse nórdico seria destruído.

Paul deixou de escutar. O que ele via era que o atleta anão, grotesco, mentalmente estropiado, era uma força de olhos de safira e cabeleira de ouro, uma chama demoníaca de pura vingança, o flagelo de todo o mundo que não pertencesse ao seu reino de virtuosa indignação.

—Senhor Hanussen—disse, por fim, levantando-se. —Não cuidei de dizer-lhe em tempo, quando nos conhecemos, que segundo qualquer dessas definições que alinhou, eu sou judeu.

Mas embora em retrospecto esse gesto parecesse corajoso—ou pelo menos daria matéria a uma boa história quando contado para William e Simon—, naquele momento fazia tanto sentido quanto cuspir no vento. Sendo inglês, ele não tinha nada a perder, coisa de que estava perfeitamente ciente ao reunir-se a Joachim na loja, ao sair do *den* de Hanussen. Heinrich, que estava de pé à porta do estabelecimento, disse-lhe com polidez irônica, tomando-lhe a mão e sacudindo-a calorosamente:

—Até logo; e que nos vejamos logo.—Era como se Heinrich não tivesse visto Joachim.

Na rua, caminharam por algum tempo em silêncio. Depois Joachim perguntou:

—O que foi que você achou?

—Horrível, monstruoso, estúpido, apavorante.

—Bem, esse é o futuro da Alemanha, e foi a isso que Heinrich se aliou para ficar do lado ganhador. Talvez meu pai tenha razão, talvez eu deva ser apenas um comerciante de café.—E acrescentou:—Já agora não seria uma boa ideia para mim dizer a Erich Hanussen que, segundo as premissas dele, eu também sou provavelmente judeu. Você pode fazer isso, pois é inglês, mas minha avó...

—É como a cela de um monge.—disse Ernst, de pé no meio do quarto de Paul. Estava num terno de risca de giz, levava um impermeável leve no braço e, na mão esquerda, um chapéu mole de feltro, cinza. Parecia mais gordo, mas, curiosamente, mais ossudo também. Sorria divertido e um tanto superior ao correr os olhos pelo quarto de Paul. Naquela manhã, a secretária de Ernst havia telefonado para avisar que *Herr Doktor* o apanharia na pensão Alster às sete horas e o levaria para jantar em sua casa. Ernst agora tinha automóvel.

—Você está mesmo contente morando aqui?—continuou, erguendo os olhos para o teto manchado de umidade.—Por que se não estiver, e quiser se mudar lá para casa, pode fazê-lo. Eu moro sozinho agora. Se quiser trabalhar o dia inteiro num quarto maior que este, em minha casa, ninguém o incomodará.

—É muita gentileza sua, Ernst, mas trabalho melhor quando sozinho.

—Então, é aqui que compõe os seus poemas—disse Ernst, olhando a mesa de tampo de pinho em que o caderno de notas de Paul ocupava local proeminente. (Paul tinha esquecido de escondê-lo.)—Mas você não pode receber aqui. Asseguro-lhe que, se quiser... agora que...—Ele se atrapalhara, e não terminou o que ia dizer.

—Só um amigo esteve aqui—disse Paul, exibindo as fotografias que havia tirado de Lothar, muito influenciadas por Joachim Lenz.

Ernst pôs os óculos e examinou-as.

—Creio reconhecer esse... rosto—disse, com uma recaída no seu antigo estilo, sugestivo, mas afetando timidez. —É Lothar, não? O rapaz que encontramos faz tanto tempo— três anos, não é?—no As Três Estrelas? Não o vi mais desde aquela época.

—Sim, é Lothar.

—Ele foi seu hóspede aqui? Vejo que o quarto tem suas vantagens.

—Eu trouxe Lothar aqui para tirar esses retratos.

—Oh! Andou tomando lições com Joachim? Minha impressão quando conhecemos Lothar, daquela vez, foi que ele é um bom menino, mas aquilo que em Cambridge costumávamos chamar grosso. Você o vê com frequência?

—Poderia vê-lo, se quisesse. Ele combina com este quarto, como é evidente nas fotografias. E é muito bom rapaz, como diz. Mas estúpido. Seja como for, ele me apareceu ontem para contar que foi despedido do parque de diversões em que trabalhava e que vai morar com parentes em Stuttgart. Eles lhe disseram que podem conseguir um emprego para ele por lá.

—Ele lhe pediu dinheiro para a passagem?

—Não exatamente. Mas eu lhe dei dinheiro assim mesmo.

—Que coisa estranha. Eu o vi, a noite passada, no As Três Estrelas. Ele me pediu dinheiro para ir para Stuttgart. E eu dei.

—Pensei que houvesse dito que não o via há três anos.

—Até ontem não vi mesmo.

—Talvez ele vá para Stuttgart hoje ou amanhã.

—Talvez.—Um sorriso discreto de Ernst. E caminhando para a porta, ele disse:—Bem, pelo menos você concorda em vir jantar comigo em casa. Talvez a gente deva ir andando.—Desceram para a rua, onde estava o elegante carro de Ernst, de dois lugares. Paul se lembrou de ter andado da última vez com ele de automóvel em Altamunde. Mas então Ernst dirigia um carro alugado. Agora que estava importante, era o orgulhoso proprietário de um Bugatti. Entraram. E logo que se puseram a caminho, Paul pediu desculpas por não ter escrito quando a mãe de Ernst morrera. Explicou que só viera a saber disso por Willy havia uma semana.

Ernst tinha os olhos na estrada.

—Minha secretária não lhe mandou a notícia da morte de minha mãe?

—Se o fez, não me chegou às mãos.

—Tenho de falar sobre isso com a senhorita Boom.

Alcançaram a mansão Stockmann. Atrás da casa, no escuro, os galhos desnudos dos chorões eram como barras de ferro retorcidas contra as águas metálicas do lago.

Ernst abriu com suas chaves a grande porta de carvalho e passaram do vestíbulo para o *hall* central. Tudo parecia exatamente como quando Paul ali chegara havia três anos e meio. Nas paredes, o nu de Matisse da primeira fase, a *Natureza-morta com íris*, de Van Gogh, o autorretrato pelo jovem e sorridente Desnos, a pesada mesa de carvalho a um canto, as poltronas e o sofá estofados em brocado, a escadaria que levava ao primeiro andar. O fato de que nada tivesse sido alterado tinha o efeito de dar ao aposento, apesar da suntuosa decoração, um ar desolado. O vazio era, naturalmente, a ausência da mãe de Ernst, com seus solenes olhos negros, sua voz estridente. Paul procurou em vão um quadro novo, uma cadeira a menos, mesmo uma mesa fora do lugar, como uma espécie de eixo em torno do qual a nova vida de Ernst pudesse girar.

Talvez, com o cheiro de pó, houvesse alguma leve deterioração. Certamente o corrimão da escada não estava tão polido quanto antes, prova de que os empregados se importavam menos com a casa, agora que Hanny se fora.

Quando acabaram de tomar seu *sherry*, Ernst se levantou e mostrou que deviam passar à sala de jantar. Vendo-o de pé, em seu terno preto de empresário, com apagadas listas brancas, ocorreu a Paul o malicioso pensamento de que o agente funerário no enterro de Hanny era parecido com Ernst.

Servida a sopa, Ernst disse:

—Sinto muito a falta de minha mãe. Ela e eu éramos muito dependentes um do outro. Sinto-me por demais só agora, porque meu pai, lamento dizê-lo, teve de ser internado. Estava inválido, incapaz de cuidar de si mesmo, e na clínica, naturalmente, tratam muito bem dele. O que também significa que o peso dos negócios da família recaiu, em grande parte, sobre os meus ombros. Com a morte de minha mãe e a doença de meu pai, houve muita confusão, mas agora as coisas começam a entrar nos seus lugares.

Paul manifestou sua simpatia num murmúrio.

Ernst continuou.

—Na verdade, sinto que estou melhor agora do que antes. Minha vida parece ter mais sentido, depois que assumi tamanhas responsabilidades. Enquanto meu pai era capaz de gerir a firma, eu não tinha nenhuma iniciativa. Mas voltando à minha mãe: ela admirava muito você, Paul. Sempre disse que teria gostado que você e ela tivessem se tornado amigos. A sua prosa, segundo minha mãe, considerando que se tratava do trabalho de um estudante, era muito promissora, embora imatura.

—Mas pensei que você me havia dito que ela nunca lera nada de minha autoria.

—Oh, terá lido alguma coisa. Você não publicou artigos na *Isis* quando ainda na universidade?

—Publiquei.

—Bem, eu os terei mostrado a ela. Bastariam para que formasse uma opinião sobre o seu estilo. Mamãe tinha muito bom gosto. Sempre disse que você poderia ser um jornalista excepcional. Certos trechos do seu caderno mostravam verdadeiro talento.

Paul sentiu remorsos. Ernst mudou de assunto.

—E como vai a minha querida Inglaterra?

—Na mesma.

—Pois é disso que gosto. A Inglaterra é sempre a mesma. Daí o seu encanto. Gostaria de poder dizer o mesmo da Alemanha.

—Você tem problemas agora na Alemanha?

Ernst sorriu com alguma superioridade.

—Bem, você se lembra dos franco-atiradores que ouvimos no fundo da floresta, nas imediações de Altamunde, naquele fim de semana que passamos juntos, os dois—você se lembra desse fim de semana, espero—, pois eles estão muito mais próximos agora. Como homem de negócios em uma firma que tem ligações com judeus, não deixam que eu os esqueça por muito tempo.

—Como?

—Bem... recebo cartas insultuosas toda semana. Afinal, sou tecnicamente judeu. Tenho um lado judeu.

Depois de uma pausa, Paul perguntou:

—Isso significa que terá de deixar a Alemanha?

Ernst encheu as bochechas, como que para soprar alguma penugem metafórica.

—De maneira nenhuma. Nem pensar. Essas cartas são enviadas por fanáticos, gente estúpida que não compreende a nossa situação.

—Sua situação?

—Penso que minha mãe lhe falou disso, três anos atrás. É que os Stockmanns são alemães que vivem aqui faz séculos. Um de meus tios morreu na guerra lutando pela Alemanha.

—Eu também perdi um tio lutando pela Inglaterra—disse Paul, embora fosse descabido.—Herdei o sobretudo dele. Esse meu tio também era judeu. Tecnicamente.

—Meu tio era tão patriota quanto o tio de Joachim, general Lenz. Joachim também, através do ramo brasileiro da família da mãe dele, tem sangue judeu, embora ele não fale muito nisso, segundo me consta.

—Então por que o perseguem?

—Arruaceiros é o que são. Como aqueles atiradores que conhecemos de Altamunde. Não constituem um fator político ponderável, mas há muitos como eles por todo o país. Vocês têm sorte por não haver gente dessa espécie na Inglaterra.

—E por que eles existem aqui?

—Houve um influxo—talvez eu devesse dizer uma afluência—de judeus na Alemanha, provindos da Lituânia e da Polônia entre 1918 e 1920, depois da guerra—gente muito pobre—minha mãe lhe contou, não foi, de como ajudou alguns deles?—, e a eles se atribuem muitas das desgraças da Alemanha. Mas, embora muitos deles tenham adquirido a cidadania alemã, graças à política liberal—talvez excessivamente liberal—da República de Weimar, são, creio eu, uma população alienígena, que muitos alemães natos veem com maus olhos. Mas os Stockmanns são diferentes. Nós somos alemães. Acresce que somos parte essencial da economia alemã. Minha firma capta uma grande quantidade de divisas no exterior. Os líderes dos partidos nacionalistas sabem disso. O antissemitismo é apenas uma bandeira, para eles. Se os nazistas chegarem ao poder haverá, talvez, umas poucas vítimas entre os imigrantes da Europa Oriental. Isso é muito de lamentar, evidentemente, mas não há nada a fazer. Minha mãe se preocupava com os empregados judeus da nossa firma no seu leito de morte. Mas as coisas podiam ser piores do que são para eles como para nós.

Paul sentiu um desejo perverso de desafiar tanta complacência.

—Joachim me disse que Heinrich se tornou nazista. Ele encontrou, escondido em seu estúdio, o uniforme de membro das tropas de assalto de Heinrich. E depois descobriu que ele faz exercícios militares nos fins de semana perto da casa de Erich Hanussen, em Altamunde, onde há três anos ouvimos os franco-atiradores.

—Não creio que as atividades de Heinrich tenham qualquer importância.

—E Willy está noivo de uma garota de tranças que é alguma espécie de escoteira nazista.

—Willy! Heinrich! Quer dizer que você os tem frequentado depois que está em Hamburgo? Imaginaria que a essa altura você já não se metesse mais com essa espécie de gente. No que tange a Erich Hanussen, ele não tem força nenhuma. Não passa de um fanático recheado de teorias racistas e outros disparates da mesma espécie. Joachim, naturalmente, é pessoa séria, ave de outra plumagem. Mas, se me permite fazer uma observação, tudo isso é típico de Joachim e mostra a sua irresponsabilidade. Como ele mesmo admite, não entende nada de política. Ele não se dá nem sequer ao trabalho de votar, de modo que não creio que as opiniões dele pesem na balança. Joachim julga a situação da Alemanha por Heinrich e Erich Hanussen. Há muito maluco como Hanussen por aí, sem dúvida, alguns deles escrevem livros, e alguns desses livros são publicados, mas essa gente, a rigor, não conta. Suponhamos que os nazistas chegassem ao poder: essa gente toda desapareceria imediatamente de cena. É concebível que os conservadores, os empresários, e também certos aristocratas levem Hitler ao poder no futuro. Mas eles saberão o que estão fazendo. São pessoas com grandes responsabilidades, e Hitler só alcançaria o poder no quadro de condições por eles estabelecidas. Eles o fariam livrar-se de fanáticos e radicais. Seria um prisioneiro deles. É deplorável que Joachim forme suas ideias com base no comportamento de Heinrich e nas atividades de Erich Hanussen.

 Paul não estava escutando mais. Tinha a atenção fixa na natureza-morta de Courbet, com suas maçãs verde-esmeralda e vermelhas em cima de uma toalha de mesa cinzenta contra um fundo coral.

 Ernst disse com vivacidade:

—Se você tivesse vindo há dezoito meses, não teria visto esse quadro. Ele não estava aí.

—Onde estava então?

—Minha mãe o emprestou para uma exposição de arte francesa em Munique. Enquanto o quadro estava lá, um crítico chamado Holthausen, que não gosta da nossa família, escreveu um artigo dizendo que a tela era falsa. Minha querida mãe ficou muito contrariada, não só pelo valor da pintura, que seria, no caso, nulo, ou pelo aborrecimento que foi ter de tirá-la da parede por algum tempo, mas porque uma das fraquezas de minha mãe era seu orgulho do faro que tinha dado prova comprando em Paris uma autêntica obra-prima quando era pouco mais que uma menina.

—Como foi que o quadro voltou a ocupar seu lugar na parede?

—Na verdade, tudo acabou dando certo. Dezoito meses atrás, minha mãe e eu levamos o Courbet a um perito em Paris e ele o autenticou. É, efetivamente, um Courbet. Minha mãe ficou muito feliz, o que foi bom, pois nunca mais ti-

vemos oportunidade de viajar juntos. Assim, sempre que olho para o Courbet hoje, ele me traz gratas memórias.
Paul disse que se alegrava com isso.
—Há um novo *Lokal* que você precisa conhecer— disse Ernst ao terminar o jantar.—É chamado O Moderno. Um amigo meu, que eu gostaria que você conhecesse, toca violino lá. É lituano, e muito talentoso... como amador. Mas o violino não é o verdadeiro interesse dele. Chama-se Janos Soloweitschik.

O bar O Moderno era novo, pequeno, bem iluminado, decorado no que parecia ser o estilo futurista. Nas paredes carmesins, havia retângulos pintados, azuis e amarelos, com partes sobrepostas como cartas de baralho. Logo abaixo do teto, corria uma frisa de bolinhas pretas. As mesas eram tão juntas umas das outras que Paul teve dificuldade em acomodar suas pernas.

A orquestra, um trio apenas, tocava num palanque pouco elevado no fundo da sala. Um pianista calvo, metido num fraque sebento, martelava num piano-armário. Uma senhora estatuesca, que parecia um sofá em pé sobre um dos lados, tocava trompete. O amigo de Ernst, Janos, o violinista, que não teria mais de dezenove ou vinte anos, sobressaía entre os seus colegas. Tinha cabelos negros, compridos, que lhe caíam na testa quando tocava *appassionato* (que era a maior parte do tempo), e quase lhe cobriam os olhos. Tinha um ar de vigorosa alegria. Parecia tratar a coisa toda como uma pilhéria.

Ernst pediu champanhe e mandou drinques à orquestra, que os recebeu com desvanecidas reverências, expressando em seguida seus agradecimentos num florido *prosit!* endereçado a Ernst. Em resposta, o homenageado sorriu e ergueu o copo, mas não se levantou. O público parecia respeitável, se bem que *louche*, de melhor classe inegavelmente que os frequentadores habituais do As Três Estrelas. Ernst estava no seu ambiente ali no O Moderno. Vendia alegria.

Durante um intervalo mais prolongado, Janos veio até a mesa deles. Falava com a cabeça inclinada para baixo, quase timidamente, e sorria com os olhos para o interlocutor, elevando-os, mas só um pouco, e como que por cima da borda de uma taça, como fazem os oradores de sobremesa. Os lábios carnudos, bem modelados, lembravam a Paul os do jovem Desnos, que eram como fatias de melão, no quadro da mansão Stockmann. Janos tinha um ar frívolo, mas dava opiniões de uma seriedade surpreendente, com um grão de ironia, como se pudessem ser tomadas por brincadeira.

—Sou um violinista execrável—foi logo dizendo a

Paul, como se estivesse orgulhoso do fato.—Espero que Ernst lhe tenha dado algodão para pôr nos ouvidos.

—Você, sem dúvida, toca com muito temperamento.

—Refere-se àqueles rangidos e chiados? Bem, vou tratar de reduzi-los na segunda parte do programa. Tocarei só trinados.

—Gostei de vê-lo.

—Mas não de ouvir-me, imagino. Não faz mal. Não tenho intenção de ser violinista para sempre.

—O que fará, depois?

—Estou estudando para ser coisa muito diferente— até oposta, dirá você. Receio que não lhe agrade. É tão terra a terra! O fim para um violinista!

—Mas o que é?

—Você vai rir. Minha vocação é a agricultura.

—E por que está aqui?

—Pode julgar estranho, mas a minha absurda ambição, para cuja realização economizo tudo o que ganho neste bordel, é ir para a Palestina e viver num *kibutz*, semeando e colhendo.

—Por que na Palestina?

—Penso que não há futuro para o nosso povo na Europa. Não posso fazer carreira aqui. Não posso ser comunista nem socialista, apesar de simpatizar com as duas correntes, porque não gosto da ideia do socialismo em grande escala, aplicado a um país inteiro. Haverá tantos formulários por preencher! Penso que o socialismo, se sua intenção é fazer a felicidade das pessoas deixando que permaneçam elas mesmas, só funciona em comunidades pequenas, nas quais todo mundo conhece todo mundo pelo nome, e trabalha para si mesmo, mas também para a família e os amigos, gente com quem se vai comer no fim do dia. Uma comunidade assim é como uma família verdadeira de irmãos e irmãs, e um número tão reduzido quanto possível de pais e mães, espero. Falar que o Estado é uma família é hipocrisia. Ninguém conhece ninguém num Estado, de modo que tudo se resume, ao fim e ao cabo, em regulamentos para as massas. Impor a ideia de família a um grupo de desconhecidos é repressão. Ou assim penso eu. Talvez me achem absurdo.

E riu, como se não estivesse falando a sério todo o tempo. Paul também riu.

—Prefiro ouvi-lo falar a ouvi-lo tocar violino.

—Venha comigo para o *kibutz*!—disse Janos, impulsivamente, debruçando-se para a frente de chofre, muito intenso, como se brincasse apenas um pouco, como se quisesse, talvez, ser tomado ao pé da letra.

—Não creio que possa fazer isso. Mas, seja como for,

para onde exatamente você vai? — perguntou Paul, subitamente excitado e pensando: "talvez eu vá — para estar com ele!"

— Não me ouviu, caríssimo? Eu já disse, com toda a clareza, que vou para um *kibutz* na Palestina. Lá estarei com o meu povo, mas como parte de uma família. Acha que estou louco? Quer ser meu irmão?

A trompetista soltou um tremendo sopro no seu instrumento. Com um fascinante sorriso de despedida, Janos correu para o palanque, pegou o violino, botou-o debaixo do queixo, levantou a cabeça e embarcou num gorjeio dinâmico, frase de abertura de alguma peça que tinha a ver com Mefistófeles.

Ernst perguntou:

— O que achou do meu amigo Janos?

— Maravilhoso! Ele vai mesmo para a Palestina?

— Bem — disse Ernst, com um sorriso superior. — Penso que no momento ele acredita que sim. O importante é que está, de fato, estudando agricultura.

— Você quer que ele vá?

— Se ele tem mesmo essa intenção, sim, quero. Quem sabe? Talvez eu me reúna a ele um dia.

— Deixando tudo o que tem aqui?

— Não tudo, talvez. Tenho responsabilidades aqui, mas meus interesses não estão confinados à Alemanha. Não inteiramente. — Parecia deleitar-se com a multiplicidade dos seus interesses. — Talvez — continuou —, em parte por causa da morte de minha mãe, esteja atravessando uma fase de incerteza: não sei bem a que nação aderir.

— Como não sabe? Sua mãe não insistiu sempre que vocês eram alemães?

Ele pôs a cabeça de lado, calculando, considerando.

— Depende do que "ser alemão" signifique. Parece ter significado diferentes coisas em diferentes períodos da nossa história. Houve momentos em que até Goethe se sentiu um estrangeiro na Alemanha — sentiu-se francês, teve ódio dos alemães. O mesmo aconteceu com Hölderlin, que se julgava um ateniense do século V a.C. Ou Nietzsche. Ou Rilke, insistindo que era tcheco. Quando a vasta maioria dos alemães se sente muito alemã, a minoria pode começar a sentir-se um pouco estrangeira.

— A que nacionalidade você se sente pertencer no momento?

— Como você sabe, eu sou bilíngue — trilíngue, realmente, se contar o francês. Às vezes acredito, por causa da língua, que sou mais inglês que alemão. Embora tenha possivelmente uma sensibilidade francesa. Sou *nuancé*. Recentemente, penso em inglês cada vez mais.

—E em francês?

—Não, na verdade não, embora por vezes me sinta um pouco *rive gauche*.

—E alguma vez se sente judeu?

—É raro, mas talvez um pouquinho todo o tempo. Penso que existem duas maneiras de ser judeu. Uma é o resultado das coisas que seus vizinhos gentios lhe fazem. Outra, da distinção que você mesmo faz entre você e esses gentios, seus vizinhos. Na Alemanha de hoje, os vizinhos gentios fazem o diabo com os judeus. E alguns judeus começam a sentir mais fundo a diferença que os separa deles.

Janos estava tocando um solo, muito húngaro, muito cigano, muito pungente. Ernst disse:

—Janos me faz pensar que há uma terceira maneira de ser judeu: indo para um *kibutz* na Palestina. Se ele for, talvez eu vá também, depois. É possível, apenas possível. Mas ir para lá sozinho, não. Preferia ir para a Inglaterra. Um dos motivos pelos quais gosto tanto de Janos é pensar que minha mãe teria gostado dele. Ela tinha muito orgulho do seu sangue lituano, cultivava seus parentes lituanos, gostava sobretudo de um sobrinho-neto, muito parecido com Janos. Pode parecer fantasioso para você, mas há ocasiões em que estou com Janos e sinto que minha mãe sorri do alto para nós. Uma vez até ouvi que ela me dizia num murmúrio: "Ernst, por que você não adota Janos? Assim, eu teria um neto!"

4 de dezembro de 1931. Do caderno de notas de Paul:

Lothar me apareceu às sete, a noite passada. Explicou que depois que eu lhe dei o dinheiro para a passagem para Stuttgart, a semana passada, ele fora diretamente para a estação. O trem só viria à meia-noite. Como ainda eram só nove horas, ele se deitou num banco, pôs a cabeça num travesseiro improvisado, feito com o paletó e o gorro, e dormiu. Quando acordou, às onze, seu gorro estava no chão, passagem e dinheiro haviam desaparecido. Perdera o emprego e não podia mais viajar. Será que eu lhe daria outro dinheiro? Só o estritamente necessário para comprar uma segunda passagem—disse. Iria a pé até a estação e não comeria nada a noite inteira. Queria só a importância da passagem, repetiu.

Eu respondi que não acreditava na história pois estivera com Ernst no dia seguinte e ele me contara que o tinha visto no As Três Estrelas.

—*Das ist eine Lüge, es ist nicht wahr*—disse Lothar.
—Por que mentira?
—Por que não vi *Herr Doktor* Stockmann no As Três Estrelas naquela noite.
—Quando foi que o viu, então?
Lothar pareceu fazer um cálculo rápido nos dedos.
—Na noite anterior à da viagem.
—E é exato que ele também lhe deu dinheiro para a passagem?
—*Das ist auch eine Lüge*—disse Lothar. E acrescentou: —Todo mundo no As Três Estrelas sabe que Ernst Stockmann não dá nunca nada a ninguém.
Eu não quis entrar no assunto da personalidade grandemente mudada de Ernst. Disse:
—Bem, custa crer que a passagem que você comprou e o dinheiro que eu lhe dei foram furtados do seu gorro.
Por dois minutos Lothar guardou um silêncio impressionante. Depois disse:
—Eu pensava que você era o meu melhor amigo, diferente de todos os outros.
—Eu ainda sou seu amigo. Apenas acho essa história difícil de acreditar...
Ele se afastou da mesa e foi até a armação da cama, onde se deixou ficar, imóvel, direito e como que em guarda junto dela, exatamente como havia ficado junto de mim enquanto eu olhava, no parque de diversões, a máquina do *peep-show*, com aquela quietude que eu achava tão estranhamente comovedora. Por algum obscuro motivo, lembrei-me na hora de como, levantando ou deixando cair a mão, sua conversação se limitava, de regra, a dizer, no seu dialeto alemão do norte, o *Platt-Deutsch*, *Ja* ou *Nay* (e não *Nein*) como os *Yea* ou *Ney* da versão inglesa da Bíblia.
Depois ele disse:
—Você tem aquelas fotografias que tirou de mim e das quais me prometeu cópias?
—Sim.
Fui até a mesa, pousando a mão um momento no ombro de Lothar ao passar. Tirei as fotos da gaveta e dei-as ao rapaz. Ao fazê-lo, eu as vi de relance, sentindo que eram belas porque o modelo era belo. Como pode uma estátua ser mesquinha e interesseira?
Ele as segurou à altura do peito e olhou-as uma a uma. E uma a uma ele as rasgou, espalhando os fragmentos pelo chão. Depois fez o mais longo discurso que eu jamais ouvira dele.

—Se você não acredita na minha palavra não quero que tenha fotografias minhas.—Disse isso com grande seriedade, acrescentando:—Tudo o que lhe peço é que destrua os negativos.—E aquilo foi ato de última vontade e testamento.

Paul via agora que, para Lothar, a verdade e a questão de ter ele mentido ou não a respeito das passagens e do dinheiro eram coisas inteiramente diferentes. A verdade estava ligada à amizade e à convicção que tinha de que Paul era seu maior amigo, *der Engländer*. Esses conceitos eram como medalhas. Espada de honra. Pertenciam a uma ordem de coisas superior a uma passagem de trem e alguns trocados. A verdade eram as fotografias dele espalhadas, aos pedaços, pelo chão do quarto. Paul arruinara tudo expondo a contradição entre a Verdade e uma mentira relevante, ditada pela meia-necessidade.

Paul disse:

—Não vou lhe dar os negativos. Vou mandar copiá-los para enviar a você uma nova coleção em Stuttgart.

Lothar, que tinha os olhos postos no chão, ergueu a cabeça meia polegada.

—Não, se você não confia em mim...

—Eu confio em você—disse Paul. E acrescentou: —Dessa vez eu vou com você até a estação, acompanho-o até o vagão e lhe dou algum dinheiro e sua passagem. Enquanto esperamos pelo trem, podemos comer sanduíches no bar e tomar um drinque de despedida.

Três horas depois, Paul viu o fim do trem desaparecer na treva, como a cauda de um dragão, quando fez a curva para além da extremidade da plataforma.

Caminhou para o guichê onde, três anos antes, vira Ernst Stockmann à sua espera, quando viera pela primeira vez a Hamburgo. Depois saiu para a rua. Não mais teria de comprar *Danegeld* para Lothar! Mas então, de chofre, inesperadamente, como uma tontura violenta, sentiu-se terrivelmente só e como se fosse cair por terra.

Não podia voltar para casa, isso era certo. Sabia que tinha de ficar andando pela rua, sem destino. Esta, a loucura do jovem poeta inglês: caminhante solitário, por charnecas desoladas e praias selvagens, resmungando consigo mesmo, gritando obscenidades ao vento, ouvindo as vozes dos coros angélicos nas nuvens procelosas. Às vezes, enquanto caminhava, uma toada surgia nos seus ouvidos, que Paul passava a cantarolar entre os dentes, improvisando variações do tema, lentas e rápidas, tristes e arrebatadas.

Caminhando, ele procurava resolver problemas do seu romance. Desses, havia um que o perseguia desde a conversa com Joachim no restaurante vegetariano (Não! Desde o dia em que Joachim derrubara Heinrich durante a excursão pelo Reno) e era: por que ele tomava secretamente o partido de Heinrich contra Joachim quando Heinrich não estava apenas sendo estúpido, mas ventilando opiniões que Paul abominava? E agora, de súbito, tinha a resposta. Era que Joachim estava sendo obstinadamente estúpido no que dizia respeito a ele mesmo. Ele queria que Heinrich refletisse a existência pervertida, sensual, animal, que era a imagem oculta dele mesmo, Joachim, no seu coração. Pagando por Heinrich, ele subsidiava a imagem no espelho da sua própria e mais negra natureza. E, todavia, ao mesmo tempo que queria que Heinrich fosse mau, queria que ele o fosse como indivíduo, tal como ele mesmo, Joachim, era um indivíduo—belo animal, raposa ou lince. O intolerável para Joachim era que Heinrich se afundasse na massa anônima dos seus companheiros malfeitores—os membros das tropas de assalto. Mas fora o próprio Joachim que o levara à situação em que havia feito essa escolha.

Paul alcançara a passagem de pedestres que acompanhava o lago ao longo da rua. Para além das grades, na escuridão tremeluzente, viu ondas rilhando como dentes às imagens refletidas das torres, distantes, perpendiculares, invertidas.

Atravessando a rua, Paul tomou uma passagem secundária que levava, por outras ainda mais obscuras, até a pensão Alster, onde tinha seu quarto, diminuindo de escala à medida que as ruas iam se estreitando.

—Burro! Idiota! Hipócrita!—dizia para si mesmo.—Você sabe muito bem que, fosse qual fosse o comportamento de Joachim, Heinrich seria o mesmo. Exatamente. Dada a existência dos nazistas, Heinrich teria se juntado a eles. A verdade era que a existência deles definira para Heinrich seu nível. Ele se incorporara à massa dos que não eram nada (como ele mesmo) e à qual, por conseguinte, já pertencia—exceto que eles não estavam lá três anos antes. Certamente que Heinrich e os outros como ele eram vítimas: vítimas do Tratado de Versalhes, vítimas das reparações, vítimas da inflação, vítimas das suas infâncias de fome e maus-tratos. Mas eles seriam o que eram sem nada disso, a maior parte deles. A maior parte (talvez houvesse exceções) porque já eram isso. As injustiças apenas serviram para dar-lhes desculpas de ser o que eram, desculpas para que eles, escória do mundo, subissem do fundo para a superfície, cobrindo-a de uma vasa pardacenta.

E não se poderia dizer a mesma coisa da própria

Alemanha, em escala nacional? Todas aquelas coisas que Erich Hanussen havia dito sobre o tratado de paz — de cuja injustiça Paul não duvidava — não passavam de desculpas, desculpas para a emergência de uma caricatura uniformizada da indignação bem-pensante — o fanfarrão Hanussen e seus comandados.

A retórica porejou sua imundície na mente de Paul, vulgar, pública, detestável como os seus alvos. Ele poderia ser igualmente um homem público, fazendo discursos, escrevendo cartas aos jornais, sempre indignado, sempre impoluto.

Seus amigos não eram assim. Wilmot e Bradshaw desprezavam tudo o que fosse público, político e jornalístico.

Wilmot falava e escrevia como indivíduo, sem a pomposidade da retórica. Ele via que a sociedade — uma vez que constituída de indivíduos — só podia ser recuperada recuperando-se todos os indivíduos, um a um, mas via também que essa era uma proposição grotesca. Podia rir do absurdo da coisa e de si mesmo, por ser absurdo. Absurdo agora, que já não havia remédio para os atiradores de Altamunde, a não ser curá-los um por um, individualmente. Paul se deteve no meio da rua e riu histericamente, imaginando, à maneira de um poema de Wilmot, equipes de sanitaristas vestidos de branco caídos de paraquedas na floresta (alguns deles dependurados nos ramos dos pinheiros) perto da casa de Erich Hanussen em Altamunde e curando Heinrich e seus companheiros pela dragagem das infâncias oprimidas do subconsciente deles, que ficavam liberados para fazer amor de forma surreal. Via Erich Hanussen, vestido como o líder de um brinquedo de cabra-cega, apitando o jogo em orgias das suas liberadas tropas de assalto, cujo ódio se transformara em amor. Via-os fodendo na praia em que ele, Paul, se tinha deitado com Irmi.

Chegou a um espaço aberto, onde a rua que ele agora descia correndo cruzava com uma larga avenida. Tinha de atravessar essa avenida para chegar à rua, estreita, da pensão Alster. Uma lâmpada brilhante, suspensa de uma cruz de fios convergentes, luzia como a estrela de Belém bem no meio da encruzilhada. Viu então figuras indistintas como fantasmas que corriam ao longo da sarjeta pela avenida em que ele os observava, postado na calçada oposta. Havia dois grupos. O dianteiro, em uniformes nazistas, era perseguido pelos Vermelhos, que usavam casquetes com distintivos, paletós ou blusões de lã grossa e calças que pareciam azul-escuras ou gris. Brilhavam como couro. Os dois grupos gritavam *slogans*, dos quais reconheceu o *"Deutschland erwach!"*, que se chocava com o *"Rote Front!"* do segundo grupo. Os Vermelhos, que iam no encalço dos Camisas Pardas, conseguiram alcançá-los e se lançaram sobre eles. Paul viu um lampejo de faca. Um dos rapazes do grupo, que não estava de uniforme e, por esse motivo, parecia pateticamente não militar, caiu por terra. Os Camisas Pardas continuaram em disparada enquanto os Vermelhos pararam para socorrer o camarada ferido. Ergueram-no e pareceram arrastá-lo para o escuro. Os dois grupos estavam agora invisíveis para Paul. Alguns momentos mais tarde, a distância, ouviu um tiro.

Chegando à pensão Alster, foi para o quarto, tirou a roupa e deitou-se. Dez minutos depois, ouviu a sirene de uma ambulância e carros de polícia que passaram correndo e pararam. Sabia que seria impossível dormir. Via os olhos de Joachim como os vira do outro lado da mesa, no restaurante vegetariano, quando lhe contava sua vida com Heinrich: os olhos de um diretor de cinema que, por trás da câmera, controla os atores em cena. E a cena eram bandos de moços em perseguição uns dos outros na treva. A lâmpada de rua, que brilhava no alto do cruzamento, parecia agora mais comprida e fina que a estrela de Belém, lançando longos filamentos de luz que se pegavam aos rapazes, emaranhando-os numa sinistra teia cor de cinza. As casas das esquinas eram agora como exércitos concentrados na sombra para o ataque. Diante dos seus olhos, passavam e repassavam aqueles grupos de moços, os de uniforme perseguidos pelos que usavam jaquetas ou suéteres, casquetes de pano e o que parecia ser braçadeiras. Via então o brilho da faca, a queda do rapaz e a matilha dos nazis em fuga, enquanto os Vermelhos erguiam do chão seu camarada abatido.

Se não tivesse ouvido as estridentes sirenes dos carros de polícia e da ambulância, pensaria que havia sonhado o que certamente tinha visto.

A primeira luz que brilhou na parede acima da cama foi como um amigo que pusesse a mão de leve no seu ombro, um amigo que o fazia dormir ao invés de despertá-lo. Paul dormiu até o meio-dia. Quando se levantou, leu um poema que havia escrito na semana anterior. Parecia tedioso. O que escrevera não prestava. Pegou o caderno e registrou nele uma descrição da cena da despedida de Lothar. Lá fora, o tempo era o melhor das últimas semanas. O quarto se enchia de luz. Decidiu aproveitar a claridade para tirar uma fotografia dele mesmo—*Retrato de jovem poeta em sua mesa de trabalho*. A câmera tinha um dispositivo de atraso que lhe permitia fazer isso.

Atarraxou-a no tripé, focalizando através do vidro, mesa, cadeira e caderno. Acionou o mecanismo, deu a volta, sentou-se na cadeira, pegou a pena e escreveu. Tentou se concentrar para que seu rosto assumisse uma expressão inspirada. Podia ouvir o zumbido da câmera. No exato momento em que a lente fez um clique e a fotografia foi tirada, ouviu-se um insistente martelar na porta do quarto e a voz irada e alta da sua senhoria.

— *Sie haben Besucher, Herr Schoner!* O senhor tem visitas. — Depois, uma mão, que não era a dela, abriu a porta com violência. O gesto foi acompanhado de uma gargalhada homérica. William Bradshaw entrou. Disse:

— Bem! Exatamente o que seria de esperar! Tirando a própria fotografia!

Bradshaw vestia um paletó de *tweed*, um pulôver cinza de tricô e calças cinza de casimira. Levava no braço um pesado sobretudo azul-marinho. Em companhia dele, vinha um rapaz de rosto opado, nariz arrebitado, lábios cheios e olhos de bacorinho. Tinha o cabelo colado para trás com brilhantina e usava um terno sensacionalmente novo. Cada vinco da roupa era tão marcado quanto o vértice de um sólido triângulo. Também calçava sapatos engraxados com esmero para parecerem espelhos marrons.

— Permita-me apresentar-lhe Otto! — disse Bradshaw, numa voz que denotava estar Otto decididamente sob sua proteção. Paul apertou a mão do rapaz com entusiasmo. Otto produziu a única frase em inglês que sabia.

— *How do you do?*

— Como veio parar aqui? Por que não me avisou com antecedência? Quando chegou? — perguntou Paul.

— Chegamos a noite passada. Telefonamos no mesmo momento, mas você não estava em casa. E não avisamos porque só ontem decidimos vir.

— Por que tão subitamente?

— Para dizer a absoluta verdade, na noite de anteontem para ontem tivemos uma briga medonha. Sabe, Otto e eu dividimos um quarto na casa dos pais dele, em Hallesches Tor, que é o East End de Berlim. E quando digo "um quarto", quero dizer uma cama estreita com um espaço de cerca de doze polegadas à volta. Este seu quarto é palacial em comparação — disse correndo os olhos, sorridentes e atentos, pelo teto e pelas paredes do quarto de Paul. — De modo que uma briga como a que nós tivemos há duas noites acorda todo o Hallesches Tor, o que não nos faz pessoas muito estimadas na vizinhança. Pensei que o melhor seria cair fora, temporariamente, mas o mais depressa possível. Neste momento da história, a polícia de Berlim não tem lá grande estima por estrangeiros, e se minha permissão de residência for revogada, estaremos, os dois, perdidos. De modo que compramos para Otto essa fatiota nova em folha e tomamos o primeiro trem para Hamburgo a fim de lhe visitar. Eu avisei, não foi, que um dia apareceríamos sem aviso prévio? Temos um quarto, se é que se pode chamar àquilo de quarto, no hotel da estação. Espero que não tenhamos chegado impropriamente cedo.

William estava no meio do quarto. Sorrindo, ergueu os braços, como se dissesse que não havia nada a fazer. Depois, deixou-os cair com uma risadinha. E abraçou Paul.

—É maravilhoso vê-lo de novo. Quanto tempo podem ficar?

—Sei que é imperdoável, Paul, mas só podemos ficar duas noites. O motivo principal da visita é convencê-lo a vir a Berlim.

—Mas têm mesmo de voltar amanhã?

—Sim. Lamento muito, mas a visita é curta. *Herr* Fischl não quer apenas que eu escreva cenas para ele, quer aulas de inglês também. O fato é esse, então: tenho de ensinar inglês todos os dias da próxima semana a esse rico diretor de cinema. É uma espécie de curso intensivo, pois ele tem de estar em Hollywood logo em seguida. Não podemos perder uma única aula, nenhum de nós, e principalmente eu, depois da despesa que fiz com o terno novo de Otto. Além disso, talvez eu também tenha de ir a Hollywood dentro de alguns meses. Quem sabe? É claro, e nem vale a pena dizer, que recuso dar um passo se Otto não vier comigo. Esse é o acordo que temos, e ou Fischl o honra ou terá de arranjar-se sem mim.—Disse e olhou para Otto, que olhou para Paul, sorriu, espetou-lhe afetuosamente um dedo nas costelas e disse:

—*Du.*

William sentou-se na cama de Paul, deu mais uma risada e fez:

—*Hmm!*

Embora William lhe tivesse dito que o quarto deles no bairro pobre de Berlim era menor que aquele seu de Hamburgo, Paul sentiu que, em termos de ação, o seu se reduzira a um ponto.—Paul—disse Bradshaw—, devo reconhecer que você terá de pagar alguma coisa pelo prazer da nossa visita. Creio haver mencionado em minha carta que o pai de Otto foi piloto no porto de Hamburgo. Bem, a fim de persuadir Otto a vir, eu lhe prometi que faríamos uma turnê pela baía a fim de ver o que, suponho, Hamlet teria reconhecido como os antros frequentados pelo fantasma do seu progenitor. Também prometi a Fischl escrever uma cena tendo o porto como cenário.

—Sankt Pauli—disse Paul.—Eu mesmo irei lá com prazer. Vou chamar uns amigos e, juntos, nós lhes mostraremos essa zona toda.

—Certamente. Ficaremos encantados. Já ouvi muita coisa sobre a zona boêmia de Hamburgo, de Wilmot, quando aqui esteve, pela primeira vez, em 1927. Mas quando falei no porto não estava pensando em Sankt Pauli, mas no porto propriamente dito—alcatrão, navios, diques secos, píeres, guindastes, água, óleo, peixes, marujos, a coisa toda.

No táxi, a caminho da zona portuária, Paul disse:

—A noite passada, ou melhor, nas primeiras horas desta manhã, tive um grande choque. Vi uma gangue de nazistas assassinar um Vermelho em plena rua, debaixo da minha janela da pensão.

Não era um relato fiel do que acontecera, mas, a fim de prender a atenção de William, Paul tinha de comprimir a informação no menor espaço possível.

—O que aconteceu?—perguntou William. E então Paul contou a história.

—Devo dizer que é terrível. Demônios! Porcos! Mas em Berlim acontece a mesma coisa todo o tempo. É parte do nosso cotidiano. Ainda na semana passada, em Uhlandplatz, vi um rapaz ser morto a tiros diante dos meus olhos. Os assassinos estavam em um automóvel e corriam tanto que foi impossível verificar a que lado pertenciam. E, naturalmente, não há polícia, nem prisões, nada. Quero crer que o morto fosse um comunista, mas não se pode ter certeza disso. Pode ter sido, ao contrário, um nazista—quero dizer, os comunistas fuzilando um nazista. Não são tão diferentes assim, uns dos outros, e vivem mudando de lado.

William olhou para longe com a testa franzida. Debaixo das sobrancelhas feitas de colmo, os olhos eram brilhantes e o olhar fixo. A boca rasgada parecia provar um remédio amargo.

—Tudo conduz a uma catástrofe indescritível—disse, como se visse com horror o futuro.—A destruição do mundo como o conhecemos. *Das Ende!*

Quando chegaram ao porto, o cais parecia deserto. Só havia os desempregados, uns poucos transeuntes, homens da marinha mercante, homens carregando embrulhos. Não havia turistas nem anúncios de cruzeiros turísticos pelo porto. Por algum tempo, caminharam sem rumo ao longo do cais. Paul sentia a frustração dos que têm hóspedes vindos especialmente com um objetivo que o anfitrião não sabe satisfazer. Otto estava emburrado, e William parecia a ponto de voltar para Berlim. Foi quando Paul viu um homem, que vinha na direção deles, e cuja fisionomia lhe pareceu vagamente familiar. Vira-o, sem dúvida, três anos antes. De súbito se lembrou quem era: o dono do bar The Fochsel, com sua mandíbula de Mussolini. Tinha ido lá com Ernst, Joachim e Willy na sua primeira noite em Sankt Pauli. Lembrava-se do bar apinhado, com seus grotescos objetos: os grandes morcegos pregados às paredes como brasões de armas, o jacaré empalhado, a divisória de palha seca no fim do balcão. Lembrava-se da completa indiferença daquele brutamonte ao riso que os objetos que o rodeava provocava nos fregueses. O taverneiro foi com seu andar gingado até a amurada e ficou olhando com ar de proprietário para uma lancha amarrada aos enferrujados degraus de concreto que levavam até a água.

—É sua?—perguntou Paul.

O taverneiro, cruzando os braços no peito, olhou em silêncio para Paul sem qualquer sinal de reconhecimento.

William Bradshaw, que se adiantara, perguntou com exagerada polidez, o que era mais fácil para ele fazê-lo em alemão do que em inglês, se, por dinheiro, ele se disporia a levar aquele pequeno grupo de dois estudantes ingleses e seu jovem amigo alemão, vindos todos de Berlim, onde ele mesmo morava, para uma *Rundfahrt* da baía no seu barco, excepcionalmente belo.

—*Nein. Das will ich nicht*—respondeu o taverneiro.

Mas talvez o estimado senhor tivesse conhecido no passado o pai do jovem alemão ali presente (puxando Otto nesse ponto) e que muito desejava visitar o cenário das atividades do pai como piloto em Hamburgo e Cuxhaven vinte anos atrás.

—*Nein*—repetiu o homem.

William tirou do bolso uma nota de cinquenta marcos e ficou com ela na mão.

O taverneiro disse.

—Esperem aqui dez minutos.—Voltou, depois, alguns passos pelo cais e abriu a porta lateral de uma casa que Paul reconheceu como sendo a do próprio bar The Fochsel. Mais dez minutos, e ele voltava com um bujão de gasolina debaixo do braço. Sem dizer uma palavra a Paul ou a William, fez um sinal de cabeça a Otto, que o acompanhou pela escada de concreto e entrou com ele na cabine da lancha. Houve um silvo nas entranhas do barco, e logo Otto e o homem emergiram. Otto trazia um copo e uma garrafa. Entrementes, William e Paul tinham embarcado. Caminhando pelo deque, haviam passado a portinhola da cabine e ido até a proa. Houve um ronco, e a lancha saiu para a baía, com o taverneiro de pé à popa, controlando a barra do leme. Otto, carregando garrafa e copo, já desaparecera de novo escada abaixo, para a cabine.

—Deixemos que Otto tenha essa experiência sozinho —disse William. —Ele deve querer isso. Estará melhor sem nós.

—Uma âncora enferrujada jazia no triângulo do deque, pintado de amarelo, à frente de um sarilho. Quando o barco se afastou do cais e se dirigiu para o porto, William ficou de pé, com os olhos postos no mar, apertados, perscrutando a distância. Seu perfil, com o nariz projetado para a frente debaixo do cenho, era como o bico de um albatroz que estivesse suspenso no ar alguns pés acima do convés de um baleeiro. Havia tamanha tensão nas linhas em torno de sua boca que o barco parecia mover-se dirigido pela sua vontade. Paul disse, rindo:

—William, é como se você estivesse conduzindo o barco por pura força de vontade.

William achou graça.

—Se eu não concentrasse toda a minha força de vontade em manter este barco à tona, ele afundaria como um prego INSTANTANEAMENTE. —Disse isso numa voz como a de Wilmot, separando a palavra "instantaneamente" do resto da frase. Depois berrou, na sua voz habitual:

DA
Damyata: o barco respondeu
Alegremente à mão experimentada em matéria de vela e de remo

—Hmm—concluiu. Depois tornou a berrar. —DA! *Damyata*—e num italiano deliberadamente mal pronunciado: —*Poi s'ascose nel foco che gli affina.* —Isso foi seguido por—Hmm! "A incrível audácia da rendição de um momento"—e quantas milhões dessas já tive. Rendição! Pois não sei como é?

Embora alguns dos guindastes parecessem enferrujados, as vidraças de alguns dos edifícios partidas, algumas docas desertas, era grande a atividade no porto. Olhando atentamente para um petroleiro que passava e para um cargueiro de Caracas que desembarcava fardos num cais, William disse:

—Bem, vejo agora o sentido de Hamburgo. Como sempre, Wilmot estava certo.

—Hamburgo não pode ser tão excitante quanto Berlim, segundo tudo o que você me escreveu.

—Nada, absolutamente nada neste mundo se pode comparar com o alvoroço de um grande porto com toda a sua parafernália—guindastes e gruas e tanques de combustível e píeres apontando como peças de artilharia para o mar.

Os portos têm nomes para o mar! Hmm—continuou, correndo os olhos em volta pelos objetos em questão.—Todo esse equipamento! Gostei muito do seu poema "O porto". O porto que suga ou cospe fora os navios pejados de carga. Como uma imensa vagina, que apita, grita, ferve, e na qual ESPORRAM os espermatozoides de língua estrangeira do mundo inteiro. E um cu que expele todos os seus refugos, todo o seu lixo, de volta no oceano—acrescentou.

Escandia as palavras aos berros, com o exagero cômico da sua panelinha, que consistia em Wilmot, nele mesmo, e em dois outros mais, no máximo.

Paul insistiu:

—Mas as pessoas de Berlim são mais excitantes que as de Hamburgo, aposto!

—As pessoas! Sim, é isso! Mas as pessoas estão reduzidas às suas dimensões humanas, enquanto que o porto tem a escala... da lua, digamos. Hamburgo é um lugar de docas de pedra e gruas gigantes. Hmm. Aves pernaltas de aço! Berlim é uma enorme eclusa, um bueiro, um desaguadouro.—Deu sua risada habitual, que era uma espécie de latido explosivo, depois fez de novo "Hmm!" e continuou:

—Todo mundo em Berlim é igual, realmente igual, mas enquanto indivíduo, não como alguma espécie de unidade social ou denominador comum. Há gangues nazistas e gangues comunistas. Mas, na verdade, nenhum *Berliner* dá a mínima bola para elas. Estão além da política, que é como se estivessem além do bem e do mal. Em Berlim, todo mundo fala com todo mundo, mesmo que não fale alto. Mas todos sabem tudo sobre todos a um simples olhar. Ricos ou pobres, estudantes ou professores, intelectuais e *barmen*, todos partilham a mesma vulgaridade. E tudo se reduz a sexo. É uma cidade sem virgens. Nem as gatinhas e cadelinhas são virgens. O templo de Berlim, onde todos se encontram e rezam, é a pensão, e a sacerdotisa é a dona da pensão, que sabe a sujeira dos seus inquilinos. Quão verdadeira é aquela observação de um grego antigo—Homero ou Ésquilo ou Platão ou qualquer outro—de que *Panta rhei*: tudo flui. Ele devia estar pensando em Berlim. E Goethe, naturalmente, viu isso. Que fantástico: *"Und was uns alle bindet, das Gemeine"*. Ele devia estar pensando em Berlim.

—O que significa isso?

—Como vou saber o que é que significa? Eu não sou um professor!—disse William, emitindo de novo aqueles sons peculiares que acabavam em riso. Por fim, disse "Hmm" e bateu os braços contra o próprio corpo, como se abraçasse a si mesmo.

—Bem, dê pelo menos uma tradução aproximada.

—*Ja!* Uma tradução muito, muito grosseira, tão grosseira que você vai saber ainda menos o que a frase significa em inglês, você que não sabe o que ela significa em alemão! Como já disse, não tenho a menor ideia do que seja. Não sou um professor. Ouvi isso de Wilmot, mais de uma vez, achei bonito e pronto: adotei a expressão.

—Bem. Aproximadamente então. Só aproximadamente.

—Bem, tudo o que sei é a minha ideia do que quer dizer e que pode ser inteiramente falsa. Mas para mim, eis o que significa: *"That's what makes all one—we're all vulgar!"* —William pronunciava as palavras inglesas como uma paródia de como elas soavam quando ele as dizia em alemão.—Somos todos vulgares! Irremediavelmente, irrecuperavelmente vulgares! Hmm! Comuns! Baixos!

O barco retornara ao cais, parando no mesmo lugar onde o tinham tomado. Foram buscar Otto à cabine. Ele parecia estonteado. William disse:

—É evidente que Otto recebeu alguma espécie de iluminação aqui. Ele não nos quer contar isso, e eu não lhe perguntarei nada. *Le retour à Hambourg* para ele. É como Proust. Recapturando os dias perdidos do pai antes que ele mesmo, Otto, nascesse. Desse impasse, o seu novo começo.

Tomaram um táxi para o hotel, perto da estação em que William e Otto estavam hospedados. William subiu correndo ao quarto, onde apanhou a primeira parte do seu romance *The North-West Passage*. Passou o manuscrito a Paul, que tirou do bolso seis poemas datilografados e deu a William.

Combinaram que Paul se encontraria com William sozinho no café do hotel às seis da tarde para discutirem esses trabalhos. Otto, que precisava de horas de repouso, ficaria dormindo até o jantar.

Paul correu para o quarto, comprando um sanduíche *en route* a fim de não perder, com o almoço da pensão Alster, uma preciosa hora de leitura de *The North-West Passage*. Deitou-se, rasgou o envelope que continha o original do romance e começou a ler, estático. A letra de William era miúda, clara como letra de fôrma, embora ele não procurasse imitar os tipos, e tinha olhos que falavam com Paul enquanto lia. A narrativa era tão clara quanto a caligrafia. O romance punha a nu o que havia de mais íntimo no comportamento dos seus personagens de Berlim, como se os abrisse com um amoroso escalpelo.

Duas horas depois, sentado no café, Paul disse a William o quanto gostara de *The North-West Passage*. Com igual alvoroço, William louvou e criticou versos dos poemas de Paul. Em seguida, ambos falaram da poesia de Wilmot.

Era a exultação de jovens escritores em sintonia um com o outro, que sentiam que suas obras, embora independentes, convergiam na expressão da resposta da sua geração à vida. Embora cônscios do quanto diferiam na maneira de escrever e viver, identificavam-se em suas ambições, derrotas e triunfos. Cada um sentia o sucesso do outro tão intensamente quanto o seu próprio. Para Paul, a poesia de Wilmot e a ficção de Bradshaw eram como o próprio sangue que lhe corria nas veias. O romance que tinha na cabeça sobre sua vida em Hamburgo era uma carta que dirigia a Wilmot e Bradshaw.

William insistiu para que comessem, os três, num restaurante dos mais modestos, perto da estação. Atravessava uma fase de austeridade: vivendo como Karl, o personagem de seu romance baseado em Otto, vivia no limite da inanição; embora o mesmo não fosse exato sobre o verdadeiro Otto que vivia melhor, segundo o padrão que ele conseguia extorquir de William. William escolheu o prato mais barato do menu: *Lungensuppe*—sopa de bofe. William tinha um segundo motivo para esse tipo de dieta: demonstrar a Otto que ele se sacrificava comendo pouco a fim de pagar o terno e os sapatos. Uma espécie de jogo de mímica. Esse comportamento indicava que um novo pedido por parte de Otto significaria, para William, a morte. Otto, que pediu *Schweinkotelette*, parecia insensível àquele teatro. Em parte para apoiá-lo, em parte para chamar a atenção de Otto para a difícil situação do amigo, exagerando-a, Paul forçou William a comer um pedaço do congro que tinha pedido. William, com um olhar de Cristo na cruz, recusou, dizendo *"Was ich gegessen habe, habe ich gegessen"*. Conseguia ser cômico e trágico de uma assentada só.

Depois dessa horrenda refeição, foram para o As Três Estrelas, onde ficara combinado que Joachim e Ernst viriam ter com eles. Já encontraram os dois no *Lokal*. Joachim cumprimentou William efusivamente.

—Fico muito contente em conhecê-lo. Paul já me falou muito em você.—Quando apertou a mão estendida de Otto, olhou-o com um assombro que não procurou disfarçar em face da opulência do terno e dos sapatos. William formalizou-se. Ernst, com as maneiras adquiridas em Cambridge, não deu a mão a ninguém. Sorriu apenas, discretamente, para William e Otto. Como uma homenagem a William, correu os olhos pelo recinto, que era como uma capela, meio repleta de burgueses dos dois sexos, abolctados nas mesas inumeráveis, com a orquestra de um lado e o bar de outro, com um longo balcão e banquinhos. Sua expressão era de desagrado. Houve um silêncio. William evitou os olhos dos outros na mesa e ficou contemplando uma parede branca, do outro lado da sala.

Ernst disse:

—Sei que estudou em Cambridge. Gostaria de saber se fomos contemporâneos na universidade.

—Quando foi que o senhor esteve em Cambridge, *Herr Doktor* Stockmann?—perguntou William, com uma polidez que era como um fiozinho d'água escorrendo por uma geleira.

—Bem, só fiquei um ano, em 1927, depois de completar meu curso em Heidelberg.

—Oh, 1927. Nesse ano fui expulso de Cambridge. É por isso muito improvável que nossos caminhos tenham se cruzado.

—Expulso? Sem dúvida como resultado de algum mal-entendido?

—Nada disso. Foi uma consequência perfeitamente lógica da mais consciente provocação de minha parte.

—Deve ter sido então alguma brincadeira de estudante, algum trote. Às vezes riam de mim de modo não muito amável. Posso simpatizar com o senhor.

—Bem, creio que se poderia chamar à coisa uma brincadeira.

Ernst estava tão desconcertado que na frase seguinte seu inglês lhe faltou e teve de recair no uso do alemão.

—*Wenn ich fragen darf.* O que foi que aconteceu, se ouso perguntar?

—Fiz a prova de história na primeira parte dos meus *Tripos*[5] em versos *limericks*.

Ernst endireitou-se na cadeira. O colecionador que havia nele acordou.

—Que interessante! O que aconteceu com o manuscrito original? Pode ser obtido?

—Ao que me disseram, está na seção dos proibidos, só para especialistas em pesquisa, da biblioteca da universidade, juntamente com um cacho do meu cabelo.

Seguiu-se uma pausa. Depois, com uma cortesia ainda maior, William perguntou:

—E o senhor mesmo, *Herr Doktor* Stockmann, que tal achou a universidade *wenn ich fragen darf*—se ouso perguntar?

—O ano mais feliz de minha vida foi o que passei no Downing College.

---

5. O exame final em Cambridge. O nome, aplicado originalmente apenas ao exame de graduação em matemática, generalizou-se. Era costume na Faculdade de Filosofia que o bacharel dissertasse sentado num banco de três pernas, donde o nome que lhe davam de "Mr. Tripos" e ao seu discurso de "The Tripos Speech". [N.T.]

—Bem, eu o felicito. Talvez, se tivesse ficado mais tempo, viesse a pensar de outro modo. Eu me senti certamente infeliz no meu tempo, indizivelmente infeliz.

Ernst se mantinha empertigado na cadeira, muito solene e muito pálido.

Joachim, que a tudo assistia como espectador, regalava-se com o rumo da discussão. Deu seu próprio depoimento.

—Quanto a mim—disse—, detestei todas as instituições para onde me mandaram para ser educado. Principalmente detestei as universidades. Tinha ÓDIO de todos aqueles estudantes em duelos, que ganhavam cicatrizes na cara para provar para eles mesmos que eram machos.—William, *incontinenti*, perdoou a Joachim o ar cético com que tinha olhado a indumentária de Otto.

—E tem aproveitado a vida depois que saiu da universidade?

—Bem, não gosto muito do meu trabalho como comerciante de café. Mas gosto da maior parte das outras coisas, sobretudo das coisas que a gente faz em Hamburgo no verão. E gosto muito de Sankt Pauli e do As Três Estrelas, onde agora estamos. Como isto se compara com os bares que frequenta, em Berlim?

—Tudo aqui é em escala muito mais grandiosa que a dos bares a que costumo ir em Berlim. São lugares muito pequenos, na verdade, muito informais. Isto se parece mais com uma cervejaria, a que as pessoas acorrem vindas de todos os quadrantes. Sem querer ser rude ou óbvio, onde estão os garotos?

—Os garotos?—disse Joachim rindo e arregalando os olhos.—Bem, penso que estão por toda parte. Lá, por exemplo, junto do balcão, no fundo da sala, vejo alguns.—E, atentando melhor.—Aquele não é Lothar?

Efetivamente, Lothar acabava de reunir-se ao grupo de rapazes no bar. Não parecia ter visto Paul.

—Fico furioso—disse Paul.

—Mas por que furioso, Paul?—perguntou Joachim, mexendo com ele.—Jamais o vi zangado antes. E raiva não assenta para você.

—Pois bem. Aquele lá não é Lothar? Ontem eu o acompanhei à estação, comprei-lhe uma passagem para Stuttgart, e o vi tomar o trem.

—Está seguro de que o trem deixou a estação? Está absolutamente certo disso?—perguntou Joachim, ainda de brincadeira.

—Sim, eu vi o trem partir. Com Lothar.

—Bem, há uma outra estação para passageiros de Hamburgo, um pouco mais adiante. Talvez ele tenha descido lá —disse Ernst, que tinha seus próprios motivos para estar aborre-

cido com Lothar.—Há uma semana eu também lhe dei uma passagem para Stuttgart.
—Por que sempre Stuttgart?—disse Joachim.—Será que ele não sabe o nome de nenhuma outra cidade na Alemanha? Talvez a gente lhe devesse dar um mapa do país.
—Diga-me, qual deles é Lothar?—perguntou William a Paul, evitando o olhar de Otto. Paul apontou o rapaz.—Stuttgart ou não Stuttgart, passagem ou não passagem—comentou William—, ele é, sem dúvida, a estrela mais brilhante da galáxia.
Paul vibrou com essa observação. Mas Ernst disse com ar pedante.
—Devo admitir que estou um tanto decepcionado com Lothar. Há três anos, quando nos conhecemos (e eu só o vi duas vezes desde então), achei-o excepcionalmente simpático. Não me passaria pela cabeça que fosse desonesto, mesmo em pequena escala.
Enquanto falavam em inglês, William ia traduzindo a conversa para Otto, em alemão. E Otto, até então sonolento, despertou de um salto.
—Unerhört!—exclamou em voz tão alta que chegou ao próprio Lothar.—Uma vergonha! Que grande patife! Que porco! E com um sujeito esplêndido como Paul!—Dito isso, pôs o chapéu, endireitou os ombros, lançou um olhar furibundo na direção do bar e começou a levantar-se da mesa.
William disse:
—Otto fica sempre assim se percebe que algum dos meus amigos foi enganado, ou mesmo simplesmente desconsiderado. Ele gostou muito de você, Paul.—Depois, num alemão muito rápido, explicou a Otto que se ele atacasse Lothar seria tomado como um paladino da juventude de Berlim por todas aquelas figuras reunidas em torno do balcão, como alguém que desafiasse Hamburgo. Resmungando em tom bastante audível, Otto sentou-se outra vez. Joachim pôs o braço em torno do ombro de Paul e disse carinhosamente:
—Paul acredita em qualquer coisa que a gente lhe diga. A rigor, é tudo culpa sua, Paul. Você sujeitou Lothar à tentação, de modo que não se pode culpá-lo por ter procurado aproveitar-se de você.
—Discordo—disse Ernst.
William, embora jamais tivesse dirigido a palavra a Lothar, achava-o, de longe, atraente. Disse:—Bem, não penso que Paul tenha sido enganado. Afinal de contas, e descontando-se o fato de que, um dia, Lothar provavelmente irá mesmo a Stuttgart, o fato de dizer que vai é apenas eufemismo—como

os personagens de uma peça de Tchekhov dizendo que vão a Moscou. Não fora a abjeta admiração de Tchekhov pela aristocracia fundiária, e ele admitiria que as moças em *As três irmãs* estão sempre tentando tomar do irmão o dinheiro correspondente a uma passagem para Moscou.

Joachim disse:

—Lothar dá a prostitutas todo o dinheiro que nos pede emprestado. Eu sei disso.

—Bem, o que poderia ser mais cavalheiresco? Ele não gasta o dinheiro consigo mesmo. Ele o dá às damas. Afinal de contas, eu mesmo dependo financeiramente de meu tio William, cujo aborrecido prenome minha mãe usou ao batizar-me, justamente para que eu herdasse dele. Tio William é um grande unha de fome. De modo que eu vivo a pedir-lhe por carta o que poderia ser chamado de passagem para Stuttgart. Pensando bem, se eu lhe mandasse dizer que precisava de dinheiro para pagar a passagem de Lothar para Stuttgart, meu tio William talvez recebesse o pedido com simpatia. Seria mais palatável para ele e para mim do que a história de que minha senhoria aumentou o aluguel—disse, olhando o terno novo de Otto.—Desculpas do tipo "minha passagem de trem para Stuttgart" são simplesmente fórmulas de *politesse* e apenas mostram que Lothar não quer fazer pedidos diretos e grosseiros a Paul. Mostram que Lothar ama Paul.—William estava bêbado.

Paul, que também já bebera em excesso, ficou tão comovido com esse discurso que foi até onde Lothar se encontrava e sacudiu-lhe a mão calorosamente. O rapaz disse, simplesmente, *"Gruss"*, sem qualquer explicação sobre a sua presença em Hamburgo. Não era da conta de Paul.

—Estou com amigos. Não podemos conversar aqui. Venha até a pensão Alster dentro de duas horas, como fez quando tirei sua fotografia—disse Paul, dando-lhe o dinheiro para o táxi.

—Não.

—Por que não?

—Porque você não confia em mim.—Lothar devolveu o dinheiro.—Não aceito dinheiro seu.

—Você tem de tomar um táxi para chegar lá. Por favor, aceite.

—Eu só irei à pensão Alster com uma condição.

—E qual é?

—Você nunca mais me dar dinheiro para coisa alguma.

—Eu não estou lhe dando nada. Esse dinheiro é para despesas. Concordo, se quer que seja assim, em pagar apenas suas despesas—passagens e coisas dessa espécie.

Lothar embolsou o dinheiro do táxi e disse:

— *Einverstanden.* Combinado. — Depois, apertou a mão de Paul para selar o acordo. — Estarei na pensão Alster daqui a duas horas.

Quando Paul, à uma hora da manhã, abriu a porta da pensão Alster para liberar Lothar, sentia-se misteriosamente excitado. Persuadira o rapaz, depois de muita argumentação, a aceitar vinte marcos a título de despesas.

Na manhã seguinte, Paul se levantou cedo e foi ao hotel da estação onde William e Otto estavam hospedados para tomar um café de despedida e acompanhá-los até o trem. William já estava na sala de jantar, sentado a uma mesa nua e engordurada, em cima da qual havia talheres enferrujados, pratos, jarras de porcelana. O café era horrível, os pãezinhos velhos, e a geleia um líquido ralo, cor de sangue. William parecia a figura de um santo no deserto por algum pintor flamengo, rodeado de facas, pregos, açoites — todos os instrumentos do seu martírio —, que ele representava como comédia. Infelizmente, Otto não estava lá para sentir os sacrifícios feitos por William para comprar o malfadado terno. Roncava na cama.

— Afasta de mim este cálice! — disse William, pondo os lábios na borda da xícara, provando o café amargo e deixando-o de lado com uma careta. Depois, com um olhar para o pão dormido, acrescentou: — Impensável, incomível, indescritível! — Cortou um dos pãezinhos ao comprido, cobriu as duas metades com geleia e, com um ar de Cristo flagelado, disse entre uma mordida e outra: — Pensei a noite toda em sua vinda a Berlim. Vejo tudo muito claro agora. Estou convencido de que não devemos ficar uns por cima dos outros, mas precisamos estar suficientemente próximos para nos reunirmos sempre que quisermos. Eu pretendo deixar Hallesches Tor assim que puder, uma vez que a mãe de Otto não parece aprovar de todo minha relação com o filho dela — não que ela se importe de verdade. Talvez seja o pretexto que arranjou para aumentar o aluguel. Minha ideia é alugar um quarto perto do West End de Berlim. Já ouvi falar de uma pensão na Nollendorfplatz com uma dona maravilhosa, à prova de choque. Uma vez instalado, procuro um conjugado para você nas vizinhanças. Com esse arranjo, cada um de nós poderá trabalhar separadamente a manhã toda. Em seguida, podemos almoçar todos juntos na minha pensão. Depois do almoço, tomamos um trem para o Grünewald, fazemos uma caminhada por lá, discutindo o que fizemos e submetemos à apreciação um do outro na véspera. À noite, podemos sair, juntos ou separados. Se sairmos juntos, podemos jantar, por exemplo, num restaurante Aschinger — que corresponde a uma Lyons Comer House — e ir depois ao cinema ou ao teatro. Estão passando uns filmes russos fantásticos no momento: *Outubro, O encouraçado Potemkin, Terra, A mãe, O fantasma que não retorna, Turksib*. Há também maravilhosos filmes alemães, de diretores como Pabst. *M* é de arrepiar os cabelos, e *A tragédia da mina*, estupendo. Como você sabe, eu não gosto muito de concertos (odeio a expressão beatífica na cara dos alemães amantes de música), de modo que você terá de ir sozinho, se quiser, e o mesmo vale para galerias de arte, mas meus amigos dizem que são incríveis—arte antiga, medieval, moderna—, de toda espécie. Depois, na Kurfürstendamm, há uma livraria que você vai adorar—a Wittenborn. E há os cafés, onde você pode ficar sentado escrevendo quando se cansar de escrever no quarto.

William despejava diante dos olhos de Paul a cornucópia de Berlim. Sua vida em Hamburgo parecia recuar para o passado enquanto conversavam naquela miserável sala.

—Prometi a Joachim que iria vê-lo daqui a uma semana no seu estúdio.

—Naturalmente—disse William, numa voz em que o gelo era perceptível.—Posso sentir o magnetismo de Joachim e compreendo que você não queira deixá-lo na mão. Ele é uma pessoa notável e desejo muito ver as fotografias dele. Não achei, porém, que o doutor Stockmann tivesse grandes méritos.

—Oh, eu não pretendo ver Ernst—nunca mais, se possível.

—E Lothar?

—Oh, Lothar. Bem, algum dia ele irá para Stuttgart. E talvez descubra, dentro de uma semana, que eu também tenho a minha Stuttgart—chama-se Berlim.

—Sabe, Paul, o que eu penso é que, embora prefira de longe Berlim a Londres, esteja completamente e irremediavelmente envolvido com Otto e tenha amigos muito inteligentes em Berlim—o que não tenho lá, e quero muito ter, é um amigo que seja um colega, um escritor como eu, escrevendo na mesma língua.

—Pois é disso que também necessito. Prometo ir para Berlim dentro de oito, dez dias. Telegrafo dizendo quando chego.

—Mas não se esqueça—disse William quando se despediram—de que vou com Otto passar o Natal em Londres, para que eu possa apresentá-lo à minha mãe.

Uma semana mais tarde, na véspera do dia em que devia partir para Berlim, Paul tocou a campainha da porta do estúdio de Joachim. Depois de um intervalo singularmente longo, Joachim abriu. A primeira coisa que Paul viu foi o grande curativo que ele tinha na face esquerda.

—O que aconteceu?

—Oh, isto?—E Joachim tocou o esparadrapo com a ponta dos dedos. O presente de despedida de um amigo de Heinrich. O esparadrapo tinha duas polegadas pelo menos de largura.

Joachim escancarou a porta e recuou para o pequenino *foyer*, uma plataforma para além da qual três degraus levavam para o corpo principal do estúdio, embaixo. Recostado contra a parede, ficou a contemplar a devastação exposta aos olhos deles.

O estúdio, iluminado por quatro lâmpadas das quais os antigos abajures, em forma de cubos de vidro branco, haviam sido arrancados, parecia o interior de um navio naufragado, pousado imóvel no fundo do mar e coberto por ondas revoltas num dia sombrio.

Paul não teve coragem de descer.

—O que aconteceu? Por que não me disse nada?

Joachim entrou no estúdio.

—Aconteceu faz dois dias—disse.—Não lhe falei a respeito porque sabia que vinha e que veria tudo com seus próprios olhos, sem precisar de um relato pelo telefone. Além disso, pensei que talvez, nas circunstâncias, desistisse de vir jantar comigo. Meu estúdio já não é tão bonito quanto era há três anos. Também começo a pensar que agora, na Alemanha, a gente tem de pensar duas vezes antes de falar ao telefone. As coisas estão mudando, como talvez você já tenha notado.

As quatro luminárias em que ainda havia lâmpadas eram as únicas cujas tomadas não tinham sido arrancadas. Das paredes e do teto, pendiam fios soltos. Os assentos das cadeiras tubulares de metal estavam deformados e torcidos. Alguns livros estavam empilhados em cima das molas expostas do divã. Vários deles tinham as capas despedaçadas.

—Você teria tido uma impressão ainda mais desoladora se tivesse vindo ontem. Os livros estavam espalhados por toda parte no chão, e muitos haviam sido pisoteados. Muito bondosamente, Willy veio aqui hoje e arrumou um pouco a sala para mim. A *Braut* dele, Gertrud, também se ofereceu para ajudar. Mas eu achei que isso daria a ela um grande prazer e recusei.

No meio do estúdio, uma mesa estava posta com duas cadeiras. Havia copos, garrafas de vinho, pratos de pão e presunto, *rollmops* e queijo da Westfália.

Joachim foi até a mesa.

—Penso que precisamos disto—disse, enchendo um copo para cada um.—Comprei vinho do Reno como lembrança da nossa excursão, três anos atrás.

—Quando vimos Heinrich pela primeira vez?

—Quando vimos Heinrich pela primeira vez!

—Você ainda não me contou como foi. Está muito ferido?—Joachim tocou de novo o esparadrapo com os dedos.

—Não, não muito. Mas acho que pelo resto da vida terei uma daquelas cicatrizes que os estudantes arranjam em duelos e das quais falei ainda outro dia com seu amigo Bradshaw em As Três Estrelas. Disse quanto as DETESTAVA. As pessoas vão pensar que eu a consegui num duelo, quando aluno da Universidade de Marburg. Penso que vai causar grande impressão no meu tio general Lenz.

—Você ainda não me contou o que aconteceu.

Joachim espalmou as mãos no ar e olhou ao redor com uma espécie de sorriso nos lábios. Um sorriso de *showman*.

—Não pode ver por si o que aconteceu? Preciso mesmo contar-lhe? Heinrich me disse adeus, foi isso que aconteceu. Foi embora para sempre, creio eu. Não poderia voltar e fazer as pazes comigo, depois do que houve. Mas a gente nunca sabe, tratando-se de Heinrich.

—Foi ele quem fez isso?

—Penso que será melhor comer, agora. Sente-se, que lhe conto a história.

Encheu de novo os copos, cortou algum pão. Começaram pelos filés de arenque com creme. Levantando os copos um para o outro, disseram: *"Prosit!"*

—Você se lembrará de que eu lhe disse, quando almoçamos juntos no restaurante vegetariano, que eu imaginava que Heinrich retiraria suas coisas daqui naquela noite, pois sabia que eu jantava com minha mãe. Não desejaria fazê-lo quando eu estivesse presente, para não ser obrigado a despedir-se.

—Sim, eu me lembro.

—Pois bem, eu estava enganado. Ele veio naquela noite, aproveitando-se da minha ausência. Entrou com a chave que lhe dei, mas não levou seus pertences. Sei que deve ter vindo porque viu o que eu fiz com o seu belo uniforme de membro das tropas de choque.

—Que você cuspira nele?

—Exatamente. Ele deve ter visto o uniforme. Sem dizer que viu. No dia seguinte, me telefonou, muito amavelmente, e disse que queria apanhar suas coisas uma noite em que eu estivesse em casa, de modo a podermos dizer adeus um ao outro. Disse também que um amigo dele, chamado Horst, viria encontrá-lo, um pouco depois—passadas as despedidas—a fim de ajudá-lo a levar a bagagem, pesada para uma pessoa só. Insistiu que desejava despedir-se de mim a sós, antes da chegada de Horst. Foi tudo o que disse.

Combinei com Heinrich que esperaria por ele às dez horas. Se chegasse antes, podia entrar com a sua chave. Depois a devolveria, quando fosse para ficar com Erich Hanussen em Altamunde—definitivamente, ao que imagino.

Quando abri a porta do estúdio, às dez e meia, já o encontrei, o que me surpreendeu. Estava certo de que se atrasaria, pois sempre se atrasa—mais do que eu me atraso quando tenho um encontro com você. Estava zangado. Acusou-me de chegar tarde, quando não tínhamos marcado hora certa para a nossa entrevista. Disse que temia não termos tempo para as despedidas antes que Horst aparecesse, o que é uma loucura considerando o que combinara com Horst. Talvez tivesse ainda algum afeto por mim, talvez se envergonhasse do que tinham planejado. Não sei. Queria, de qualquer maneira, uma tocante cena de despedida.

—E tiveram tempo para isso?

—A primeira coisa que eu lhe disse, quando deu por encerrada a zanga, foi: "Aconteça o que acontecer no futuro, jamais hei de esquecer aquela primeira noite, quando nos conhecemos em Bingen, em nossa excursão a pé pelo Reno".

—E o que ele respondeu?

—Foi como se eu o estivesse acusando de alguma coisa.

—De quê? De ingratidão, talvez?

—Como posso saber? Ele disse que eu estava sendo apenas sentimental. E começou a discursar, como aprendeu a fazer com Hanussen, dizendo que eu não quero enfrentar a realidade, que Hanussen me considera um "escapista" etc. Escapista é uma das palavras que ele aprendeu com seu novo amigo.

—E o que foi que você respondeu?

—Bem, eu disse que via que nos estávamos separando, mas que isso me fazia o passado mais presente do que nunca. E que eu era suficientemente realista para separar o tempo feliz do nosso relacionamento, que continuaria a existir na minha lembrança, do tempo mais recente, de desavença, que procuraria esquecer.

—Nada mais certo. Como ele reagiu?

—De tão histérico, ficou inarticulado. Disse que eu é que estava decidindo que devíamos nos separar. Que ele não tinha vindo pensando que era a última vez que nos encontrávamos. Que era típico de mim tomar uma decisão e depois atribuí-la a ele. Mencionou, até, planos que tínhamos feito para o futuro. Disse que tínhamos combinado visitar você em Londres.

—Bem, tínhamos falado nisso em Boppard, antes de nos despedirmos, mas eu nunca imaginei que fosse a sério.

—Disse que eu havia prometido levá-lo a Veneza e à África. A coisa mais louca de todas foi que, depois de alguns drinques, começou a falar como se fôssemos a um bar encontrar amigos naquela mesma noite. Chegou a olhar pela janela, queixando-se do tempo.—"Vai ser difícil encontrar um táxi"—disse.

—Provavelmente, há um lado nele que não quer deixá-lo. Afinal de contas, ele teve uma vida muito mais fácil com você do que vai ter com Hanussen.

—A maior parte do tempo, naturalmente, ele se queixava de eu ter arruinado a sua vida. Disse que, segundo Hanussen, antes que tivesse sido estragado por mim, ele era um camponês da Baviera, inocente, feliz, jovem, que tomava apenas cerveja. Mas eu o conhecera e o pervertera, impedindo que ele se desenvolvesse normalmente, fazendo com que gastasse dinheiro em excesso, de modo que nada sobrava para enviar à mãe. Eu o ensinara a beber vinho e bebidas fortes, e elevara o seu nível de vida acima do patamar da sua classe. Disse muita coisa sobre pertencer à sua classe: de como era um simples camponês, e orgulhoso disso, embora provavelmente já não pudesse, depois de corrompido por mim, voltar ao anterior estado de inocência. Ao mesmo tempo, vangloriou-se de ser, agora, um cidadão respeitável. Pretendia, até, se casar com uma das filhas de Hanussen, Helmgrin ou Grinhelm, sei lá. As meninas têm nomes de valquírias de Wagner, naturalmente.

Continuaram tomando vinho do Reno. Paul disse:

—Mas não estou entendendo muito bem. Heinrich pretendia que Horst, o amigo que vinha ajudá-lo a levar a bagagem, fosse para a cidade com vocês dois?

—Horst? O amigo? Impossível! Você precisaria ter visto Horst. Heinrich provavelmente esquecera tudo sobre Horst quando disse aquelas loucuras.—Joachim se levantou da mesa e foi até a porta. Depois, voltando e correndo os olhos pelo estúdio, acrescentou:

—O amigo não era gente que se leve a um bar ou *night club*.

—Como era, então?

—Oh, ele era MARAVILHOSO! Era como um anjo mau, o anjo da destruição. Olhe em volta desta sala e você verá como ele era.—Joachim estava agora de pé na pequena plataforma da entrada do estúdio. Levantou o braço numa meia paródia da saudação nazista. Olhou em torno, com olhos faiscantes—um produtor, um *showman*.

—Você quer dizer que foi ele que fez tudo isso?

—Sim. É isso que tenho de contar-lhe. Enquanto Heinrich e eu conversávamos, a campainha tocou. Eu me levantei para abrir a porta, mas Heinrich foi mais rápido. E quem quer que estivesse do lado de fora parecia com uma pressa enorme de entrar, como se temesse que lhe batessem com a porta na cara, acho eu. Antes que eu pudesse ver quem se tratava, ele estava no meio do estúdio.—Joachim foi até o centro da sala e ficou onde Horst tinha ficado naquela noite.—Exatamente onde estou agora—disse.

—E como ele era?

—MARAVILHOSO!—repetiu Joachim, com os olhos muito abertos, como se pudesse ver Horst de pé à sua frente.

—Estava vestido de couro negro, tinha cabelos negros e uma tez muito pálida, de marfim. Parecia um bico de pena de um cavaleiro em armadura, feito por Dürer. Quando entrou no estúdio, não disse uma única palavra ao seu amigo Heinrich, nem o olhou sequer. Depois disse *"Heil!"* para ele, e os dois levantaram os braços um para o outro na saudação nazista. Imagine isso acontecendo no meu estúdio! Mesmo no momento, eu não pude deixar de ver como era terrivelmente CÔMICO, depois das belas festas que dei e das pessoas que já estiveram aqui em casa. Em seguida, Horst marchou, todo rígido, para Heinrich e disse: "Traga o uniforme maculado". Heinrich correu até o armário embutido em que guardava suas coisas e apresentou o uniforme em que eu tinha cuspido. Naturalmente, eles não podiam saber o que acontecera, exceto que a farda parecia manchada. Heinrich apenas desconfiava o que eu fizera com ela, não sabia ao certo. Talvez estivesse pegajosa em um ou dois lugares, como se uma lesma tivesse andado por cima. Eu não podia ver, de onde estava. Espero que estivesse. Essa foi a primeira vez em que Horst pareceu tomar conhecimento da minha presença. Voltou a cabeça num movimento só, militar, de parada, e me encarou, mas sem nenhuma expressão nos olhos, realmente. Era como se estivesse me olhando, mas não visse nada de fato. Depois gritou, numa voz oficial e impessoal, como se eu fosse uma multidão ou, talvez, uma abstração, um conceito: "O senhor é acusado de PARTEIUNIFORMSCHÄNDUNG!". Pensei: que maravilha de língua é o alemão para uma pessoa poder dizer uma palavra assim!

—Profanar um uniforme do partido é, ao que suponho, um crime. O que respondeu você em face da acusação?

—Eu não respondi nada, de início. Não podia pensar em coisa alguma para dizer. Talvez estivesse muito ocupado olhando para Horst. O uniforme dele era mais negro que qualquer uniforme nazi que eu jamais tinha visto. Combinava com seu cabelo, com seus olhos, com o pequeno bigode reto, como se tivesse sido desenhado por ele mesmo com esse fim. Também fiquei pensando por que me sentia atraído por Horst e se, agora que Heinrich se fora, não seria fascinante conhecê-lo melhor. Afinal, seria uma vingança divertida. Mas já Heinrich trazia o uniforme conspurcado e o segurava debaixo do nariz do outro como se fosse uma toalha de altar profanada de maneira obscena. Horst examinou o uniforme e depois, olhando com ferocidade para mim, perguntou: "O senhor fez isso?". Ocorreu-me que Horst não tinha autoridade para me dirigir perguntas, como um juiz, e que eu não deveria responder. Afinal de contas, nem era certo que pertencessem, ele e Heinrich, ao Partido Nazista. Talvez estivessem representando um papel que tivessem inventado, ou que aquele louco fanático de Hanussen tivesse inventado para eles. Horst podia ser simplesmente um lunático metido num uniforme que ele mesmo concebera para seu uso. Pensei que talvez devesse pedir para ver seus cartões do partido. Depois pensei: mesmo que exibam cartões do partido, não têm qualquer autoridade. Os nazistas não são o governo ou a polícia — pelo menos ainda. Disse: "Recuso-me a responder às suas perguntas. Saia da minha casa ou chamo a polícia". Então Heinrich falou pela primeira vez desde a chegada de Horst. Disse: "Foi o meu uniforme que você profanou, e eu tenho direito a uma resposta". Bem, eu pensei que talvez Heinrich tivesse mesmo o direito de saber por que eu desonrara seu belo uniforme, e deixando perfeitamente claro que eu estava respondendo a ELE, e não a Horst, disse: "Este uniforme é abjeto e nefasto. Se você não o remover daqui eu o destruo". Horst tomou a minha resposta como se fosse dirigida a ele, o representante do "partido". Disse: "Uma vez que o senhor aviltou o uniforme do partido, vou aviltar o seu estúdio". Correu à cozinha, de onde voltou com um martelo e uma faca de mola — talvez a mesma que você deu a Heinrich como um presente de despedida, no Reno. E então se pôs a rodopiar pela sala como um dervixe, quebrando o vidro de todas as luminárias, o espelho do banheiro e as estantes. Em seguida, aplicou-se em torcer as cadeiras para deformá-las. Ele deve ser MARAVILHOSAMENTE forte! Gritava obscenidades sobre arte judaica e decadente. Heinrich ia atrás dele, usando a faca para cortar as cobertas da cama e o estofo do divã. Mas não gritou muito. Na verdade, admirei-me de que ele estivesse tão quieto. Por fim, atirou-se num tapete e se pôs a choramingar como um animal.

— E o que você pensava o tempo todo?

— Eu não pensava nada, realmente. É isso que é curioso. Bem, talvez no começo eu apenas os olhasse, como se estivesse vendo uma peça ou fazendo um filme. Sentia-me longe dali. Não pensava: essas são minhas coisas, que eles estão destruindo. Eu não sentia—repetiu—que aquelas fossem minhas coisas que eles estavam destruindo. Apenas sentia alívio por ter levado todas as minhas fotografias para o quarto que tenho na casa de meus pais, alguns dias antes. Eles não poderiam destruí-las. Aquelas belas fotografias de Heinrich que tirei no Reno! O que mudou tudo foi que, quando Heinrich caiu no chão, Horst tirou a faca da mão dele e atacou os livros, cortando as páginas, arrancando as capas e rasgando as ilustrações. Até então tudo o que eu tinha aqui me parecera como adereços para um filme que um dia ia fazer. Não tinha um sentimento de proprietário até que Horst começou a destruir os livros. E mesmo então, de início, senti apenas indignação, porque Horst parecia um vândalo, saído de algum terrível passado, destruindo a literatura—fiquei surpreso de como me importava com a literatura. Mas não pensava: estes são meus livros. Só quando ele começou a meter a faca numa bela edição dos contos de fadas de Grimm, com velhas xilogravuras como ilustrações, e que eu lia quando criança, e ainda leio quando venho tarde da noite para casa, depois de uma festa, então senti que ele estava ASSASSINANDO a minha alma! Até então eu era apenas um observador. Mas naquela hora corri e arranquei-lhe o livro das mãos. Não tive medo nenhum, na verdade senti que tinha uma força tremenda e que podia fazer tudo o que a minha mente, ou melhor, a minha raiva me mandasse fazer. Consegui arrancar o livro das mãos dele—lá está, em cima do divã, com a capa arrancada, mas com as gravuras intactas.

—E o que ele fez?
—Avançou em direção a mim de faca em riste.
—Bem, você deve ter ficado aterrorizado.
—Não. Ficara, um pouquinho, enquanto assistia, passivamente, à destruição das minhas coisas. Mas quando ele me atacou com a faca, fiquei mais curioso que assustado. Senti uma curiosidade científica, como um cirurgião que opera, só que o cirurgião, no caso, era o meu assassino, e a operação era na minha cara. Mas eu estava deveras curioso, hipnotizado de assombro, esperando para ver o que aconteceria.
—E depois que ele rasgou seu rosto, continuou a atacá-lo? Como conseguiu fazer com que parasse?
—Na verdade—disse Joachim, devagar—, Heinrich fez isso. Se não fosse Heinrich, é possível que ele tivesse continuado a me lacerar de golpes. Pode-se dizer, então, que Heinrich me salvou a vida, embora isso não me faça gostar dele.
—Como salvou sua vida?

—Eu não o vi, a rigor, fazer mais do que ficar enrodilhado no chão, choramingando. Minha atenção estava concentrada em Horst. Mas quando Heinrich viu sangue correndo pelo meu rosto abaixo, ele se levantou. Apavorado. Não teve de gritar. Tudo o que fez foi dizer num murmúrio e como que horrorizado: "Horst, pare!"—E Horst parou. Foi absurdo e MARAVILHOSO!

—E então?

—Então ambos pareceram lembrar-se do que tinham vindo fazer aqui. Foram ao armário de Heinrich, apanharam as malas dele, cheias de coisas minhas, imagino. Não me dei ao trabalho de verificar ainda. E saíram porta afora como assaltantes, arrastando sacos de butim. Heinrich levava o uniforme jogado no ombro. Não o empacotara, naturalmente, precisava dele como "prova". Curiosamente, quando passou por mim a caminho da rua, pareceu de súbito querer livrar-se dele—porque fora estragado, suponho, ou porque estivesse nojento—por minha culpa. Seja como for, ele o LANÇOU na minha cara, no sangue que jorrava da minha cara, e que o manchou ainda mais. Não foi coisa muito bonita, depois de me ter salvado a vida. Talvez mostrasse que ele não tinha desejado salvar-me a vida, afinal de contas.

—E disse alguma coisa quando atirou o uniforme no seu rosto?

—Sim. Tenho pensado desde então no que terá dito exatamente.

—O que foi?

—Uma palavra só—MERDA.

—E você respondeu alguma coisa?

Pela primeira vez naquela noite, Joachim soltou uma gargalhada.

—Fiquei pensando que talvez ele imaginasse que eu havia cagado no seu belo uniforme, de modo que respondi: "Merda, não, CUSPE!".

—Quem sabe se Heinrich quis dizer que você era a merda?—disse Paul, rindo com ele.

Os dois continuaram rindo. Mas logo foram tomados de um sentimento pior que a depressão: uma visão do desespero que espreitava para além e por detrás de tudo—uma visão do mundo.

—A propósito, você chamou a polícia?

—Não. É melhor não chamar. A polícia, se fosse atrás de Heinrich, acabaria acreditando em tudo o que Hanussen lhe dissesse para declarar contra mim. A polícia é Erich Hanussen com armas legais ao invés de ilegais.

—O que fez, então?
—O que fiz? Bem, fui ao meu médico. É um bom médico. É um judeu.

Dito isso, Joachim enfiou a cabeça nas mãos e ficou assim talvez uns cinco minutos. Quando tirou as mãos, correu os olhos pelo estúdio, assimilando a destruição. Paul lembrava-se do orgulho com que ele o contemplava antigamente.

—Bom, Paul. Penso que a festa que começou há três anos, quando Ernst o trouxe aqui pela primeira vez, em 1929, acabou.

—Você pode substituir tudo o que foi danificado. Você pode dar outras festas. Tem muitos amigos. Afinal de contas, Willy, o primeiro de seus amigos que conheci em Hamburgo, acaba de ajudá-lo a pôr ordem no caos, como ajudou a arrumar a casa depois daquela primeira festa.

—Não lhe contei que Willy vai casar? Além disso, sabe, Willy é por demais bonzinho para meu gosto. Penso que seria muito mais interessante estar com uma pessoa como... bem, como Horst. Me dá prazer pensar no seu mundo de trevas.

—O próprio Willy me contou que vai se casar. Sua *Braut* é uma nazista. Você acha que Willy se converterá?

—Não, nunca. De jeito nenhum. Não há nada de nazista em Willy, mesmo que ele entre para o partido. Aquilo que você é no íntimo é o que conta. O terrível é existirem tantas pessoas que são nazistas no coração sem pertencerem ainda ao partido.

—Seja como for, outro dos seus amigos, Ernst, jamais será nazista.

—Ernst já não fala comigo. Está por demais IMPORTANTE. Está aqui em cima, no céu.—Joachim levantou a mão para o alto.—E gira, decidindo onde aterrissar. Não mais na Alemanha, a meu ver, não por muito tempo. Talvez pouse na Inglaterra. Então você poderá visitá-lo todos os dias e ver sua coleção, levada de Hamburgo.

Cada um tomou um outro copo. E então Joachim fez um brinde.

—Bem, à sua viagem a Berlim, para visitar William Bradshaw, de quem gostei muitíssimo. É tão brilhante, tão divertido. Já do amigo dele não gostei tanto assim. De Berlim você volta a Hamburgo? E quanto tempo pretende ficar em Berlim?

—Não sei. William e eu queremos discutir nossos trabalhos. Pretendemos fazer isso diariamente.

—Oh, sim, a sua poesia. E você pretende fazer isso com ele para sempre?

—Não, não para sempre. William e eu seremos amigos a vida toda, isso eu sei. Mas não estaremos sempre juntos.

Houve uma longa pausa, ao fim da qual Joachim disse:

—Você se lembra daquelas longas conversas sobre a vida, a poesia, a fotografia e o AMOR que eu e você tivemos enquanto Heinrich tomava banho de sol em cima das pedras? Quando nós éramos SÉRIOS?

—Minha memória para fatos é muito ruim, mas sim, lembro-me de tudo que discutimos naquele tempo.

—E você jamais desejou que pudesse ser assim eternamente? Você não sente que você e eu somos dois solitários que sempre estaremos sozinhos, e que, por termos essa solidão essencial em comum, podemos falar um com o outro de um modo que não serve para falar com qualquer outra pessoa, por mais próxima de nós que esteja?

—No trem, de volta à Inglaterra, depois de deixá-lo e a Heinrich, em Boppard, imaginei uma conversação sem fim entre nós dois e nos figurei caminhando lado a lado para sempre.

—Pois então? Não poderíamos sair juntos por aquela porta e ir, digamos, para Atenas, ou para o Rio de Janeiro (onde estive no ano passado, representando a firma de café do meu pai, e que eu poderia mostrar a você), ou para o México, ou Peru? Conversaríamos pelo menos uma hora todo dia.

—Como ganharíamos a vida?

Joachim via a coisa toda com clareza e seriedade.

—Eu tiraria fotografias melhores do que todas as que já tirei até agora, e você escreveria livros de viagem ilustrados por elas.

—E isso indefinidamente? O que aconteceria quando ficássemos velhos?

—Em comparação com o que éramos quando jovens, ficaríamos, como todo mundo, grotescos quando velhos, mas continuaríamos trocando ideias, e tirando fotografias, e escrevendo. Nosso trabalho em colaboração ficaria conhecido, famoso. Nossa celebridade anularia nossa feiura. Gente bonita ainda gostaria de fazer amor conosco.

Paul encheu de novo seu copo com vinho do Reno, tomou-o até o fim, depôs o copo e disse, numa voz diferente:

—A propósito, que fim levou Irmi?

—Bem, Irmi se casou. Tem dois filhos. O marido é médico. Vivem em algum canto do subúrbio. São muito, muito chatos, todos os dois. Eu não a vejo mais, nunca.

—Em Altamunde, quando lá estive com Ernst, saí cedo, um dia, e fiz amor com ela na praia.

—Oh—fez Joachim. Mas não estava escutando.

—Fiz... não importa. Há uma outra coisa que eu queria saber. Que notícias me dá de um casal que Ernst e eu visitamos naquela nossa absurda viagem a Altamunde? Acho que se chamavam Castor e Lisa Alerich.

—Oh, ele a deixou depois que tiveram um filho. Ele não podia suportar a ideia de ser pai. Ele é um sujeito terrível e, provavelmente, logo estará planejando as nossas vidas como *Gauleiter* deste distrito.

—Só vi Lisa de longe, quando ela estava de pé num balcão, olhando uma fogueira que Castor nos obrigou a fazer no jardim, a mim e a Ernst. Achei muito bonita.

—A fogueira?—perguntou Joachim. Estava cansado.

—Não, Lisa, de pé no balcão, olhando a fogueira, embaixo, com todas aquelas fagulhas dançando em torno dela. Estava grávida.

—Todos os meus amigos mudarão—disse Joachim, servindo-se de vinho. Levantou o copo, vacilando um pouco ao fazê-lo, como naquela noite em As Três Estrelas, havia três anos, quando discursava aos amigos.—Mas eu permanecerei o mesmo. E sempre só, porque as pessoas de que gosto, pessoas como Horst (receio que vá procurar Horst até achá-lo) não são gente com quem se possa conversar. O que não quero é continuar vendendo café. Também não quero continuar morando neste estúdio e dando festas para os amantes de Heinrich ou de Horst. Não quero mais viver nesta cidade e neste país. Sei agora o que vou fazer. Vou a Potsdam visitar meu tio.

—O dragão que põe fogo pelas ventas? O general Lenz?

—Ele é uma pessoa que deve estar detestando o que se passa na Alemanha neste momento. Ele odeia os nazistas. Levarei minhas fotografias comigo. Ele gostará de mim, e eu lhe pedirei que use a sua influência para que eu me torne um fotógrafo oficial adido ao Exército alemão. Não quero ser um fotógrafo de cidade, um fotógrafo artístico tirando fotografias artísticas para revistas artísticas. Quero fotografar soldados em manobras, nos seus tanques, com suas metralhadoras. Ou, por vezes, nadando nus, no mar ou em lagos e rios. Penso que meu tio gostará de ver as minhas fotografias. Penso que viajarei muito. Tenho uma forte convicção de que o Exército alemão viajará muito para muitos lugares estrangeiros nos próximos anos. Mas talvez eu esteja apenas bêbado. Estou TERRIVELMENTE bêbado, Paul, mais bêbado do que jamais estive em toda a minha vida. Você também, Paul, você está TERRIVELMENTE bêbado.

epílogo

IN 1929

I

A whim of Time, the general arbiter,
Proclaims the love, instead of death, of friends.
Under the domed sky and athletic sun
Three stand naked: the new, bronzed German
The Communist clerk, and myself, being English.

Yet to unwind the travelled sphere twelve years
Then two take arms, spring to a soldier's posture:
Or else roll on the thing a further ten,
The third—this clerk with world-offended eyes—
Builds with red hands his heaven: makes our bones
The necessary scaffolding to peace.

II

Now, I suppose, the once-envious dead
Have learned a strict philosophy of clay
After long centuries, to haunt us no longer
In the churchyard or at the end of the lane
Or howling at the edge of the city
Beyond the last bean rows, near the new factory.

Our fathers killed. And yet there lives no feud
Like Hamlet's, prompted on the castle stair:
There falls no shadow on our blank of peace,
We three together, struck across our path,
No warning finger threatening each alone.

III

Our fathers' misery, their spirits' mystery,
The cynic's cruelty, weave this philosophy:
That the history of man, traced purely from dust,
Is lipping skulls on the revolving rim
Or war, us three each other's murderers—

Lives, risen a moment, joined or separate,
Fall heavily, then are ever separate,
Sod lifted, turned, slapped back again with spade.

EM 1929

I
Um capricho do Tempo, árbitro supremo,
Proclama o amor, não a morte, de amigos.
Sob a abóbada celeste e o atlético sol
Três nus de pé: o novo e bronzeado alemão,
O burocrata comunista e eu, que era inglês.

Se, no entanto, voltarmos a rodada esfera doze anos,
Dois pegam em armas, aprumam-se, feito soldados:
Ou, ao contrário, se rolarmos para a frente outros dez,
O terceiro — o burocrata com olhos de mundo machucados —
Constrói com rubras mãos seu paraíso: com nossos ossos ergue
O necessário andaime para a paz.

II
Agora, creio, o morto dantes invejoso
Aprendeu do barro a exata filosofia,
Após longos séculos, não mais assombrar
No cemitério da igreja ou no fim do beco
Ou uivando à beira da cidade
Além dos últimos grãos semeados, perto da nova fábrica.

Nossos pais mataram. E no entanto não há rixa
Como a de Hamlet, à espreita na escadaria do castelo:
Não se derramam sombras sobre nosso tratado em branco,
Nós três juntos, tombados em nossa trilha,
nenhum dedo em riste ameaçando cada um.

III
A desgraça de nossos pais, de seus espíritos o mistério,
A crueldade do cínico, enreda esta filosofia:
Que a história do homem, do pó puramente traçada,
são crânios beijados na superfície girante
Ou a guerra, nós três, cada qual do outro matador —

Vidas, suspensas num momento, unidas ou separadas,
Caem, pesadas, e então são destacadas,
torrão erguido, revolvido, de novo batido pela pá.

fábula: do verbo latino *fari*, "falar", como a sugerir que a fabulação é extensão natural da fala e, assim, tão elementar, diversa e escapadiça quanto esta; donde também falatório, rumor, diz que diz, mas também enredo, trama completa do que se tem para contar (*acta est fabula*, diziam mais uma vez os latinos, para pôr fim a uma encenação teatral); "narração inventada e composta de sucessos que nem são verdadeiros, nem verossímeis, mas com curiosa novidade admiráveis", define o padre Bluteau em seu *Vocabulário português e latino*; história para a infância, fora da medida da verdade, mas também história de deuses, heróis, gigantes, grei desmedida por definição; história sobre animais, para boi dormir, mas mesmo então todo cuidado é pouco, pois há sempre um lobo escondido (*lupus in fabula*) e, na verdade, "é de ti que trata a fábula", como adverte Horácio; patranha, prodígio, patrimônio; conto de intenção moral, mentira deslavada ou quem sabe apenas "mentirada gentil do que me falta", suspira Mário de Andrade em "Louvação da tarde"; início, como quer Valéry ao dizer, em diapasão bíblico, que "no início era a fábula"; ou destino, como quer Cortázar ao insinuar, no *Jogo da amarelinha*, que "tudo é escritura, quer dizer, fábula"; fábula dos poetas, das crianças, dos antigos, mas também dos filósofos, como sabe o Descartes do *Discurso do método* ("uma fábula") ou o Descartes do retrato que lhe pinta J. B. Weenix em 1647, segurando um calhamaço onde se entrelê um espantoso *Mundus est fabula*; ficção, não ficção e assim infinitamente; prosa, poesia, pensamento.

PROJETO EDITORIAL Samuel Titan Jr./PROJETO GRÁFICO Raul Loureiro

sobre o autor

Sir Stephen Spender nasceu em Londres, em 28 de fevereiro de 1909. Depois de passar por várias escolas, Spender ingressou na Universidade de Oxford, onde—conforme relatou diversas vezes—nunca passou em nenhum exame e logo travou amizade com dois jovens escritores que mudariam o curso de sua vida: W. H. Auden e Christopher Isherwood. Na companhia de ambos, passou as férias de verão de 1929 na Alemanha—a viagem que serviu de inspiração ao primeiro manuscrito de *O templo*, que Spender acabou por não publicar. Ao longo da década seguinte, engajou-se em diversas frentes contra a ascensão do fascismo na Europa, cobrindo, por exemplo, a guerra civil na Espanha para o jornal *Daily Worker*; em 1936, filiou-se ao Partido Comunista da Grã-Bretanha, do qual se afastou em 1939, por ocasião do pacto de não agressão entre Hitler e Stálin. Ao mesmo tempo, cultivava uma vasta gama de amizades literárias, de T. S. Eliot a André Malraux e Ernest Hemingway, passando por artistas como Picasso e Henry Moore. Ainda durante a década de 1930, teve diversas ligações amorosas com homens e mulheres, em especial com Tony Hindman, a psicanalista Muriel Gardiner, a escritora Inez Pearn (com quem esteve casado de 1936 a 1939) e a pianista Natasha Litvin, com quem se casou em 1941 e com quem teve uma filha e um filho. Durante a Segunda Guerra Mundial, permaneceu em Londres, trabalhando nas brigadas anti-incêndio, ensinando e escrevendo. Passada a guerra, Spender viveu uma vida eminentemente literária, afirmando-se como um dos grandes poetas ingleses do século, ao mesmo tempo que editava revistas como *Horizon* e publicava ensaios, contos, romances, traduções e reportagens (entre outras pautas, cobriu a revolta estudantil de 1968 em Paris, no célebre texto "Paris na primavera"). Tomando distância de suas primeiras simpatias comunistas, seguiu participando da vida pública, com destaque para iniciativas públicas contra a censura e a discriminação da homossexualidade. De 1970 a 1977, ensinou no University College London e, em 1983 recebeu da Coroa o título de cavaleiro. Em 1988, publicou a primeira edição de *O templo*, depois de rever a fundo o manuscrito original. Spender faleceu em Londres, em 16 de julho de 1995.

sobre o fotógrafo

Herbert List nasceu em Hamburgo, em 7 de outubro de 1903, numa família abastada de comerciantes de café. Depois de estudar literatura em Heidelberg, List começou um estágio no negócio paterno, o que o levou a viajar por diversos países das Américas, inclusive o Brasil, onde passou seis meses. No final da década de 1920, estimulado por Andreas Feininger e sob a influência de artistas como Man Ray e Giorgio de Chirico, começou a fotografar com uma câmara Rolleiflex; nessa mesma época, conheceu e viajou pelo Reno com o jovem Stephen Spender. Em 1931, a morte do pai obrigou-o a assumir a direção da firma familiar; em 1935, porém, List passou o negócio para um irmão e emigrou para Paris, temendo a perseguição política à sua vida abertamente homossexual, mas também sequioso de se dedicar à carreira artística. Fez sua primeira exposição em 1937, numa galeria parisiense, ao mesmo tempo que, pelas mãos do amigo e fotógrafo de moda George Hoyningen-Huene, começava a colaborar com revistas como *Harper's Bazaar*, *Vogue* e *Life*. Em 1941, foi forçado a voltar à Alemanha, e a partir de 1944 teve de se incorporar ao exército, servindo como desenhista de mapas na Noruega. Com o fim da guerra, instalou-se em Munique, trabalhando para diversas revistas de moda e de notícias. Em 1951, foi convidado por Robert Capa a ingressar na agência Magnum. Nos anos de 1950, seu estilo revela a influência de Cartier-Bresson e do cinema neorrealista italiano — boa parte de sua produção desses anos é fruto de repetidas viagens à Itália. No começo da década seguinte, List abandona a fotografia para se dedicar a sua coleção de desenhos renascentistas italianos. Em 1964, recebeu o prêmio David Octavius Hill da Sociedade Alemã de Fotografia. Herbert List faleceu em Munique em 4 de abril de 1975. Em 1988, no mesmo ano da primeira edição d'*O templo*, de Stephen Spender, publicou-se *Junge Männer*, coletânea de nus masculinos que List não quisera publicar em vida; o prefácio era assinado por Spender.

sobre o tradutor

Raul José de Sá Barbosa nasceu em Caxambu, Minas Gerais, em 16 de setembro de 1922, filho de Sebastião Martyr Barbosa e Alda de Sá Barbosa, irmão de Maria Amália Albuquerque. Do exército, ele saiu segundo-tenente da reserva, Infantaria. Na Faculdade de Direito da Universidade de Minas Gerais, diplomou-se bacharel em Ciências Jurídicas e Sociais, em 1946. Decidiu-se então pela carreira diplomática, matriculando-se no Instituto Rio Branco (IRB), o curso preparatório para o Itamaraty, o Ministério das Relações Exteriores (MRE).

Entre seus documentos de ingresso constavam—como então exigia o Instituto—duas cartas de apresentação, ambas assinadas por políticos mineiros, de partidos adversários. O fato chamou a atenção do diretor do IRB, também mineiro, e, apesar da diferença de idade entre eles (catorze anos), ficaram amigos. Em 1947, o aprendiz e o diplomata graduado, àquela altura já ex-diretor do IRB, viajaram pelo sertão de Mato Grosso, numa expedição organizada pela Universidade do Brasil (RJ) e completada por outros estudantes e um professor da Faculdade Nacional de Filosofia. O amigo mais velho de Raul destacou-se na viagem por seu extenso conhecimento da fauna e da flora brasileiras, bem como pelo interesse nas histórias e no linguajar da população local, os quais anotava rigorosamente em caderninhos. Seu nome era João Guimarães Rosa, e o que Raul testemunhava era a gênese de um dos maiores clássicos da literatura brasileira, publicado nove anos depois: *Grande sertão: veredas*.

Conforme os anuários do Ministério das Relações Exteriores, Raul se formou no IRB em fevereiro de 1949, como diplomata classe J, aos 27 anos. Pouco mais de um ano depois, em 17 de agosto de 1950, ocupou a chefia da Seção de Pesquisas e Publicações da secretaria do Instituto Rio Branco. Em novembro de 1950, passou a diplomata classe K e, em outubro do ano seguinte, foi promovido a terceiro secretário, recebendo sua primeira nomeação para o exterior: Ottawa, no Canadá.

Em Ottawa, permaneceu até 1954, com o ponto alto de sua estada concentrando-se nos vinte e poucos dias, em abril de 1952, em que ficou encarregado da embaixada. Em janeiro de 1954, foi enviado provisioriamente ao Panamá, como encarregado de negócios. Dois meses depois, retornava a Ottawa, já sabendo que fora transferido para Praga, na Tchecoslováquia, posto que ocuparia em junho daquele ano.

Em Praga, Raul conheceu Benjamin Pesendorfer. Alemão de nascimento, Benjie seria seu companheiro de toda a vida. Raul era um homossexual discreto, porém assumido, muito culto, refinado e ótimo conversador, cujo amplo círculo social, por onde passava, no Brasil ou no exterior, incluía sempre artistas e intelectuais.

O anuário do Itamaraty de 1955 registra que, em junho de 1954, Raul foi promovido a segundo-secretário, "por merecimento". Mas algo estranho parece ter acontecido. Sua promoção, continua o anuário, foi tornada sem efeito meses depois, em setembro—muito embora, durante a permanência em Praga, por duas oportunidades tenha ocupado a função de encarregado de negócios. Já o anuário de 1956 mostra-o ainda em Praga e novamente alçado a segundo-secretário, mas com a nova promoção tendo entrado em vigor apenas em março de 1955. A referência à promoção e à anulação anteriores desaparece aqui, mas reaparece em alguns anuários seguintes, indo e voltando erraticamente, por motivos desconhecidos.

Em agosto de 1956, Raul mudou-se para Calcutá, na Índia, com o cargo de cônsul. Lá permaneceu aproximadamente dois anos, e em setembro de 1958 foi convocado para a Secretaria de Estado, voltando ao Brasil. Nesse período, recebeu autoridades, representou o MRE em eventos e comissões, participou de grupos de estudo internos e exerceu funções administrativas.

Instalado no Rio de Janeiro, vinculou-se ao Serviço de Documentação da Presidência da República, convivendo com figuras de grande projeção na cultura brasileira—o diplomata, filólogo, enciclopedista e dicionarista Antônio Houaiss e o crítico, historiador e biógrafo Francisco de Assis Barbosa, então ligado ao setor de documentação parlamentar. A familiaridade com tais acervos permitiu a Raul coorganizar, com Houaiss e o historiador e diplomata Donatello Grieco, o volume *Brasília: história de uma ideia*, lançado em 1960. A obra condensava e comentava o levantamento historiográfico feito ao longo daqueles anos sobre a nova capital e sua construção, e o texto condutor do livro era assinado por Raul. O lançamento coincidiu com uma exposição de mapas e documentos, realizada no palácio do Itamaraty, entre maio e junho daquele ano.

Terminada a exposição, ele iniciou a transferência, como cônsul-adjunto, para o novo posto, Hamburgo, na Alemanha, onde chegaria em fins de 1960. Lá ficaria até novembro de 1962, e nesse meio tempo atuou, por dois meses, como encarregado do consulado geral. Nova transferência, dessa vez para Jacarta, Indonésia, lhe foi determinada em 1963. No início de 1965, por antiguidade, foi feito primeiro-secretário e ocupou a função de encarregado de negócios. Durante quatro anos, até 1968, Raul ficou em Jacarta, estacionado no último grau hierárquico antes de ser promovido a embaixador.

Fora do Itamaraty, a paixão de Raul de Sá Barbosa era a escultura. Tornara-se um discípulo de Bruno Giorgi—talvez ainda no ateliê na praia Vermelha, no Rio de Janeiro, onde desde 1943 o escultor orientava jovens artistas—e estudou também durante sua permanência em Praga. Se a quarta arte, ao longo dos anos, jamais se tornaria para ele algo além de um *hobby*, isso não o impediu, sobretudo nos postos de Calcutá e Jacarta, de colecionar peças da tradição escultórica asiática.

Ao longo dos anos, ele já percebera que o fato de ser homossexual atrapalhava sua carreira: "Minha turma do Rio Branco tinha quinze pessoas. Todos viraram embaixadores, menos eu". Em 1969, aos 47 anos, como primeiro-secretário em Jacarta, outra vez Raul encabeçava a fila de promoção—e novamente por antiguidade.

Com a decretação do Ato Institucional nº 5, em 13 de dezembro de 1968, a título de medida de segurança nacional, a ditadura militar instaurou no MRE a chamada Comissão de Investigação Sumária, cuja tarefa, sigilosa só nos arquivos oficiais, era produzir uma lista de diplomatas a serem expulsos dos quadros do Itamaraty. A comissão, criada por determinação do chanceler José de Magalhães Pinto, era presidida pelo embaixador Antônio Cândido da Câmara Canto, com o auxílio direto dos embaixadores Carlos Sette Gomes Pereira e Manoel Emílio Pereira Guilhon. Uma circular telegráfica foi enviada aos chefes de missão no exterior, intimando-os a entregar os nomes dos servidores "implicados em fatos ou ocorrências que tenham comprometido sua conduta funcional". As delações, feitas por informantes civis e militares, grassaram por 26 dias, ao final dos quais a lista estava pronta. Contudo, a despeito do pretexto oficial, os relatórios da comissão mostram que o alvo era menos o enquadramento ideológico, e mais a vida privada dos acusados. Raul de Sá Barbosa, segundo quem o conheceu, acreditava ter sido denunciado por Antônio Mendes Vianna, embaixador brasileiro na Indonésia, no posto de 1968 a 1970.

Das quinze demissões de diplomatas recomendadas, sete justificavam-se "pela prática do homossexualismo"; três por "incontinência pública e escandalosa, decorrente do vício da embriaguez"; outros três por "insanidade mental"; um caso por "vida irregular e escandalosa, instabilidade emocional comprovada e indisciplina funcional"; e o último por "desinteresse pelo serviço público resultante de frequentes crises psíquicas". Outros dez foram considerados "suspeitos de homossexualismo", e deveriam ser submetidos a "cuidadoso exame médico e psiquiátrico", feitos por uma junta de profissionais do Itamaraty e da Aeronáutica (não há registro de que esses exames tenham ocorrido). Outros cinco diplomatas foram repreendidos ou removidos de seus cargos por "demonstrações de irresponsabilidade" e "desmedida incontinência verbal". A lista de demissões recomendadas incluía ainda oito oficiais de chancelaria, 25 servidores administrativos, oito serventes, cinco porteiros e auxiliares de portaria, dois motoristas e um mensageiro. Desses todos, apenas dois dos oficiais de chancelaria estavam na lista por motivações políticas, graças a supostas simpatias comunistas.

Câmara Canto encerrava o relatório da Comissão dizendo: "Tudo fizemos para atingir os objetivos colimados e preservar o bom nome do Brasil e do seu serviço exterior". O chanceler Magalhães Pinto devolveu o documento, assinado e com a ordem escrita à mão: "Recomendo que se cumpram as determinações". Cinco integrantes da lista seriam poupados até a publicação de suas aposentadorias, por ato do presidente Costa e Silva. Perderam o cargo treze diplomatas, oito oficiais de chancelaria e 23 servidores administrativos, num total de 44 pessoas. Os decretos de cassação ocupam três páginas do *Diário Oficial* de 30 de abril de 1969. Esse expurgo é, até hoje, o maior na história do ministério.

Além de Raul de Sá Barbosa e do poeta e compositor Vinicius de Moraes, os outros onze diplomatas cassados foram: Angelo Regattieri Ferrari, Arnaldo Vieira de Mello, Jenny de Rezende Rubim, João Batista Telles Soares de Pina, José Augusto Ribeiro, José Leal Ferreira Junior, Marcos Magalhães Dantas Romero, Nísio Batista Martins, Ricardo Joppert, Sérgio Maurício Corrêa do Lago e Wilson Sidney Lobato.

O embaixador Câmara Canto, pelos bons serviços prestados, receberia, ainda em 1968, o cargo de embaixador no Chile. Antônio Mendes Vianna voltou a Brasília, em plenos anos de chumbo, 1970-1971, para servir na Secretaria de Estado; em 1973, recebeu a Grã-Cruz da Ordem do Rio Branco. Alguns diplomatas que não embarcaram no denuncismo, e na medida do possível resistiram a ele, daí em diante foram mantidos distantes do Brasil e dos postos mais cobiçados, tendo servido, em geral, em países do Oriente.

A última aparição do nome de Raul nos anuários do MRE data de 2006. Nela, fica dito que, em 1974, provavelmente mediante um processo judicial, houvera uma "reversão da [sua] aposentadoria como primeiro-secretário", mas, na prática, ele não foi reintegrado ao Itamaraty; o fato é que, em dezembro de 1979, Raul viu-se novamente aposentado como primeiro-secretário, fazendo juz a rendimentos irrisórios. Sobre sua expulsão, após vinte anos de serviço diplomático,

Raul declarou ao jornalista Bernardo Mello Franco, quarenta anos mais tarde, em 2009: "Cortaram minha carreira, destruíram minha vida".

De volta ao Brasil, Raul de Sá Barbosa usou o dinheiro que tinha para comprar e reformar um casarão de dois andares na rua Oriente, 219, em Santa Tereza que antes fora um cortiço, mas cuja vista para a baía de Guanabara era belíssima. Lá decorou os longos corredores do imóvel com suas esculturas asiáticas, voltou a receber os amigos e ganhou fama de bom cozinheiro. Alguns desses amigos que fez ou reencontrou no Rio ao longo da segunda etapa de sua vida foram o escultor Alfredo Ceschiatti, o pintor e joalheiro Caio Mourão, o advogado e historiador Alberto Venancio Filho, o antropólogo Darcy Ribeiro, seu ex-colega de faculdade, o crítico Otto Maria Carpeaux, e os editores Pedro Paulo Sena Madureira e José Mario Pereira. Num primeiro momento, para ganhar a vida, Raul abrigou-se na equipe da *Enciclopédia Mirador*, novamente com Assis Barbosa e sob a direção de Houaiss, cuja carreira diplomática fora interrompida antes, em 1964.

Ainda na *Mirador*, que seria lançada em 1976, Raul começaria uma segunda carreira, na qual se tornaria reconhecido: a de tradutor. A partir de meados dos anos 1970, suas traduções, do francês e do inglês, feitas sempre à máquina, mesmo após o advento dos computadores domésticos, foram publicadas em algumas das grandes editoras do país, como Imago, Nova Fronteira, Guanabara, Martins Fontes, Rocco, Topbooks e José Olympio.

Além de Stephen Spender e *O templo*, os autores e livros que traduziu demonstram, de sua parte, grande variedade de interesses e apurado critério de seleção; da parte dos editores, indicam que Raul era um colaborador a quem entregavam o "filé" de seus próximos lançamentos, e em várias áreas—literatura clássica e moderna, história da arte, ensaio, estudos literários, história do Brasil e geral—, tirando bom partido de sua formação humanista.

Alguns exemplos: *Noite e dia* (1979) e *Mrs. Dalloway* (1982), de Virginia Woolf; *Guerra dos mundos* (1981), de H.G. Wells, edição de luxo, com as ilustrações originais de Alvim Correia; *Jerusalém, ida e volta* (1977), de Saul Bellow; *Morte na alta sociedade* (1979), *A velha senhora* (c. 1980), *O porto das brumas* (1980) e *Sangue na neve* (1982), de Georges Simenon; *Adieu, Volodia* (1985), de Simone Signoret; *Arthur Miller: uma vida* (1987), autobiografia; *Dante: poeta do mundo secular* (1997), de Erich Auerbach; *Areopagítica: discurso pela liberdade de imprensa ao Parlamento da Inglaterra* (1999), de John Milton; *Arte e ilusão: um estudo da psicologia da representação pictórica* (1986), de Ernst Gombrich; *O comunismo no Brasil* (1985), de John Foster Dulles; *O marxismo ocidental* (1987), de José Guilherme Merquior, originalmente escrito em inglês; o clássico *A cosmografia universal de André Thevet, cosmógrafo do rei* (2009), de André Thevet, com tradução e notas de Raul; o *Dicionário de símbolos* (1997) de Jean Chevalier e Alain Gheerbrant, neste caso participando de uma equipe de tradutores.

Na fase final de sua vida, uma publicação que se destaca é *Antônio Torres: uma antologia* (2002), volume que organizou ao longo de décadas, coletando, selecionando e apresentando os textos do escritor mineiro que, em 1912, largara a batina para se dedicar ao serviço diplomático—antecedendo o próprio Raul no consulado de Hamburgo, onde este se interessou pelo personagem e começou a pesquisar sua obra—e ao jornalismo, que o transformou num dos polemistas mais temidos de sua época, crítico das contradições e hipocrisias da sociedade carioca.

Trabalhando como tradutor até o fim, Raul de Sá Barbosa morreu em 2013.

rodrigo lacerda

sobre este livro *O templo*, São Paulo, Editora 34, 2019 **título original** *The Temple*, 1988 © 2019 by The Estate of Stephen Spender **imagem da capa** Herbert List, retrato de Ritti com vara de pesca, lago dos Quatro Cantões, Suíça, 1937 © Herbert List/Magnum Photos/Fotoarena **tradução** Raul de Sá Barbosa **preparação** Tiago Ferro **revisão** Flávio Cintra do Amaral, Juliana Bitelli **projeto gráfico** Raul Loureiro **esta edição** ©Editora 34 Ltda., São Paulo; 1ª edição, 2019, 1ª reimpressão, 2022. A reprodução de qualquer folha deste livro é ilegal e configura apropriação indevida dos direitos intelectuais e patrimoniais do autor. A grafia foi atualizada segundo o Acordo Ortográfico da Língua Portuguesa de 1990, que entrou em vigor no Brasil em 2009.

CIP—Brasil. Catalogação-na-Fonte
(Sindicato Nacional dos Editores de Livros, RJ, Brasil)

Spender, Stephen, 1909-1995
O templo / Stephen Spender; tradução
de Raul de Sá Barbosa—São Paulo: Editora 34,
2019 (1ª Edição), 2022 (1ª Reimpressão).
240 p. (Coleção Fábula)

Tradução de: The Temple

ISBN 978-85-7326-747-1

1. Ficção inglesa. I. Barbosa, Raul de Sá
(1922-2013). II. Título. III. Série.

CDD–823

tipologia futura
papel paperfect 90g/m²
impressão edições loyola, em abril de 2022
tiragem 2000

editora 34

editora 34 ltda. rua hungria, 592
jardim europa cep 01455-000
são paulo—sp brasil
tel/fax (11) 3811-6777
www.editora34.com.br